Zusätze und Berichtigungen

zu Band I.

des

Illustr. Handbuchs der Obstkunde,

enthaltend Beschreibungen von Aepfeln;

von

J. G. C. Oberdieck,

Superintendenten zu Jeinsen im Calenbergischen; correspondirendem und Ehrenmitgliede
vieler Gesellschaften für Gartenbau und Pomologie.

Ravensburg.

Druck und Verlag von Eugen Ulmer.

1868.

Vorwort.

Wenn ich schon jetzt, nachdem vor nur erst etwa 10 Jahren die Herausgabe der ersten Hefte des Illustrirten Handbuches der Pomologie erfolgte, mit zahlreicheren Zusätzen und Nachträgen und selbst manchen Berichtigungen zu dem gedachten Werke hervortrete, so fürchte ich nicht, daß mit der Pomologie näher bekannte Personen darin die Darlegung eines Mangels des Illustrirten Handbuches, gewissermaßen einen Beweis, daß es zu rasch und ungründlich ausgearbeitet worden sei, erkennen werden, halte mich vielmehr überzeugt, daß man das Dargebotene mit Dank annehmen und gern benutzen werde. — Der Anfang der Herausgabe des Illustrirten Handbuches der Pomologie fiel in eine für das Werk noch weniger günstige Zeit, und haben die Herausgeber des gedachten Werkes, die auf der Pomologen-Versammlung zu Gotha (1856) mit Anfertigung und Herausgabe dieses Werkes betraut wurden, es willig bekannt, daß sie dieser ehrenvollen Aufgabe eigentlich noch nicht völlig gewachsen seien, indem Keiner von ihnen bis dahin an die Herausgabe eines Werkes, wie das vorliegende, gedacht und Vorarbeiten für dasselbe gemacht gehabt habe, und wenn dennoch das pomologische Publikum bringend den recht baldigen Beginn des Werkes wünschte, so konnten wir nur zusagen, leisten zu wollen, was augenblicklich schon in unsern Kräften liege, wie es mit Sorgfalt geschehen ist. Wenn dabei, namentlich in den ersten Heften des Handbuches, zumal es die gemeinsame Arbeit Vieler wurde, einzelne Irrungen sich noch nicht ganz vermeiden ließen, und diejenige Vollständigkeit noch nicht zu erreichen war, die wir dem Werke geben würden, wenn die Herausgabe erst jetzt begönne, so mag es selbst in seinen Anfängen doch schon als ein gutes und nützliches Werk zu betrachten sein, wie es als solches auch, was wir dankend anerkennen müssen, von dem pomologischen Publikum aufgenommen worden ist, und darf dasselbe sich andern guten pomologischen Werken immer an die Seite stellen. Es kann uns bei einzelnen mit untergelaufenen Irrungen schon die Erwägung beruhigen, daß auf dem gegenwärtigen Standpunkte der Pomologie, die eine der schwierigsten und umfassend=sten Wissenschaften ist, es noch überhaupt nicht möglich sei, ein von allen Irrungen und Mängeln freies Werk zu liefern, wie ein solches überhaupt zur Zeit, auch von den kundigsten Pomologen, noch nicht geliefert worden ist, und können gegenwärtig die gemeinsamen Be=mühungen nur dahin gehen, dem Ziele größerer Vollendung der Po=mologie immer näher zu kommen, wobei, da das Ziel eben nur durch die ausdauernde und fortgehende Arbeit Vieler zu erreichen ist, Einer dem Andern helfen, ein Werk von dem andern lernen muß, und, wie wir unsererseits mit Sorgfalt aus den Werken anderer Pomologen zu lernen gesucht haben, so konnten wir, selbst in den ersten Bänden des Handbuchs, doch schon auch unsererseits dazu beitragen, manche in anderen Werken sich findende Irrungen und Ungewißheiten zu berich=tigen, wohin wir insbesondere die Darlegung der vielen Identitäten in dem an sich so trefflichen Diel'schen Werke rechnen dürfen, in welchem Diel die=selbe, aber unter verschiedenen Namen bezogene Frucht, nicht selten unter 2—3, einzeln selbst 4 und mehr Benennungen mehrmals beschrieben hat.

Es konnte nicht fehlen, daß im Laufe unserer Arbeit unsere Kräfte wuchsen, und gar Manches uns bekannt oder klar wurde, was wir früher nicht wußten oder uns noch dunkel geblieben war. Schon die Fortsetzung der mit großen Ausstellungen verbundenen Versammlungen pomologischer Gesellschaften im In= und Auslande trug dazu bei, eine größere Uebersicht über das Obst uns zu verschaffen, und unsere Kenntnisse in der Pomologie zu mehren, die wir selbst jetzt noch keines=wegs als nur irgend vollendet betrachten können. Dazu begann, ge=rade mit dem Anfange der Herausgabe des Illustrirten Handbuches, daß ich es so nenne, eine ganz neue Aera für die Pomologie; die Pomologie in Belgien und Frankreich, selbst in England, Holland und Amerika nahm einen neuen Aufschwung, und auch Schweden trat mit in die gemeinsamen Bestrebungen hinein; es erschienen im letzten De=cennio viele und wichtige, gegen früher, und besonders in den Abbil=dungen vervollkommnete, pomologische Werke, oder es wurden solche, die schon etwas früher erschienen waren, uns erst im letzten Decennio bekannt und zugänglich, und bei der näheren Verbindung der ver=

schiebenen Völker unter einander und dem so sehr erleichterten Verkehre wurde die Pomologie im großen Ganzen schon mehr gefördert, und wurde es auch leichter, zur Anstellung von Untersuchungen und Aufklärung manches uns noch Ungewissen, Reiser aus dem Auslande zu beziehen. Selbst die ernste gemeinsame Arbeit deutscher Pomologen, deren Resultate insbesondere in unserer Monatsschrift und den ihr folgenden Monatsheften immer zunächst niedergelegt wurden, mußte gar sehr dazu beitragen, auch den einzelnen Pomologen in Kenntnissen zu fördern und weitere Resultate für die Obstkunde zu gewinnen.

Unter diesen Umständen habe ich es von Vorn herein immer meine Sorge sein lassen, alle sich mir ergebenden Berichtigungen oder wichtigeren Zusätze zu dem Handbuche, betreffenden Orts, gleich zu notiren, um durch deren demnächstige Zusammenstellung und eine Vereinigung namentlich auch derjenigen zahlreichen Notizen, die zerstreut in der Monatsschrift deponirt wurden, zu größerer Vervollkommnung des Handbuches einmal etwas Merklicheres beitragen zu können. Ich habe zunächst nur die mir vorliegenden Notizen zu den Aepfel-Heften in dem Nachfolgenden, in alphabetischer Folge der betreffenden Sorten, zusammengestellt, und habe zugleich den bei jeder betreffenden Sorte zu gebenden Notizen eine fortlaufende Nummer beigefügt, wobei ich an Alle, welche die vorliegende kleine Schrift sich anschaffen, die Bitte habe, im Handbuche bei jeder betreffenden Sorte, auf deren Pagina, zum leichten Aufschlagen, gleich hingewiesen ist, die den zugehörenden Notizen vorstehende Nummer mit einem: siehe Zusätze Nr. ꝛc. gleich eintragen zu wollen, um dadurch auf dem kürzesten und sichersten Wege auf die zu jeder einzelnen Obstbeschreibung gehörenden Zusätze ꝛc. hingewiesen zu werden, so daß diese gleich mit benützt werden können. — Neben der Hinweisung auf manche neuere Werke, die darin vorkommenden Abbildungen, Synonyme ꝛc., (was jedoch nicht bereits aus allen vorhandenen Werken, und jede darin sich findender Sorte zusammengetragen ist, was einer ganz neuen Ueberarbeitung des Werkes gleich gewesen wäre, sondern nur da geschehen ist, wo ich ein neues Werk durcharbeitete oder gerade Anlaß zu Notizen fand), habe ich geglaubt, allemal auch auf das immer umfangreicher werdende Arnoldische Obstkabinet hinweisen zu müssen, das auch Lucas in den Monatsheften bereits als ein für die Obstkunde wichtiges Werk bezeichnet hat. Es hat vor andern ähnlichen Obstkabinetten dadurch einen größeren Werth, daß es unter meiner specielleren Leitung erschienen ift, wo ich allermeiftens die nachzubildenden Früchte suppeditirte, und zu verhüten suchte, daß nicht etwa unrichtig benannte Früchte nachgebildet würden, wovon nur, ehe der verdienstvolle, keine Koften scheuende Unternehmer des Werkes, mit mir in Verbindung trat, ein paar einzelne Beispiele vorkommen, die durch nochmalige spätere Nachbildung berichtigt find. Da auch eine Anzahl von Aepfeln bereits nachgeformt und mit einer verabredeten Nummer bezeichnet worden ift, die in Kurzem in den Lieferungen des Obftkabinets noch erscheinen werden, habe ich selbst auf solche Sorten mit hingewiesen, von denen die Ausgabe einer Nachbildung schon bald zu erwarten ift.

Es wird vielleicht nicht an Personen gefehlt haben, die der Ansicht find, wozu im Handbuche und im Fortschritte des Werkes immer mehr, ja oft anscheinend etwas weitläuftig, die vielen Synonyme, unter denen eine Frucht vorkommt, zusammengeftellt worden seien, welche Weitläuftigkeit man hätte ersparen können. Ich bin anderer Meinung. Die so sehr zahlreichen Synonyme, theils richtige, theils selbst auch falsche, find gewiß für die Pomologie und die Obftliebhaber eine große Laft; aber diese Laft ift theils durch einen nicht abzuwendenden Lauf der Sache, theils durch gar manche Versäumnisse, daß ich nicht sage Nachläßigkeiten der früheren Zeit einmal da, und wie soll sie jemals abgeworfen werden, wie sollte das von mehreren Pomologen auch des Auslandes bereits ins Auge gefaßte Ziel, eine einigermaßen übereinstimmende Benennung der Obftfrüchte nach und nach zu erreichen, gefördert werden, wenn nicht zunächft mit Sorgfalt, und so viel es jetzt schon möglich ift, mit Kritik, die Synonyme bei einer Frucht, (die ganz lokalen oder irrigen provinziellen etwa nur ausgenommen,) möglichft sorgfältig zusammengeftellt werden, damit sie schließlich ausgeschieden, und wenigftens auf die in wichtigeren pomologischen Schriften vorkommenden Synonyme beschränkt werden. — Da der Synonymik erft in neuerer Zeit von den meiften Pomologen mehr Aufmerksamkeit zugewendet worden ift, als früher, so ift auf diesem Felde noch viel zu thun. Soll das Handbuch nicht etwa bloß für den Augenblick die Obftliebhaber beschäftigen und die Pflanzer leiten, soll es eine wirkliche Förderung der Wissenschaft selbft vermitteln, so muß man zunächft über die vielen Synonyme Herr zu werden suchen. Ihre Kenntniß ift durch deren Zusammenftellung in dem, jedem Bande des Handbuches angehängten Regifter sehr erleichtert und vervollftändigt worden, und hat bisher noch kein pomologisches Werk Gleiches, wenigstens in solcher Vollständigkeit und Uebersichtlichkeit gegeben. Es ist daher mein Streben auch immer darauf hingerichtet gewesen, die Synonyme nicht bloß als todte und unerwiesene Behauptungen hinzusetzen, — die oft Einer dem Andern, ohne eigene Untersuchung, nur nachgeschrieben hat, und wobei selten näher bemerkt ist, was auf eigener Untersuchung beruhte, — sondern immer anzumerken, wo und bei wem die gegebenen Synonyme sich finden, damit der nachkommende Pomologe den Angaben weiter nachforschen könne. Bis jetzt finden sich noch gar häufig, neben wirklichen Synonymen, auch irrige mit verzeichnet, die oft nur durch unkritisches Zusammenstellen gleichartiger Benennungen, wenn sie auch in verschiedenen Werken ganz verschiedenen Früchten angehörten, gesammelt sind. Andere Synonyme sind zusammengetragen, wo man nach den in andern pomologischen Werken bei einer Frucht angegebenen Kennzeichen Identitäten mit einer vorliegenden Frucht zu erkennen glaubte, ohne dabei zu bemerken, daß man auf diesem Wege zu dem Synonym gekommen sei. Da dies aber leicht täuscht, habe ich schon länger angefangen, nicht nur vermeinte Synonyme unter Früchten länger und genauer auf deren wirkliche oder nur vermeinte Identität zu untersuchen, (allermeistens selbst dadurch, daß ich sie auf demselben Grundstamme zusammenbrachte), sondern auch von statuirten Synonymen, über die ich nicht gewisser war, Pfropfreiser aus guten Quellen zu beziehen, sobald ich solche bekommen konnte, um zu erfahren, ob sie wirklich Gleiches liefern würden. Irrigkeit, oder umgekehrt wirkliches Begründetsein habe ich bei manchen statuirten Synonymen auf diesem Wege schon gefunden, und ich hoffe, daß derartige Untersuchungen, und selbst in noch größerem Maßstabe, als es mir bisher möglich war, in den pomologischen Gärten, die theils schon im Werden begriffen sind, theils in sicherer Aussicht stehen, werden vorgenommen werden, um gerade dadurch am sichersten mehr Uebereinstimmung der Obstbenennungen in den verschiedenen Ländern herbeizuführen. Das Anschauen zahlreicher Obstcollectionen auf großen pomologischen Ausstellungen (auf welchem Wege namentlich Belgische Pomologen durch den in Namur versammelten Congress international Großes in der hier fraglichen Hinsicht zu erreichen hofften, aber sehr wenig erreichten,) kann dazu allein nicht führen, zumal dabei allermeistens die so wichtige und nicht selten allein entscheidende Vegetation fehlt, und das bloße Aeußere einer Frucht nur zu leicht auch täuscht. Die hier fraglichen Untersuchungen wollen vielmehr ernster angefaßt sein, und können nur auf dem gedachten Wege, den auch Truchseß

mit vielem Erfolge betrat, zu Resultaten führen. Gar nicht selten
sind höchst ähnliche Früchte doch durch innere Merkmale, (Dauer,
Geschmack, feineres oder gröberes Fleisch, Farbe des Fleisches 2c.) ver-
schieden, und nicht selten gibt erst die Verschiedenheit oder Ueberein-
stimmung der Vegetation den Ausschlag. So z. B. bei den so ähn-
lichen Sorten: Winter = Goldparmäne und von Werlhofs = Reinette;
Englische Herbst=Reinette und Scipio's=Reinette; Goldgelbe Sommer=
Reinette, Königin=Louisensapfel und Weiße Wachsreinette; Gäsbonker=
Reinette und Rothbackiger Winterpepping, (siehe deren betreffende
Beschreibungen und die nachfolgenden Noten,) Gewürzcalvill und ein
Kruid Schyveling, den ich von Herrn Senator Doorenkaat zu Norden
aus Holland empfing und gar manche Andere, die mir vorkamen. —
Ja, gar oft ändert dann noch dieselbe Frucht, sei es durch den Ein-
fluß eines verschiedenen Klima's und verschiedener Jahreswitterung,
oder durch den Einfluß des Bodens, des Grundstammes und der Cultur,
sich so merklich ab, daß man oft mehrere Jahre hindurch forschen und
die gleichzeitig und wo möglich auf demselben Grundstamme erbauten
Früchte mit einander vergleichen muß, ehe man sichere Resultate über
Identität oder wirkliche Verschiedenheit von Früchten gewinnt. Beispiele davon werden dem aufmerksamen Forscher im Handbuche manche
vorkommen, und will ich nur einige unter gar manchen andern noch
anführen. Den deutschen Goldpepping erhielt ich in 4 verschiedenen
Abänderungen, in denen ich anfangs eben so viele für sich bestehende
Sorten zu haben glaubte; 1) flachgedrückt, etwas kleiner, als der
Deutsche Goldpepping gewöhnlich ist, und ohne Röthe (aus Sand-
boden in Barbowieck); 2) noch etwas kleiner, mit freundlich rother
Backe, (von nicht wuchshaftem Wandspalier mit südlicher Exposition
in meinem Garten in Nienburg mit schwarzem, gutem Geestboden);
3) in der großen Mehrzahl der Exemplare hochaussehend, ohne Röthe,
(aus dem Garten meines Vaters in Wilkenburg, in halbschwerem
Boden); 4) größer als gewöhnlich, flachgedrückt und über $2/3$ der
Sonnenseite ziemlich stark verwaschen geröthet, (aus etwas feuchtem
Calenberger Lehmboden in Schulenburg, nahe bei Jeinsen). Alle diese
zeigten sich identisch, als sie auf demselben Grundstamm gebracht
wurden, und erkannte ich sie als Identitäten vorläufig schon an dem
sehr schön pyramidalen Wuchse des jungen Baumes. Aehnlich ging
es mir mit mehreren für verschieden gehaltenen Sorten, die alle die
Reinette von Orleans gaben, und unter drei, anfangs für verschieden
gehaltenen Abänderungen der weißen Herbst=Butterbirne war eine, die

von dem Stamme gebrochen, von welchem ich das Reis nahm, regelmäßig ziemlich 3 Wochen später mürbete, als dies bei der Beurré
blanc gewöhnlich der Fall ist.

Aus demselben schon angeführten Grunde, daß wir wünschen,
das Illustrirte Handbuch möge nicht bloß einem augenblicklichen Be-
dürfnisse der jetzt lebenden Obstpflanzer dienen, sondern zunächst die
Wissenschaft selbst fördern, haben wir uns auch bemüht, genaue und
ausführlichere Obstbeschreibungen zu geben, mit welchen schon Dühamel seiner Zeit voranging wie Diel, Truchseß und Liegel sie lieferten,
und wie im Auslande sie sich auch bei Decaisne, Mas, Willermoz,
Hovey und einigen Andern finden. Bloße kurze Charakteristiken, wie
manche Werke der Neuzeit sie geben, die kurz gehalten sein sollten, oder
unvollständige Beschreibungen, wie sie so oft in den Belgischen Annales
sich finden, können eine genauere und sichere Kenntniß des Obstes nicht
herbeiführen. Nicht weniger ging aus dem schon angeführten Zwecke
unser Bestreben hervor, solche vollständigeren Obstbeschreibungen von
einer großen Zahl der jetzt bekannten und geschätzten, namentlich der
in Diels Werke sich findenden Sorten zu geben. Daß das Handbuch,
ähnlich und besser als das Dittrich'sche, genügenden Aufschluß über
eine möglichst große Zahl von Sorten geben solle, war auch schon der
Wunsch der Versammlung in Gotha, die uns mit Anfertigung des
Handbuches beauftragte. Dieses in's Auge gefaßte Ziel hat uns indeß nicht gehindert, in einer andern Richtung auch das Ziel zu ver-
folgen, unter dem großen Reichthume von Sorten, die wir schon besitzen, die besten Varietäten hervorzuheben, um den Obstbau nach und
nach auf eine geringere Zahl der besten, genügend verschiedenen Sorten
zu reduciren, damit dadurch auch um so sicherer eine allgemeinere Kenntniß der Namen der gebauten Sorten herbeigeführt werde. Bis dahin
indeß, daß dies Ziel erreicht sein wird, ist noch ein weiter Weg, da
nicht nur das Publikum immer noch zu vielen Gefallen an neuen
Sorten, ja eine gewisse Sucht darnach hat, so daß die Kernsaaten
immer noch fortdauern, nachdem kaum noch eine Vervollkommnung der
bereits vorhandenen Schätze möglich ist,*) sondern es sich auch, nachdem

---

*) Es ist mitunter schon die Bemerkung hingeworfen worden, daß die fort-
gehende Züchtung neuer Obstsorten, die wohl nicht aufhören werde, eine Auswahl
und Beibehaltung weniger, besonders bewährter Obstsorten nicht thunlich machen
werde. Allerdings geht es ja namentlich mit Blumen bisher so, und indem da
nur Mode und Vergnügungssucht nach Neuem, nach Sorten, die nicht Alle haben,

man immer ausgebreiteter anfängt, in verschiedenen Gegenden und
Bodenarten das Obst unter richtigem Namen zu nennen, immer
mehr herausstellt, daß es nur wenige Sorten gibt, die wirklich
zu allgemeinem Anbaue empfohlen werden können, und durch noch
lange fortgesetzte, allseitige Beobachtungen, (die namentlich von den

---

maßgebend bleiben, sinkt die schönste Blume in wenigen Jahren zu sehr niedrigen,
den Handelsgärtner nicht mehr lohnenden Preisen herab, und wird dem Unter-
gange hingegeben, um dem besser bezahlten Neuen Platz zu machen. Da es
dabei zunächst nur auf Vergnügen ankommt, mag man sich trösten, wenn so gar
manche schöne Blume schon eingegangen ist, z. B. an Pelargonien und Georginen,
die, nach meiner Ansicht, sich vielleicht schon seit 20 Jahren nicht mehr vervoll-
kommnet haben, so daß man in dem Neuen nicht selten Schlechteres erhielt, als
man in dem Alten besaß, was uns sehr erfreute, und wer das wirklich Schöne
mehr liebt als das Neue, wird, wie ich es selbst bei Blumen bisher that, vieles
Alte zu conserviren suchen. — Indeß mit Garten- und Feldfrüchten geht es doch
schon nicht wirklich ebenso, und wird der Landwirth immer das bewährte Alte
beizubehalten streben. Können da gemachte Fehler im Anbau schon im nächsten
Jahre wieder verbessert werden, so ist dies bei gepflanzten, lange Jahre aus-
dauernden Obstbäumen nicht möglich, und müssen um so mehr Alle, denen die
Hebung des Obstbaus wirklich am Herzen liegt, und die nicht wollen, daß immer
bisher noch nicht gebaute aber angepriesene Sorten gepflanzt werden, denen
Erfahrung und Bewährung ihres Werthes noch gar nicht zur Seite stehen, gewiß dahin zu wirken suchen, daß das bewährte Alte nicht über dem immer
Neuen untergehe. — Allerdings, so lange die Züchter neuer Sorten bei ihren
Bestrebungen Ruhm und Gewinn finden; so lange es zahlreiche Pflanzer gibt,
denen der Obstbau zunächst auch nur Sache des Vergnügens ist, die nach dem
Neuen streben, damit es ihre Erwartung spanne und das Neue gern theuer
bezahlen, mithin auch die Baumschulenbesitzer ihre gute Rechnung dabei finden,
hauptsächlich das Neue zu verbreiten, wird auch die Anzucht neuer Sorten nicht
aufhören. Allein, was hindert denn Alle, denen der Obstbau eben nicht Sache
des Vergnügens ist, das stets Neue nicht mehr zu kaufen und theuer
zu bezahlen? Was hindert Gartenbauvereine und selbst Regierungen, darauf
hinzuwirken, daß nicht immer über dem Neuen das bewährte Alte vernachläßigt
werde? Da ich meinerseits die Ueberzeugung habe, daß wir gegenwärtig in den
vorhandenen Sorten eine mehr als ausreichende Auswahl haben, und kaum zu
erwarten steht, daß man noch Werthvolleres, als wir schon haben, produciren
werde, anderntheils aber die bisher nützliche Züchtung neuer Sorten, bei noch
langer Fortsetzung, den Ertrag des Obstbaus nur herabdrücken würde, habe ich
meinerseits an die in letzteren Jahren zu so hohen Preisen ausgebotenen und
begierig gekauften neuen Sorten noch kein Geld angewandt. Macht man es
allgemeiner so, statt daß Viele noch zu glauben scheinen, gleich hinter ihrer Zeit
zurückzubleiben, wenn sie nicht gleich das angekündigte und angepriesene Neue
herbeizuschaffen suchen, so wird die Producirung stets neuer Sorten bald aufhören, oder sich wenigstens auf ein nützliches Maß beschränken.

Aufsehern und Leitern pomologischer Gärten ausgehen mögen), sich vielmehr für jede Gegend und Bodenart ein besonderes, mehrfältig modifizirtes, engeres Sortiment wird herausbilden müssen. Ich mag da, zu näherer Begründung dieser meiner Ansicht, für welche die Monatsschrift schon mehrfältige Belege geliefert hat, hier nur einiges Einzelne unter sehr vielen anderen Beispielen hervorheben. Diel hatte in der Vorrede zu Heft IV, Aepfel, Birnen, S. XVII, seines bekannten Obstwerkes 37 Aepfelsorten zu vorzugsweisem und allgemeinem Anbaue empfohlen und man glaubte derzeit wohl, daß dieser Rath ganz allgemein anwendbar sein werde. Dennoch wollten mir nicht nur manche andere Sorten, die ich von Diel erhielt, in meiner Gegend besser erscheinen, als manche der genannten 37 Varietäten, sondern unter diesen fand schon ich drei, die in meiner Gegend weniger Werth hatten, oder völlig unbrauchbar waren, die Diel'sche Barzeloner Parmäne, die Kleine Casseler Reinette und den Walliser Limonien-Pepping, welche beiden letzten Diel besonders warm empfahl. Die Barzeloner Parmäne trug wenig und blieb zu klein und hart; die kleine Casseler Reinette, obwohl äußerst tragbar, welkte nicht bloß, auch bei recht spätem Brechen, ganz hin, sondern faulte schon am Baume oder früh auf dem Lager, und der Walliser Limonienpepping bekam, selbst wenn er früh gebrochen wurde, immer Stippen und glasige, fade Stellen im Fleische, wodurch er verdarb. Diese 3 Sorten haben in mehreren anderen Gegenden, wo man ihre Nachzucht auch versuchte, sich nicht besser gezeigt und hatten wohl nur lokalen Werth bei Diel; wenigstens kennen wir die Bedingungen noch nicht genau, unter denen sie werthvoll sind und wird die Kleine Casseler Reinette, die die dortige Barzeloner Parmäne sein wird, auch in England sehr geschätzt. — Bei den Verhandlungen in Gotha über die zum Anbau vorzüglich zu empfehlenden Sorten waren es namentlich die Thüringer Pomologen, die sehr häufig opponirten, und ist mir noch erinnerlich, daß von ihnen namentlich auch die treffliche Carmeliter Reinette verworfen wurde, worin sie für ihre Gegend gewiß Recht hatten. — Herr Pfarrer Scipio zu Wrexen im Waldeckischen machte mir eine Anzahl gerühmter Sorten bemerklich, die sich in seiner Gegend nicht bewährt hätten, worunter namentlich die Pariser Rambour-Reinette war, die dort sehr wenig trage, und Herr Senator Doorenkaat zu Norden, der als sorgfältig forschender Pomologe bereits bekannt ist, konnte selbst die wohl noch am weitesten verbreitete und geschätzte Winter-Goldparmäne in seiner Gegend nicht werthvoll finden. — Pitmaston Nonpareil und Martin

Nonpareil, selbst der Pepping von Court of Wick sind in meiner Gegend, vielleicht nur meinem gewöhnlich zu trockenen Boden, wegen zu starken Welkens (selbst bei recht spätem Brechen) nicht brauchbar, während sie in England sehr geschätzte Früchte sind. Ribston Pepping und die Muskatreinette trugen bisher in meinen Gärten wenig, während ich beide schon in der Gegend von Bremen recht fruchtbar fand und einen Baum des Ribston Pepping auch in Herrenhausen voll sitzen sah. — Daß die Tyroler Rosmarinäpfel, der Köstlichste, der Götterapfel und Aehnliche in den meisten deutschen Gegenden wenig Werth haben, mag uns nicht wundern, da das Tyroler Klima fehlt, aber weniger erklärlich ist es, wenn der Zehendheber, der bei Wiesbaden und Dietz eine besonders schätzbare Haushaltsfrucht ist, in Jeinsen nur sehr mittelmäßig gut war, und in Braunschweig sich so schlecht zeigte, daß Hr. Medizinalrath Engelbrecht den Baum selbst im pomologischen Garten nicht pflanzen will, weil ein Stamm davon in der alten Landesbaumschule, gezogen aus dem von mir gesandten Reise, seit 20 Jahren, wo er schon tragbar war, keine 6 Früchte getragen habe. — Von dem Großen Gobet urtheilte Truchseß auf seiner Bettenburg, daß er sehr wenig trage, welches Urtheil man auch in Belgien fällte, während er im ganzen Hannover'schen zu den allertragbarsten Sorten gehört. In Herrenhausen sah ich einen Baum der Doctorkirsche, (die, nach dem davon an meine Doctorkirsche gesetzten Probezweige, dieselbe sein wird, als meine), äußerst voll tragen, während die Sorte in den meisten Gegenden nur wenig trägt. — Die Ochsenherzkirsche war in meinem Sulinger Boden groß und trefflich; in Jeinsen bleibt sie ziemlich klein und ist nicht werthvoll. — Von der Königspflaume von Tours sagte Liegel, daß wenn Jemand nur Einen Pflaumenbaum pflanzen könne, er diese Sorte pflanzen möge; sie zeigte sich zwar auch bei mir in Nienburg und Jeinsen recht reich tragbar, hat aber doch geringen Werth, weil die Früchte dieser Sorte — und das ist auch bei allen Stämmen der Fall, die ich als Synonyme derselben besitze — alljährlich vor voller Reife abfallen, und auch wenn man sie auf dem Lager nachreifen läßt, guten Geschmack nicht erlangen, so daß sie nur zu Compot taugen. Im feuchten Sulinger Boden fiel sie nicht zu früh ab, und wird dasselbe wohl auch in Herrenhausen schon der Fall sein. Die Johannispflaume, die von Diel und Liegel besonders geschätzt wurde, trug in allen meinen bisherigen Gärten nur wenig; Friedheims Damascene, die mit Liegel auch Jahn schätzte, in 2 Stämmen sehr wenig, und Bäume der Wafhington, des Rothen Perbrigon, der **Dochnahls** Damascene, der Schönen von Riom, die seit 13 Jahren stehen und ziemlich erstarkt sind, haben seitdem noch keine Frucht zur Welt gebracht, oder, wie die beiden ersten, nur erst ganz einzelne Früchte angesetzt, was ich bei dem Rothen Perbrigon überall bei uns so fand, während die Washington schon in Nienburg doch ziemlich gut ansetzte, und in andern Gegenden sich volltragend zeigt. In einem längeren Aufsatze habe ich ein Urtheil über Güte und Werth der mir jetzt bekannten und zugleich hinsichtlich ihres Werthes schon genügend erprobten Früchte, nach meiner jetzigen Kenntniß von der Sache, niedergelegt, der jetzt in der von dem Hannover'schen Gartenbau-Vereine herausgegebenen Pomologischen Zeitschrift erscheint, und habe ich darin nicht wenige Beispiele angeführt, wie dieselbe Frucht, nach Verschiedenheit des Bodens in Barbowieck, Sulingen, Nienburg und Jeinsen sich in Größe und Güte des Geschmacks gar sehr verschieden zeigte, ja oft schon in verschiedenen Gärten in Jeinsen selbst, an Größe und Güte sehr verschieden war. Den Jeinser Boden hielt ich, ehe ich ihn näher kennen lernte, für den Obstbau sehr günstig, und glaubte wohl so viele Kenntniß der einzelnen Sorten mir bereits erworben zu haben, daß ich meine neue Pflanzung schon recht zweckmäßig machen wolle. Ich habe mich aber dennoch hinsichtlich der Paßlichkeit mancher Sorte für den hiesigen Boden geirrt, und werde ein gutes Dutzend Stämme noch umpfropfen müssen, was mit der Römischen Schmalzbirn, der Beurré blanc, dem Wildling von Motte und der Grumkower Butterbirne bereits geschehen ist, weil die letztere, von der in Nienburg und Herrenhausen sogar der Baum abstarb, in Jeinsen etwas klein bleibt und zu stark körnig im Fleische ist, die andern 3 Sorten aber am Absterben der Zweige durch Grind allzustark leiden. Auch mit manchen andern Krankheiten der Bäume, namentlich dem Krebs, verhält es sich in verschiebenen Bodenarten sehr verschieden, und dieselbe Sorte, die in dem einen Boden an Krebs mir nach und nach abstarb, war in einem andern Boden, selbst nicht weit davon (in meiner Baumschule vor Nienburg) ganz gesund, und bei mehreren Sorten liegen mir bereits Resultate vor, daß dieselbe Sorte, die in Nienburg an Krebs stark litt, in Jeinsen davon gar nicht leidet, manche andere, die in Nienburg daran gar nicht litt, in Jeinsen daran zu Grunde geht. In Ravensburg in Württemberg klagte man sehr über Krebs nicht bloß an der Pariser Rambourreinette, sondern selbst der Winter-Goldparmäne und Großen Casseler Reinette (Monatsschrift 1864 S. 343), die ich noch

nirgend an Krebs leiden sah, und wie verschieden hinsichtlich Gesund=
heit des Baums in verschiedenen Gegenden über den Rothen Stettiner
geurtheilt worden ist, ist aus manchen Aufsätzen in den Monatsheften
allen Lesern wohl noch erinnerlich. Ich kann hinzusetzen, daß auch
bei Beerenfrüchten sich große Verschiedenheit des Werthes in verschie=
denem Boden zeigt. Selbst die Fastolf=Himbeere bringt in meinem
Zeinsener Boden nur ziemlich kleine Früchte, und von 26 Sorten Erd=
beeren, mit denen ich längere Versuche anstellte, war die Vierlander=
Erdbeere die schlechteste, die Monatserdbeere bald in die Vierlander=
Erdbeere (der Ansicht des Krautes nach) ausartend und dann unfruchtbar
(sogenannte Böcke), und wird wohl keine unter den 26 Sorten bleiben,
die den Anbau mir genügend lohnt, als so ziemlich die Triumph von
Gent, und völlig eine andere mittelgroße, etwas merklich säuerliche,
die ich noch nicht nennen kann, welche ich unter dem ganz falschen Namen
Goliath erhielt. — Beispiele der Art, wie die hier etwas näher zu=
sammengestellten, die auch nur eben als Beispiele unter vielen andern an=
geführt sind, werden sich noch gar sehr mehren, so wie man allgemeiner
anfängt, das Obst unter richtigeren Namen zu benennen, und darf man
bereits mit Grund behaupten, daß Gemüse und Kornarten auf
Boden und Klima kaum so wählerisch sind, als das Obst.

Wenigstens vorerst, bis wir über die einzelnen Sorten noch mehr=
seitigere und zahlreichere Erfahrungen eingesammelt haben, ist es da=
her noch doppelt geboten, daß wir, nicht bloß im Interesse der Wissen=
schaft, die indeß ja für den denkenden Menschen schon an sich ein
Interesse hat, sondern selbst im Interesse der Praxis die richtige Kennt=
niß möglichst vieler einzelnen, irgendwo mehr geschätzten Sorten zu
vermitteln suchen, und habe auch ich daher den Gesichtspunkt verfolgt,
nicht bloß alle besseren, und namentlich auch die Diel'schen Sorten im
Handbuche möglichst zusammenzufassen, sondern von jeder derselben auch
eine genauere und genügende Beschreibung zu geben, wobei dann zu=
gleich im Handbuche das Urtheil über den Werth einer Frucht nur
objectiv, wie sie sich für sich zeigte, weniger wie sie sich in Vergleichung
zu andern stellte, (was eine Untersuchung für sich bleibt), zu fällen war.
Es ist mir der hier dargelegte umfassendere Gesichtspunkt immer als
eine Angelegenheit von Gewicht für die Pomologie und den praktischen
Obstbau erschienen, obgleich ich nicht einmal der Ansicht bin, der
Manche jetzt sich zuneigen, daß man nach guten, in systematischer Ord=
nung abgefaßten Obstbeschreibungen den rechten Namen einer unbe=

kannten aber schon benannt gewesenen Obstsorte werde auffinden können. Meine individuelle Ueberzeugung wenigstens geht, nach zahlreichen Erfahrungen, die ich schon bei mehreren Gelegenheiten darzulegen suchte, dahin, daß dies nicht möglich sei, auch nicht zu übereinstimmenden Benennungen werde führen können, da zumal so manche Beschreibungen äußerst viel Aehnliches mit einander haben, der Eine eine Sorte leicht in dieser, ein Anderer in einer andern Beschreibung wieder zu erkennen glauben würde, oder umgekehrt zwei verschiedene Pomologen ganz verschiedene Früchte, doch in derselben Beschreibung suchen würden. Man wird es durch Zusammenstellung beschriebener Früchte nach dem Systeme in Classen und mehreren Unterordnungen, wohin jede eben gehört, etwa dahin bringen können, daß man zu einer vorliegenden unbenannten und unbekannten Frucht eine Beschreibung findet, die auf die eben vorliegende Frucht ganz gut paßt, aber damit ist noch längst nicht entschieden, daß die Beschreibung auch nach der eben vorliegenden Sorte gemacht sei und zu derselben gehöre, da sie vielmehr nach einer ganz andern Sorte gemacht sein kann, die der eben zu benennenden Frucht nur ähnlich war, während in der Natur beide sich leicht unterscheiden. Das System erscheint mir wohl als eine werthvolle Beihülfe zur richtigen Kenntniß der Obstsorten, kann aber allein, und selbst unterstützt von den besten Beschreibungen, die Bestimmung unbekannter Sorten mit irgend welcher Sicherheit nicht ermöglichen, zumal wir, namentlich von dem Kernobste, das nur aus unter Umständen veränderlichen Spielarten derselben Species besteht, und bei dem die Natur in ihren zahlreichen Produktionen nicht nach den Schablonen eines von uns angenommenen Systems schafft und der Uebergänge zu viele bildet, schwerlich jemals ein völlig genügendes und von beträchtlichen Mängeln freies System gewinnen werden. Meinerseits habe ich schon in meiner „Anleitung zur Kenntniß der besten Obstsorten für Norddeutschland" wie mehrmals in der Monatsschrift, gleiche Ansicht über die Schwierigkeit, auch nur die Classe einer Obstsorte immer richtig und mit genügender Sicherheit angeben zu können, dargelegt, als unlängst auch Herr Baron von Bose in den Monatsheften 1865 S. 134 vorträgt. Daß diese Bestimmung so leicht nicht sei, zeigt schon der Umstand, daß der Meister in der Pomologie, Diel, nicht selten dieselbe Sorte unter verschiedenen Namen, unter denen er sie erhielt, in 2 ja selbst 3 verschiedenen Classen aufgeführt hat. Daß diese oder jene Frucht z. B. ein Calville, eine Reinette sei, springt bei manchen Varietäten wohl ziemlich leicht und entschieden in die Augen, aber wie manche andere, die man dahin rechnet, giebt es auch, die man eben so gut in eine andere Classe setzen könnte. Was „feines Fleisch," „Reinettengeschmack" 2c. sei, behält viel Relatives, oder nach den Umständen Veränderliches, und daß die Kennzeichen, welche eine Classe constituiren, manches Schwankende haben, erhellet schon daraus, daß es so oft heißt: haben meistens das und das Kennzeichen. Wie manche Frucht, die unter den Calvillen vorkommt, hat nicht eigentlich balsamischen Geschmack, nicht offenes Kernhaus 2c., und dieselbe Reinette, die in der einen Gegend zu den einfarbigen Reinetten gehört, muß in einer andern zu den rothen oder grauen, oder eine rothe Reinette südlicher zu den Goldreinetten gerechnet werden, eine Butterbirn nördlicher zu den Kochbirnen u. dgl. mehr. Es gibt kaum eine Sorte, die nicht nach Klima, Jahreswitterung, Boden, Unterlage, guter oder fehlender Kultur 2c. mehr oder weniger, oft auffallend, veränderlich ist, und gibt es kaum ein Kennzeichen einer Sorte, es sei Größe, Form, Farbe, Reifzeit, Haltbarkeit, schmelzendes und feines, oder abknackendes und gröberes Fleisch, Geschmack, mehr offenes oder geschlossenes Kernhaus oder Kelch 2c., das nicht unter den gedachten, verschiedenen Einflüssen mehr oder weniger abänderte. Die Holzfarbige Butterbirn sah ich in Berlin in einer Collection aus Oesterreich recht brillant geröthet, während ich sie hier oft ohne alle Röthe hatte. Der Weiße Winter-Taffentapfel, der in hiesiger Gegend in dazu günstigen Jahren eine sanft und lieblich rothe, kleine Backe hat, meistens aber einfarbig bleibt, färbt sich in Böhmen über den größeren Theil der Frucht leichter und stärker sehr lieblich und prangend etwas rosenroth. Die Große Casseler-Reinette ändert in Form (bald platter, bald hoch aussehend) und Färbung (letzteres namentlich, je nachdem sie früher oder später vom Baume genommen wird), so gar sehr ab, daß man neben einander gelegte Exemplare gar nicht für dieselbe Sorte halten sollte, und ich sie mehrmals erst an der starken Punktirung der Sommertriebe erkannte. Daß die Form nach Umständen merklich abändert, wurde in der Monatsschrift oft bemerklich gemacht, z. B. 1864 S. 193, und 1865 S. 227, wo an Spalieren zu Arendsee in Mecklenburg der Pigeon rouge ganz plattrund gebaut erwächst, und in meinem Jeinser Boden kommt es sehr häufig vor, daß eine hoch aussehende oder selbst lange Frucht sich weit kürzer oder flachrund baut, und am Stiele abgestumpfte Birnen sich wenig oder gar nicht abgestumpft endigen. Nicht weniger veränderlich ist nach Umständen der Geschmack. Die Muskirte Pommeranzenbirn war im feuchten Sulinger Boden fade und wenig werth,

im Nienburger guten Geestboden höchst schätzbar, und selbst eine sehr
angenehme, merklich gewürzte Tafelfrucht; die Köstliche von Charneu
in Sulingen groß, sehr saftreich, vollkommen schmelzend und zergehend,
erhaben süß, in Nienburg noch sehr gut, in meinem Jeinser Garten
nicht halb so groß, selbst in günstigen Jahren kaum halb schmelzend
und so verändert, daß man die Köstliche von Charneu in ihr nur
findet, wenn man den Namen schon kennt. — Auch von Abänderungen
in der Reifzeit kommen, nach den Umständen, auffallende Beispiele
vor, wie die Monatshefte deren schon manche brachten. Bei manchen
davon gegebenen Beispielen bin ich zwar meinerseits geneigt gewesen,
daß denen, die solche Wahrnehmungen mittheilen, wohl doch nicht die
rechten Sorten des Namens, sondern nur diesen ähnliche möchten vorgelegen haben und wenn z. B. in einem Aufsatze aus Groß-Ullersdorf in
Mähren, einem Orte, der zwar 1200' hoch über dem Meere liegt, wo aber
doch, wie erwähnt wird, der Rothe Rosmarinapfel gut geworden sei
und die Beurré blanc sich sehr gesund gezeigt und treffliche Früchte
geliefert habe, mithin das Klima noch beträchtlich wärmer sein muß,
als in meiner Gegend, wo der Rothe Rosmarinapfel klein und schlecht
bleibt, über die 1864 dort geernteten Früchte berichtet wird, (Monatshefte 1865, S. 339 ff.,) daß die in meiner Gegend immer erst nach
Ostern recht mürbenden und bis Johannis und länger haltbaren
Früchte, Großer Bohnapfel und Purpurrother Cousinot, dort schon
weit früher mürbe gewesen seien, jener schon im Februar mürbe, dieser im
Februar am besten und im April schon mehlig, während von der Pariser
Rambourreinette gesagt wird, daß sie sich mehrmals bis zur nächsten
Erndte gehalten habe, und dagegen von mehreren Früchten, die selbst
in meiner, weniger warmen Gegend sich selten über den November
viel hinaus halten, eine weit spätere Reifzeit angegeben wird, z. B. die
Goldgelbe Sommerreinette und die Scharlachrothe Parmäne im Februar
noch vollkommen gut gewesen sein, der Geflammte weiße Cardinal
sich im Februar am besten gezeigt haben soll, wie auch von Langtons
Sondergleichen gesagt wird, daß er erst im Januar genießbar geworden
und sehr sauer gewesen sei, welche Sorte in meiner Gegend oft schon
am Baume zeitigt und nur sehr milde, nicht starke, ja eine angenehme
Säure zeigt, — so liegt bei diesen Angaben die obgedachte Muthmaßung,
daß nach Groß-Ullersdorf auch manche falsch benannten Früchte gekommen sein möchten, um so mehr nahe, als von mancher gesagt wird,
daß sie 1864 zuerst getragen hätten, mithin die Forschung, ob die
dorthin gekommenen Früchte richtig benannt seien, etwa noch nicht

genügend vorgenommen gewesen sei. Da indeß später auf einige dem betreffenden Aufsatze von mir beigefügte Bemerkungen doch die Behauptung wiederholt worden ist, daß die von mir in Anspruch genommenen Sorten richtig benannt seien, will ich nicht absolut contradiciren, wenn ich auch noch immer einigen Zweifel behalte, da selbst einige abnorme Witterung schon manche Abänderung in der Reifezeit bewirkt haben könnte, oder dergleichen Abnormitäten Folge des Bodens oder der Gegend sein könnten.

Die Vegetation ist wohl noch am meisten constant; dennoch habe ich auch in ihr bereits einige Abänderungen wahrgenommen. Wenn ich bei den Pflaumen die Angaben Liegels über die Form des Blattes gar häufig in hiesiger Gegend nicht bestätigt finde, so schob ich das wohl theils auf Liegels eigenthümliche, etwas schwere Terminologie; indeß ganz erklärt dies die so sehr häufig sich findende, sich hier aber gleich bleibende Abweichung von Liegels Angaben nicht. — Als ich meine Baumschule von Sulingen nach Nienburg in einen, zur guten Hälfte sehr sandigen und trockenen Garten translocirte, zeigten die Triebe vieler Birnen eine von der früher wahrgenommenen Färbung derselben merklich abweichende Farbe, so daß ich bereits geneigt war, an vorgekommene Verwechslungen von Sorten zu denken; indeß nach ein paar Jahren stellte die normale Färbung der Sommertriebe sich wieder her. — Die Form des Blattes fand ich bei der Herbstbergamotte und der Langbirne, bei denen ich eben näher vergleichen konnte, in einem nassen Jahre etwas anders, als in mehr trockenen Jahren und das auffallendste Beispiel von einer Abänderung an Blatt und Trieben lag mir vor, als Herr Gärtner Wünn zu Diekhof bei Laage in Mecklenburg-Schwerin mir etwa zwei Dutzend schön gewachsene Früchte zur Bestimmung sandte, von denen ich mir, da ich einige wohl zu kennen glaubte, aber nicht gewiß genug darüber war, auch erst Reiser mit Laub erbat. Es war mir bei den übersandten Reisern gleich auffallend, daß die meisten Blätter etwas Einförmiges hatten, groß, ganz flach ausgebreitet und recht tief gezahnt waren. Die Reiser von einer Sorte, in der ich den Ribston Pepping zu erkennen glaubte, und von einer andern, die ich geneigt war, obwohl stark hochgebaut, für die Große Casseler Reinette zu halten, verglich ich mit meinen Bäumen derselben Sorte genau, sie sahen aber sehr anders aus, die von dem vermutheten Ribston Pepping hatten gar nicht das etwas krause, stark wollige Aussehen des Blattes, welches meine Bäume des Ribston

Pepping zeigen, und die Triebe von der als Große Casseler Reinette in Anspruch genommenen Sorte waren sehr wenig punktirt. Ich mußte daher glauben, daß andere, nur ähnliche Sorten mir vorgelegen hätten, versäumte aber um so weniger, im nächsten Frühlinge von diesen Reisern aufzusetzen, und da zeigten denn die neu gewonnenen Sommertriebe gleiches Aeußere mit meinen Bäumen der gedachten Sorten. — Vergleicht man genauer die verschiedenen Beschreibungen, die Diel unter verschiedenen Benennungen von dennoch wirklichen Identitäten von Früchten entworfen hat, so wird man auch da einzelne Verschiedenheiten finden, die Diel nicht selten selbst als charakteristisch für die Frucht betrachtete, obwohl sie nur durch zufällige Umstände herbeigeführt waren.

Nimmt man nun noch hinzu, daß bei der äußerst großen Anzahl jetzt vorhandener Früchte es der sehr ähnlichen Früchte gar nicht wenige gibt, die gleichmäßig auf dieselbe Frucht-Beschreibung passen — (vom Goldgulberling lagen mir wohl schon 5—6 sehr ähnliche Früchte vor, die alle auf die Beschreibung des Goldgulberlings recht gut paßten, obwohl sie ohne Zweifel völlig verschiedene Sorten waren und selbst bei dem so kenntlichen Prinzenapfel liegen bereits einige sehr ähnliche Varietäten vor, in denen man, wenn man den Namen nicht kennt, leicht den Prinzenapfel suchen kann,) — so sieht man wohl ein, daß die Bestimmung einer unbekannten Sorte so ganz leicht nicht ist und man mit einiger größeren Sicherheit unbenannte Sorten nur bestimmen mag, wenn man deren rechten Namen durch öfter erbaute Früchte schon kennt, wobei denn der Blick durch das öftere, durch große Ausstellungen ermöglichte Anschauen zahlreicher, in sehr verschiedenen Gegenden erzogener Früchte sich allerdings merklich schärft, wenngleich auch da Irrungen immer mit unterlaufen können.

Wenn ich aber meinerseits den Nutzen genauer Obstbeschreibungen nicht darin finde, daß man nach ihnen unbekannte Früchte unter ihrem rechten Namen werde auffinden können, so habe ich dennoch auch meinerseits auf genaue Obstbeschreibungen großen Werth gelegt und viele Sorgfalt verwandt, weil ich der Ueberzeugung bin, daß eben diese, verbunden mit der Anlage großer und in Ordnung erhaltener pomologischer Gärten, die künftig dem angehenden Pomologen denselben Vortheil gewähren müssen, den mir die Verbindung mit Diel gab, zu einer sicheren Obstkenntniß sehr wohl führen können. — Durch die von Diel bezogenen Reiser kam ich, wie die Erfahrung mir später zeigte, faſt ſtets zu dem rechten Namen der Sorte und ſind unter hundert Reiſern, die ich von ihm bekam, immer nur zwei, höchſtens drei falſch benannt geweſen. Ich ſuchte nun meinerſeits das Erhaltene auch ſorgfältig vor Verwechslungen zu bewahren und that dies namentlich auch dadurch, daß ich ſtets ein Reis, Probezweig oder jungen Stamm mit dem vollen Namen und ſelbſt der Bezugsquelle, n i e aber mit bloßen Nummern bezeichnete, was, wo es doch geſchieht, nach meiner Erfahrung, eine der fruchtbarſten Quellen eintretender Verwechslungen unter Sorten wird. Die erbauten Früchte verglich ich dann in mehreren Jahrgängen, bis ich entſchieden war, mit der Diel'ſchen Beſchreibung derſelben, verglich auch die Vegetation und notirte ſtets den Befund ſogleich. Beſonders anfangs fanden ſich zwar mancherlei Abweichungen, von denen einige indeß, bei ſpäteren Trachten, wieder verſchwanden, während ich in andern, da gleiche Abweichungen ſich bei vielen Sorten wiederholten, bald den Einfluß meines Klima's und Bodens erkennen lernte. Es war an ſich immer ſchon recht beträchtlich wahrſcheinlicher, daß eine von Diel ausgegangene Reiſerverwechslung eher auf eine ſehr unähnliche, als gerade auf eine ähnliche Frucht werde gefallen ſein, und ſolche vorgekommene Verwechslungen ergaben ſich mir dann auch faſt durchweg leicht und entſchieden. Blieb ich bei einer Sorte noch irgend zweifelhaft, ſo bezog ich von derſelben von Diel nochmal ein Reis und ſuchte, als Diel todt war, eine zweifelhafte Sorte ſelbſt von Mehreren zu bekommen, die von Diel direct Reiſer erhalten hatten und kam ſo bald zu größerer Gewißheit, zumal ich dann allermeiſtens dieſelbe Frucht und oft mit denſelben Abweichungen von Diels Beſchreibung erhielt. Auch Früchte, von denen eine genauere Beſchreibung noch nicht vorlag, ſuchte ich immer aus mehreren guten Quellen zu bekommen und wurde, wenn ich Gleiches erhielt, über Richtigkeit des Namens deſto gewiſſer. — Mögen nur, wie ich es hoffe, die pomologiſchen Gärten wirklich ſichere Quellen richtig benannter Reiſer bleiben! und will dann Jemand denſelben hier von mir dargelegten Weg einſchlagen, auf dem ich zu richtiger Sortenkenntniß kam, ſo wird ihm dieſer Weg durch Beziehung von benannten Obſtſortimenten in Früchten, wie ſie künftig gewiß die pomologiſchen Gärten vermitteln werden, und durch Beſuch großer Obſtausſtellungen, auf denen richtig benannte Früchte, gegen die früher als Regel ſich findenden falſchen Benennungen, doch ſchon immer häufiger werden, gar ſehr erleichtert und abgekürzt werden.

Was mir bei dem Handbuche immer als ein noch vorhandener Mangel erschien, ist der Umstand, daß die mit beigefügten Figuren, namentlich in den ersten zwei Bänden nicht selten zu unvollkommen sind. Wir erkannten Anfangs die Wichtigkeit der genauen Darlegung auch des Innern einer Frucht noch nicht eben so, wie später; aber auch später, als ich mir mit den Durchschnittszeichnungen immer mehr Mühe gab, habe ich noch nicht, wenigstens noch nicht genügend dahin gelangen können, daß diese Zeichnungen durch den Holzschnitt in allen Einzelheiten, und namentlich in der Zeichnung des Kernhauses, genau genug wieder gegeben worden wären, und mußten kleinere Mängel meistens bleiben, da sie sich nicht verbessern ließen, ohne einen neuen Holzschnitt anzufertigen, was denn zu kostspielig geworden wäre. Hoffentlich wird das nächste (7.) Apfelheft wirklich genaue Darlegung jeder angefertigten Zeichnung geben, nachdem merkliche Besserungen schon in Heft 3—6 eingetreten sind. — Ich will auch da wieder gestehen, daß ich meinerseits auch auf die Darstellung des Innern einer Frucht durch die Zeichnung des Durchschnittes nicht ganz denselben Werth zur Kenntniß der Obstfrüchte lege, welchen man jetzt geneigt ist, auf gute Durchschnitts=Zeichnungen zu legen, da meine Erfahrung wieder dahin geht, daß auch bei dem Innern einer Frucht mancherlei Abänderungen vorkommen, so daß ein geschlossenes Kernhaus nicht selten auch mehr oder weniger offen erscheint und, sobald namentlich die Form einer Frucht sich ändert, auch die Form der Wandungen der Kernhauskammern und die Form der ums Kernhaus laufenden Adern sich abändert, wovon ich in den gegebenen Zeichnungen bisher schon manche Beispiele gab und noch andere, noch mehr auffallende im 7. Hefte geben werde. Die Zeichnung des Durchschnittes, auch wenn dieser ganz regelmäßig durch die Mitte der Frucht und die Mitte von zwei zusammenstoßenden Kernhauswandungen gemacht ist, fällt daher oft bei derselben Frucht gar merklich verschieden aus, und lagen mir z. B. bei Beschreibung des Silberpeppings acht durchschnittene, von demselben Zwergbaume gebrochene Früchte dieser Sorte vor, von denen eine Frucht ganz geschlossenes Kernhaus zeigte, während es in den andern immer mehr, erst schnittförmig, dann spaltartig oder auch schon etwas herzförmig rc. sich öffnete und in den beiden letzten Exemplaren fast ganz offen war. Indeß muß man mit Recht auf gute und genaue Durchschnittszeichnungen doch vielen Werth legen, und ich habe für die ersten Bände des Handbuchs bereits nicht wenige bessere Durch=

schnittszeichnungen angefertigt, die, wenn es jemals zu einer 2. Auf=
lage des Handbuches kommen sollte, benutzt werden mögen.

Ich schließe mit der Bemerkung, daß wenn Gott Leben und
Gesundheit gibt, ich bemüht sein werde, ähnliche Berichtigungen und
Zusätze, wenn die Erfahrungen sich erst noch etwas gemehrt haben,
zunächst auch zu den Steinobstheften zu geben. Ueber die Birnen
hätte wohl Jahn Gleiches gegeben; ihn hat Gottes Rathschluß leider
abgerufen. Ob ich Gleiches auch für die Birnen werde concipiren
können, steht dahin; ein von Herrn Sanitätsrath Jahn abgefaßtes,
im Manustript schon vorliegendes weiteres Birnenheft werde ich aber
zum Drucke zu bringen suchen.

Jeinsen im December 1867.

Oberdieck.

1.

Agatapfel, Doppelter, Handbuch I, S. 243. Zur Erklärung des Namens mag bemerkt werden, daß im Berichte über die Görlitzer Pomologen-Versammlung und Obstausstellung (Weimar 1864), S. 151 die Notiz gegeben ist, daß Aagt (im Deutschen Achat), sauer bedeute.

Die Belgischen Annales VII, S. 23, geben als Double Agathe wohl unsern Doppelten Agatapfel, mit der beigefügten Nachricht, daß diese Frucht vor etwa 70 Jahren durch einen Cultivateur in der Umgegend von Heerlen (Limbourg Hollandais) erzogen sei, der, so lange er lebte, Pfropfreiser davon nicht abgegeben habe, so daß die Frucht sich erst nach dessen Tode verbreitete. Im Berichte der Société van Mons 1859, S. 244, findet sich dagegen bei Double Agathe in Klammern Loisel beigefügt, mit Hinweisung auf die Annales. Loisel, der die Frucht in den Annales beschrieb, müßte sie denn wohl nur zuerst verbreitet haben. Letzteres wird dadurch wahrscheinlich, daß durch ein neuerlichst von Herrn Loisel an Herrn Apotheker Dr. Monheim in Aachen gerichtetes Schreiben die Nachricht mitgetheilt wird, daß Herr Loisel die von ihm in Fauquemont (deutsch Falkenberg genannt) unweit Aachen erzogenen Früchte dem Herrn De Bavay in Vilvorde mitgetheilt habe, in dem Cataloge des Herrn De Bavay von 1858, der mir vorliegt, sich jedoch Double Agathe ohne den Zusatz (Loisel) findet, der anderen von Herrn Loisel erzogenen Früchten beigefügt ist.

2.

Agatapfel, Enkhuyser, Handb. IV, S. 249. In den Monatsheften 1865, S. 195 wiederholt Herr Senator Doorenkaat zu Norden die Angabe, daß der Enkhuyser Agatapfel mit Crebes Taubenapfel identisch sei. Ich habe den letzteren, wie schon im Handbuche gesagt ist, durch mehr Größe und kräftigere Vegetation bisher vom Enkhuyser Agatapfel geschieden; da indeß Herr Doorenkaat ein genauer Beobachter ist und bei mir die Sorte, die ich freilich aus 2

Supplement zum Handbuch

Quellen überein bekam, nur zufällig zu wenig triebig gewesen sein könnte, so muß auf die statuirte Identität doch noch weiter geachtet werden, wozu ich beide Sorten bereits auf denselben Baum gebracht habe.

3.

Agatapfel, Purpurrother, Hbb. I, S. 437. Die Boskooper Vruchtsoorten, welche zu Gouda 1862 ff. bereits in mehreren Heften erschienen sind, haben diese Frucht als Roode Aagt, mit den Synonymen Purpurrother Kronenapfel, Roode Tulp kroon und Engelse Aagt. In der in Görlitz ausliegenden Boskooper Collection lag die sehr kenntliche Frucht als Gestreepte Aagt (siehe Monatsschr. 1864, S. 6). Diel hatte unter dem Namen Gestreifter Agatapfel eine Frucht, die ich von dem Edlen Prinzessinapfel nicht wohl unterscheiden konnte; leider gieng die Sorte mir beim Umzuge nach Jeinsen verloren, und konnte nicht definitiv über diese Identität entschieden werden.

4.

Alantapfel, Hbb. I, S. 249. Arnoldis Obstcabinet gibt, 12te Lieferung, Nr. 30, gute Nachbildung. Die Abbildung in dem, in Heften jetzt erscheinenden Verger des Herrn Mas, (Präsidenten des Gartenbau-Vereins des Ain), welche sich unter Nr. 18 als Pomme d'Année findet, ist, als in stärkster Lagerreife gemacht, auch weniger als bei uns gestreift, etwas weniger kenntlich; nach dem von Herrn Mas erhaltenen Reise ist die Sorte aber unser Alantapfel. Der Niederländische Baumgarten bildet die Frucht, gleichfalls unter dem Hauptnamen Alantapfel, ziemlich kenntlich und gut ab, und gibt als Synonyme Princesse noble, Fransche kroon (in Friesland), Noblesse (in Overyssel, Serrurier Taf. I, p. 141), Großer edler Prinzessin-Apfel, Mönchsnase (Schlesien), Pomme Carrée, Prince d'Orange, (Belgien, Annal de Pomol. III. 5., welche letztere Frucht aber doch wohl selbstständige Sorte ist). Daß der Diel'sche Alantapfel und Große edle Prinzessinapfel, (der in unserer pomol. Zeitschrift öfter noch bloß Edler Prinzessinapfel genannt worden ist, obgleich dieser vom Großen edlen Prinzessinapfel verschieden ist), und der von Diel erhaltene Gestreifte Imperial identisch seien, wie schon im Handbuche gesagt ist, hat sich mir auch in den letzteren Jahren wiederholt bestätigt. Von Herrn Organist Müschen erhielt ich jedoch als Gestreifter Imperial, der Angabe nach von Diel herstammend, eine andere, platter gebaute Frucht, von der ich hier Frucht noch nicht wieder nach-

ziehen konnte. In den Monatsheften 1865, S. 68, erklärt Müschen
später, daß er seine als Gestreiften Imperial erhaltene Frucht jetzt für
den Süßen Königsapfel halte; die Frucht indeß, die Müschen von
seinem Gestreiften Imperial mir sandte, schien mir vom Süßen Königs=
Apfel sehr verschieden. Auch den Walzenförmigen Apfel von Portland
hat man für identisch mit dem Alantapfel angesehen; ich glaube jenen
unter den von der Societät zu Prag erhaltenen Sorten aufgefunden
zu haben, ist aber nicht der Alantapfel. — Mit dem Namen Princesse
noble, oder vollständiger Princesse noble des chartreux, bezeichnet
man in Frankreich jetzt ziemlich allgemein unsere Reinette von Orleans;
Diel erhielt jedoch unter dem Namen Princesse noble aus der Pa=
riser Carthause direkt unsern Französischen Prinzessinapfel; siehe diesen
weiter unten.

In der Schwedischen Pomologie, die Herr Dr. Eneroth zu Stock=
holm herausgab, ist S. 90 der Alantapfel unter dem Namen Prin=
zessinapfel abgebildet und beschrieben, nur kleiner und weniger gestreift,
als er bei uns ist. Man hätte diesen Namen lieber vermeiden sollen,
da Diel als Prinzessinapfel noch wieder eine ganz andere Frucht hat,
und hätte der Name wenigstens Edler Prinzessinapfel heißen sollen,
wobei es mir jedoch zweifelhaft geblieben ist, ob Knoop als Princesse
noble Diels Großen edlen Prinzessinapfel hatte, oder seinen dem
Großen edlen Prinzessinapfel sehr ähnlichen, wenn gleich damit nicht
identischen Edlen Prinzessinapfel, dessen Beschreibung in einem nächsten
Hefte des Handbuchs erscheinen wird.

5.

Ananasapfel, Weißer, Handb. IV, S. 413. Der Nederlandsche Boomgaard gibt Taf. 24, Nr. 47, gute Abbildung.

6.

Apfel, Birnförmiger, Hbb. I, S. 151. Arnoldis Obstcabinet
wird Nr. 105 Nachbildung geben.

6 b.

Apfel von Hawthornden, Hbb. I, S. 375. Arnoldis Obstcabinet
wird unter Nr. 95 gute Nachbildung liefern. Die besondere Trag=
barkeit dieser Frucht hat sich auch noch wieder in den letzten ungünstigen
Jahren bewährt, und war in dem sehr ungünstigen, naßkalten Jahre
1864 diese Frucht, ebenso wie Posſarts Naltvia, ungewöhnlich groß

und schön ausgebildet, ja hatte in diesem Jahre eine nicht einschnei=
dende, sondern sehr angenehme Säure.

Abbildungen der Frucht geben sehr kenntlich Lindley: Pomolog.
Brittannica, S. 734, und Ronald Pyrus malus, Taf. 4, mit dem Synonym
White Hawthornden. Ferner gibt der Niederländische Baumgarten I,
Taf. 25, Nr. 48, gute, nur etwas blasse Abbildung. Synonyme sind
White Hawthornden und Red Hawthornden. Auch bei Dittrich
findet sich die Frucht III, S. 77. Da man jetzt in England auch einen
Winter Hawthornden hat, (Monatsschrift 1864, S. 118), von dem
Hoggs Florist and Pomologist 1863, S. 96, schöne Abbildung lie=
fert, so möchte der obige genauer Herbstapfel von Hawthornden ge=
nannt werden.

7.

Apfel von St. Germain, Hbb. IV, S. 427. Herr Medicinal=
Assessor Jahn hat bemerkt, daß die Vegetation dieser Frucht, was
richtig ist, der des Charlamowsky sehr ähnlich sei, und ist geneigt, den
obigen für den Charlamowsky zu halten. Diese Identität kann indeß,
schon wegen der mit dem Weißen Astracan zusammenfallenden Reifzeit,
die sich auch im Pomol. Garten zu Braunschweig zeigte, während der
Charlamowsky merklich später zeitigt, nicht angenommen werden, und ist
die Frucht in Zeichnung und Geschmack doch auch vom Charlamowsky
verschieden. Herr Baron v. Bose sandte mir 1865 als Pomme de
St. Germain noch wieder eine ganz andere Frucht, als ich von Lucas
und Baumann erhielt, die er ursprünglich als Augustapfel bekam, und
zugleich mit Diels Sibirischem Augustapfel (Handb. I, S. 439) und
Diels Weißer Augustapfel (Diel IV, S. 236) für identisch hält. Diese
Früchte sind indeß theils unter sich, theils vom Apfel von St. Ger=
main, wie ihn das Handbuch gab, sehr verschieden und mag man in
Diels Weißem Augustapfel schon nach dem sehr großen Blatte dessen
Weißen Sommercalville erkennen, (Handbuch IV, S. 195), der auch
im Hannoverschen und an andern Orten Augustapfel genannt wird.

8.

Api, Kleiner, Hbb. I, S. 557. Mas Verger 1866, Oktoberheft
Nr. 27, gibt Abbildung. Aus dem Pomolgischen Garten erhielt ich
den Kleinen Api, der sich in mehreren Zwergbäumen dort fand, ganz
so wie ich ihn früher von Diel bekam, und überzeugten diese Früchte
mich wiederholt, daß der bei Bozen sich findende, im Handbuch mit

dem Kleinen Api zusammengestellte Krippele Apfel, (ich weiß nicht, ob man Kriepele oder Krippele richtiger schreibt; im Handbuche steht Krippele), bei seiner ganz schüsselförmigen Kelchsenkung und glänzenden Röthung, vom Kleinen Api verschieden ist. (Vergleiche Monatsschrift 1864, S. 4 und 35). Der Krippele Apfel unterschied sich mir vom Kleinen Api auch dadurch noch, daß mir und einem Nachbar hieselbst ein Dutzend guter Reiser auf meinen Johannesstämmen in 2 Jahren nicht angieng, während der Kleine Api darauf gedeiht. Der Krippele Apfel bildet bei Botzen, wie mir mitgetheilt wurde, selbst einen Handelsartikel; der Kleine Api hat aber, wie schon Diel urtheilt, besonders in hiesiger Gegend keinen Werth, als die große Tragbarkeit, und ist nur Zierfrucht. — Noch bemerke ich, daß Zink als Kleinen Api Taf. 10, Nr. 83 und Taf. 13, Nr. 203, zwei verschiedene Früchte, beide schlecht abgebildet enthält; die letzte Sorte ist die rechte.

9.

Api, Schwarzer. In der Monatsschrift 1864, S. 196, habe ich von dieser Frucht Figur und vollständige Beschreibung gegeben, die sich auf die 2 Seiten des Handbuchs nicht zusammendrängen lassen wollte.

10.

Astracan, Rother, Hdb. I, S. 79. Gute Abbildungen von dieser schätzbaren Frucht, die Manche dem Weißen Astracan vorziehen, geben Lindley Pomolog. Brittannica, Taf. 123; Hortic. Soc. Transactions, IV, S. 522; Ronald Pyrus malus, Taf. 5, Fig. 2; Niederländischer Baumgarten, Nr. 23; Hooker Fruits of America, I, S. 35; Mas Verger, Lief. 12, Nr. 2. Arnoldis Obstcabinet wird, unter Nr. 109, bald Nachbildung liefern, die, nach dem schon nachgesehenen ersten Exemplare davon, in Färbung noch etwas schöner sein könnte. — Hooker und Hogg sagen, die Frucht sei aus Schweden nach England gekommen, und habe in Herrn Atkinsons Garten zu Grove End bei London 1820 zuerst getragen. Ob die Frucht weiter aus Astracan abstammt, ist noch nicht näher nachgewiesen. Hogg fügt im Manuole bem Red Astrachan als Synonym noch Anglesea Pippin bei, und der Boomgaard streitet gegen das von Müller in Züllichau in seinen Beiträgen zur Obstkultur beigefügte Synonym Kaiserlicher Tafelapfel, unter welchem Namen jedoch mehrere Früchte gehen und am richtigsten

wohl, wie ich selbst die Frucht erhielt, die Sommer-Parmäne ver=
standen wird. Herr Wilhelm Ottolander zu Boskoop benachrichtigt
mich jedoch brieflich, daß der dortige Kaiserliche Tafelapfel von der
Sommer=Parmäne verschieden sei, was das erhaltene Reis näher dar=
thun wird.

Von Herrn Lieutenant Donauer zu Coburg und Herrn J. Booth
zu Flotbeck erhielt ich unter dem obigen Namen 2 Früchte, von denen
ich nach wiederholtem Tragen immer noch nicht ganz gewiß bin, ob
ich sie für identisch, oder für verschieden halten soll. Beide stehen, ver=
edelt auf Johannisstamm, nahe bei einander und in gleicher Sonnen=
lage, beide passen auf die Beschreibungen, aber die Frucht von Donauer
röthet sich und reift stets 4—5 Tage früher, als die von Booth, auch
ist jene etwas kleiner und rundet sich nach dem Kelche etwas mehr
zu, die Frucht von Booth ist in Färbung etwas dunkler roth, hat
meist kürzeren Stiel und schien der Geschmack mir etwas gezuckerter.
Findet sich wirklich Verschiedenheit, so möchte ich nach den Abbildungen
die Sorte von Booth am meisten für die rechte halten, und ist diese
in Arnoldi's Obstcabinet nachgebildet. Eine mit Donauers Sorte
ganz gleiche Frucht erhielt ich von Herrn Geheimerath v. Flotow als
Double rouge de Breda und müßte eine Irrung vorgegangen sein,
wenn Hr. v. Flotow's Angabe, Handbuch I. S. 169, richtig ist, daß
er die Fette Goldreinette auch als Double rouge de Breda erhalten
habe, unter welchem Namen Jahn dagegen, nach Mon Schrift 1863
S. 88, von Papleu, aber gewiß falsch, die Lothringer Reinette erhielt.

11.

Astracan, Weißer, Hdb. I, S. 87. Arnoldis Obstcabinet gibt
Lief. 27 Nr. 83 gute Nachbildung. Die beste recht kenntliche Abbil=
dung dieser Frucht hat Ronald Pyrus malus Taf. I, Fig. 5 gegeben,
und auch der Niederländische Baumgarten giebt Taf. 12 Nr. 24 kennt=
liche Abbildung, desgleichen Mas Verger, Lief. 12, Nr. 4, jedoch größer,
als die Frucht sich hier gewöhnlich findet, die jedoch in günstigem Bo=
den und manchen Jahren sich auch hier eben so groß findet. Lindley
Pomologia Brittannica Taf. 96 stellt sie vor erlangter rechter Baum=
reife ziemlich grün dar und ist diese Abbildung eine Erläuterung zu
Diels Grünem Liefländer Sommerapfel. Die Frucht ist meistens sanft
geröthet, in manchen Jahren auch, meist etwas zerstreut, oft auch zahl=
reicher grell roth gestreift, so daß man Exemplare in dieser verschiedenen

Zeichnung nicht für identisch halten sollte, wenn man die Identität nicht durch Erfahrung weiß.

Der Weiße Astracan findet sich auch unter andern, im Handbuche nicht angeführten Synonymen. Von Herrn J. Booth zu Flotbeck erhielt ich ihn als Beloborodowa, *) Apfel von Constantinopel, und, wie schon im Handbuch steht, Fanarika (Tanarica?); von Herrn Baron Pobmaniecky in Ungarn als Zehner sauren Jacobsapfel, und auch ein von Herrn Gartenmeister Bentzien zu Copenhagen erhaltener, aus Dalkeith bezogener Summer Quoining (Quining?) lieferte mir den Weißen Astracan.

Als besonderes Beispiel, wie Reifzeit und Werth einer Frucht nach Boden oder Gegend nicht selten merklich abändern, muß angeführt werden, daß Herr Baron von Bose zu Emmaburg bei Laasphe in der Grafschaft Wittgenstein, in ziemlich hoher Lage, den Weißen Astracan in weit längerer Dauer der Reifzeit und als vorzüglichen Tafelapfel in mehreren Stämmen besitzt. Nach mir übersendeten Früchten und Früchten, die ich 1866 und 1867 hier schon erbaute, reift der Weiße Astracan dort eben so früh als hier, hält sich aber dort am Baume bis Michaelis gut und bleibt schmackhaft; wie er denn bei der Ausstellung in Braunschweig, 1864, gegen Mitte October ein Dutzend Früchte uns vorlegte, die erst kürzlich gebrochen waren und für gewürzreiche, delikate Tafelfrucht erklärt werden mußten. Daß die vorzüglich reich tragbare und ziemlich vor allen andern Aepfeln reifende Frucht sich besonders für hohe Lagen und kältere Gegenden eignet, ist schon angemerkt worden; allgemein aber hält dieselbe sich kaum 14 Tage, wird mehlig und fällt bald vom Baume. Allerdings berichtet auch Herr Director Fickert zu Breslau, Monatshefte 1865 S. 282, daß Früchte des Weißen Astracan, die am 8. August reif waren und im Zimmer hingelegt wurden, um zu sehen, ob sie cicabiren würden, (was jedoch wohl nur am Baume geschehen kann), erst um Michaelis ganz verdorben seien, was indeß nur Ausnahme ist, so daß ich mich auch nicht erinnern kann, Exemplare des Weißen Astracan auf unsern allgemeinen Ausstellungen gesehen zu haben. Möglich indeß klärt sich die lange Dauer der Frucht bei Hr. Baron v. Bose auch noch dahin auf, daß die dortige, dem Weißen Astracan übrigens gleiche Frucht, nicht der allgemein verbreitete Apfel des Namens, sondern eine eigene Sorte,

---

*) Nach Monatsheften 1865 S. 357 las Jahn die ihm von mir gesandte Frucht Belobodowa, was indeß Irrung gewesen ist.

vielleicht ein Sämling des Obigen ist, die dann nach Hrn. v. Bose be=
nannt werden muß und mit der die Pomologie eine wirkliche Bereicherung
erhalten hätte. Da mir die Früchte in Braunschweig doch delikater zu schmecken
schienen, als der gewöhnliche Weiße Astracan, erbat ich von Herrn Baron
mir ein Reis, um zu sehen, ob die Frucht bei mir sich etwa länger halten
würde. Das im Herbste 1865 aufgesetzte Reis blühete gleich 1866 und
setzte 2 Früchte an, die allerdings noch klein und unvollkommen blieben.
Die erste Frucht verspeisete ich, als meine Weißen Astracan stark ab=
fielen, und war sie reif; die zweite hielt sich am Baume in allen starken
Winden bis Michaelis und hatte keine Spur von Mehligkeit, sondern
war höchst schmackhaft. Auch 1867 hatte ich wieder 2 gute Früchte, ge=
wann aber noch kein Resultat, da, weil nur sehr weniges Obst vor=
handen war, beide gleich von Ohrwürmern angefressen wurden und
faulten. — Hinzusetzen will ich übrigens noch, daß auch Lucas in den
Monatsheften 1867 S. 2 berichtet, daß er in einer Obstcollection von
Telfes bei Sterzing, 3000 Fuß hoch über dem Meere belegen, einen
noch am 9. Mai vorhandenen Weißen Astracan erhalten habe, der
ganz cicabirt gewesen sei. Ist da nicht, wie möglich, eine nur ähnliche
Frucht für den Weißen Astracan gehalten und so benannt worden, so
wäre da ein Beispiel mehr gewonnen, daß der Weiße Astracan, in
hoher Lage erwachsen, sich lange hält. Auch kommt im Verzeichniß
von Früchten, die Mitte September in Stralsund ausgestellt waren,
der Weiße Astracan noch vor.

12.

Baldwin, Hbb. I, 427. Neben den Annales giebt auch Hovey
Fruits of America I, S. 11, schöne Abbildung. Ob in unserm Nor=
den die Frucht in der glänzenden Schönheit ausfallen wird, die sie in
den Abbildungen zeigt, steht dahin, und habe ich Früchte bisher in
meinen Gärten noch nicht erzielt. Ein von den Gebrüdern Simon
Louis nach dem pomologischen Garten zu Braunschweig gekommener
Cordon gab eine Frucht käsförmig platt, stark ungleichhälftig, mit rauhem,
etwas aufgesprungenem Roste auf größeren Stellen bedeckt, nur unan=
sehnlich und düster, an den meisten Stellen nur leicht und unansehnlich
geröthet, die dennoch in mehreren inneren Kennzeichen die Aechtheit
wahrscheinlich machte. — Eliott gibt S. 63 eine auch ziemlich platt
gebaute Frucht, während Downing S. 99 sie mehr in der nach dem
Kelche stärker abnehmenden Form darstellt, die sie im Handbuche zeigt,
und hat als Synonyme noch Late Baldwin und Steeles red Winter.

In Amerika, besonders in Massachusets, wird die Sorte als Tafelapfel sehr geschätzt, doch sagt schon Hogg, S. 29, daß die Frucht in England nicht gleiche Güte erreiche.

13.

Batullenapfel, Hdb. IV, S. 559. Die Monatshefte 1867 S. 134 geben Abbildung nebst manchen näheren Nachrichten. Bisher ist indeß die Sorte in Deutschland wohl noch wenig erbaut und steht nicht fest, ob sie bei uns, namentlich in Norddeutschland, Güte haben wird.

14.

Borsdorfer, Claudius, Hdb. IV, S. 137. Von Herrn Müller zu Züllichau erhielt ich diese Frucht, gewonnen von einem von mir ihm gesandten Reise, merklich größer, als ich sie hier hatte, und von sehr eblem Geschmacke, so daß bei dem prachtvollen Wuchse des Baumes die Sorte südlicher noch weit werthvoller ist, als in meiner Gegend. Die Monatshefte 1867, S. 321, geben Abbildung in der Größe, aber etwas stärker geröthet, als er bei mir vorkommt.

15.

Edelborsdorfer, Hdb. I, S. 303. Die Figur im Handbuche ist, nach den unvollkommenen Früchten, wie sie in Württemberg erwachsen, zu klein und zu platt ausgefallen. Gute Früchte sind im Hannoverschen 2¼" breit und 1¾" hoch, nehmen auch meist nach dem Kelche noch bemerklich stärker ab. Herr Weidner zu Gerasmühle bei Nürnberg sandte mir selbst Früchte von Hochstämmen von 2¾" Breite und 2½" Höhe. Arnoldis Obstkabinet, Lief. 18 Nr. 49, giebt sehr kenntliche Nachbildung nach schöner, vollkommener Frucht. Auch Hogg, S. 37, giebt eine nach dem Kelche noch bemerklich stärker abnehmende Figur von stark 2¼" Breite und 2" Höhe. Schon Knoop, I, Taf. 10, bildet ihn ganz gut ab. Ronald Pyrus malus, Taf. 13, Fig. 8, bildet ihn, als King Georges Apple or Borsdorfer, wenig kenntlich und zu stark roth ab, und auch die Figur der Pomona Franson. XXI, ist nicht gehörig kenntlich. Die Annales VIII, S. 71, geben zwar richtige, doch nicht vollkommen kenntliche, etwas zu stark gelbe Abbilbung. — Als Synonyme, unter denen die Sorte in Frankreich vorkomme, giebt schon Diel an Reinette Bâtarde, Pomme de Prochain und Reinette d'Allemagne. Die Synonyme, welche auch im Handbuch theils schon gegeben sind, führt am vollständigsten, mit Verweifung auf die betreffenden Schriftsteller, Hogg an, und geben sie nach ihm fast eben so auch die Annales; sie sind: Porstorffer (Cord. Hist.), Reinette Batarde (Riv. and Moul Method. 192), Borstorf, Borstorff Hative und Borstorf a lonque queue, (Knoop, Pomol. 56 u. 129), Blanche de Leipsic, Witte Leipziger (Knoop, Pomol.), Bursdoff or Queens Apple (Forsyth Treat. ed. 3, 15); Red Borsdorfer (Willich Domistic Encyclopedia); (bei Diel bezeichnet Rother Borsdorfer eine andere, für sich bestehende Sorte); Borsdorf (Lindley Guide 39); Postophe d'hyuer, (Bon Jardineer 1843, S. 512); (nicht zu verwechseln mit unserem Winter Postoph und ist die Benennung für den Edelborsdorfer selbst in Frankreich wohl irrig); Reinette d'Allemagne, Pomme de Prochain, Edler Winter Borsdorfer, Maschanzker (nach Diel); Reinette de Misnie, (Misnie ist französischer Name für Meißen), Winter Borsdorffer, Garret Pippin, King, King George und Grand Bohemian Borsdorffer (nach Hort. Soc. Cat.); (die letzte Benennung bezeichnet richtiger aber noch eine andere, größere Frucht); Weiner (soll wohl heißen Wiener oder Weisser) Maschanzkerl, (Baumanns Catalog 1850); King George the Third (Ronald Pyr. mal.). — Ueber den Namen Maschanzler findet man Monatsschr. 1860, S. 75 die Nachricht, daß, nachdem die Frucht von Meißen nach Böhmen gebracht worden sei, man sie nach der Serbisch Slavischen Benennung des Meißner Kreises (Mischensky kray), Mischenske joblkò genannt habe, was in Maschanzler oder Maschanzger corrumpirt worden sei. Unsere Frucht findet sich unter diesem Namen auch in Tyrol und waren die daher bezogenen, recht vollkommenen Früchte weder in Güte und Geschmack, noch im Aeußeren dem hier gebauten Edelborsdorfer genügend ähnlich, doch ist die zugleich mit erhaltene, kenntliche Vegetation die unsers Edelborsdorfers. — Unsere so treffliche Frucht, die Diel den Stolz der Deutschen nannte, wird leider, weil man nichts mehr für die Enkel thun und möglichst bald selbst erndten will, auch etwa weil der Baum für die Baumschulenbesitzer zu langsam wächst, jetzt viel zu wenig mehr gepflanzt, ist aber nach Klima und Boden auch sehr verschieden beurtheilt worden. Sie gedeiht noch in Schweden recht gut und ist schon in Tyrol nicht mehr so werthvoll, kommt auch in ganzen Gegenden und so im Württembergischen, schlecht fort. Ihr Element ist Lehmboden und findet man im Hannoverischen, im Calenbergischen, Hildesheimischen und Göttingischen, in der Elbmarsch und selbst im Lehmboden in Heidgegenden sehr große, reich tragende Bäume. Ich sah bei Neuenkirchen zwischen Sulingen und Bassum noch den

Stumpf eines bereits abgebrochenen Baumes von solchem Umfange, daß man sein Alter auf 200 Jahre schätzen mochte und gab der bejahrte Eigenthümer die Nachricht, daß der Baum nicht selten 40 Himbten Früchte gegeben habe. Namentlich für die Küche ist unsere Frucht von höchstem Werthe und gibt, geschmoort mit der Schale und etwas hinzugegebenem Anis, ein schmackhaftes Gericht, das durch eine andere Frucht noch nicht ersetzt ist.

Lucas gibt im Berichte über die Görlitzer Ausstellung, S. 28, die gewiß sehr begründete Ansicht, daß man den Baum am besten auf wuchshafte Stämme zur Krone veredeln und ihn nicht auf früh treibende Stämme setzen müsse und mag durch eine solche Unterlage Diels Herbstborsdorfer entstanden sein, den ich von ihm erhielt und der vom Edelborsdorfer in Vegetation und, nach oft wiederholtem Tragen, auch in Frucht sich in Nichts verschieden zeigte. Es gehen als Herbstborsdorfer noch andere, aber ohne Zweifel falsch benannte Früchte.

16.

Zwiebelborsdorfer, Hdb. I, S. 305. Arnoldis Obstcabinet wird Nr. 100 Nachbildung geben. In meines Vaters Garten zu Willenburg kannte ich als Zipollenapfel eine von dem gewöhnlichen Zwiebelborsdorfer verschiedene, kleinere, sehr glatte, nach den Seiten stark abnehmende, etwas weniger gute Frucht. Doch auch bei dem gewöhnlichen Zwiebelborsdorfer findet sich nach Boden rc. die Verschiedenheit, daß er bei etwas gegen gewöhnlich vermehrter Größe nach den Seiten oft wenig abnimmt und ziemlich käsförmig ausfällt, wie ihn auch die Figur im Handbuch darstellt, in welcher Form er wohl öfter auch Doppelter Zwiebelborsdorfer genannt worden ist, wie nicht weniger mein größerer, nach den Seiten wenig abnehmender Sulinger Zwiebelapfel (meine Anleitung S. 248) in Zeinsen sich ganz als der gewöhnliche Zwiebelborsdorfer auswies und nach den Seiten stärker abnahm, als die Figur des Handbuchs. Die Beispiele liegen mir bereits sehr zahlreich vor, daß Früchte unter Umständen sich so verändern, daß man sie ohne genauere und längere Untersuchung für verschiedene Sorten hält. — Auch unser Zwiebelborsdorfer gibt in Lehmboden sehr große, reich tragende Bäume, ist jedoch auch in Sandboden gut.

Die Boskooper Vruchtsoorten haben, S. 28, drei verschiedene Shyvelings: 1) Vlaamsche Shyveling, der auch die Synonyme Courtpendu d'Automme und Doppelter Zwiebelapfel hat, reift September und Oktober; 2) Shyveling Zuure, mit den Synonymen Kaasjes Appel, Zwiebelapfel, Zipollenapfel, Zwiebelborsdorfer, der unsere Frucht sein wird; 3) noch einen Zoete Shyveling. Der Vlaumsche Shyveling trug mir noch nicht. Der Verger des Herrn Mas bildet den Zwiebelborsdorfer Nr. 19, nach etwas kleiner Frucht ab.

·17.

Bellefleur, Gelber, Hbb. I, S. 69 und **Metzgers Calvill,** IV, S. 197 haben sich, wie schon im Handbuche nachträglich bemerkt worden ist, und auch Herr Medicinal-Assessor Jahn im Berichte über die Görlitzer Ausstellung S. 89 selbst erklärt, in Frucht und Vegetation als identisch erwiesen. Nicht weniger ergibt dieselbe Identität sich bei Abbildung und Beschreibung des Gelben Bellefleur, Monatshefte 1866, S. 321, wo die Frucht nur zu breit und kurz und dadurch weniger kenntlich abgebildet ist. Als Synonym von Gelber Bellefleur fand sich in Görlitz und Namur noch Lineous Pippin, (Lucas schreibt auch Linneous Pippin), und nach Bericht über die Görlitzer Ausstellung S. 89, traf Jahn ihn in Namur auch als Belle Flavoise, (siehe auch Monatsschr. 1864, S. 4). Daß auch Seek-no-farther richtiges Synonym des Lineous Pippin sei, ist etwa nicht gegründet. Bei Hogg findet sich nur ein American Seek-no-farther als Syn. von Rambo und S. 181 ein Seek-no-farther (Ronalds), welcher der rechte, alte Seek-no-farther sei, auch S. 213 als Synonym von Grünling von Yorkshire. Der Name findet sich freilich bei andern Schriftstellern auch bei noch andern Früchten, z. B. bei Elliot S. 71, (als irriges Synonym bei dem Cooper), S. 114 ein Westfield Seek-no-farther und 116 ein White Seek-no-farther, mit den Synonymen Green Seek-no-farther, Flushing Seek-no-farther und Seek-no-farther of Coxe. Als Coe's (Coxe's? O.) Apple of Ohio erhielt ich den obigen auch durch Bödiker zu Meppen, aus Frauendorf und da der Name in Amerikanischen Werken sich nicht findet, so könnte diese Sorte etwa mit dem Coxe's Seek-no-farther zusammenhängen. Man wird gar manche Früchte so genannt haben, die durch Fruchtbarkeit und Güte sich auszeichneten und rühmt Herr Haußer zu Hall in Monats-Heften 1866, S. 118, mit Recht die besondere Tragbarkeit des Obigen. Es mag noch angemerkt werden, daß die Amerikaner auch einen gerühmten Weißen Bellefleur haben (Downing S. 101), der mit dem obigen nicht zu verwechseln ist. — Vom Gelben Bellefleur wird Arnoldis Obstcabinet Nr. 113 Nachbildung geben.

18.

Bellefleur, Holländischer, Hbb. IV, S. 491. Rother Holländischer Bellefleur, Diel. Im Berichte über die Görlitzer Ausstellung S. 151 ist angenommen, daß unsere Frucht mit dem Spanischen (gestreiften) Gulderling, (Handbuch I, S. 407) identisch sei. Diese beiden Früchte sind aber gar sehr verschieden und haben Herr Breuer zu b'Horn und Herrn Director Thomá zu Wiesbaden darauf aufmerksam gemacht (Monatshefte 1865, S. 40 ff.), daß der Holländische Bellefleur schon am recht späten Austreiben des Baumes kenntlich sei, was mit zu bemerken, sowohl von Diel, als von mir übersehen ist, ich aber so fand. In einer Anmerkung zu der gedachten Stelle sagt ferner Herr Director Thomá, daß er den Obigen für den in den Annales II, S. 47 und 48 abgebildeten Bellefleur de France halte. Frucht dieser Sorte von der Soc. van Mons und Millet sah ich noch nicht, erhielt die Sorte aber auch von Herrn Kunstgärtner Leonhard Haffner zu Cadolzburg und sah ein paar Früchte, welche von Obigem verschieden waren, wie auch die Triebe des Bellefleur de France viel früher austreiben. — Herr Director Thomá bemerkt am angef. Orte noch, daß die obige Frucht bei Wiesbaden und am Rheine als Bon Pommier, oder verdorben Bonbonnier viel vorkomme und sehr geschätzt werde. Diel erhielt den Lütticher platten Winter Streifling (Diel VI, S. 155), den ich mit dem Französischen Prinzessinapfel, dem ächten Princesse noble des Chartreux wohl für identisch halte, als Bon Pommier de Liège, und sagt, daß er noch andere Früchte als Bon Pommier besitze, als Bon Pommier de Flandre, de Brüxelles, de Brabant. Auch ist darüber Differenz geäußert, ob der Name Bon Pommier oder Bonbonnier zu schreiben sei. Beides gibt einen Sinn und ist eine Benennung, mit der man leicht gar manche besonders gute oder recht delikate Aepfel belegt haben wird.

19.

Bellefleur, Langer, Hbb. I, 483. Bei Beschreibung des Rothen Holländischen Bellefleurs (Diel X, S. 135), widerruft schon Diel seine Ansicht, daß Knoops Langer Bellefleur seiner Frucht des Namens gleich sei und fand ich auch in der zu Görlitz ausgestellten und größentheils mitgenommenen Collection der Herren Ottolander zu Boskoop in Holland, den Diel'schen Langen Bellefleur unter dem Namen Grauwe peer Zoete. Sehr ähnlich, doch etwas weniger edel war

auch noch ein Zoete koet Appel aus dieser Collection. In Monats=
schrift 1863, S. 203, hat auch Herr Fabrikant Doorenkaat zu Norden
schon deutlich gemacht, daß Knoops Langer Bellefleur nicht der unsrige
sei, was man auch bei genauerer Erwägung dessen, was Knoop im
Texte sagt, völlig abnehmen kann und steht auch bei dem Kupfer in
Knoop bloß Bellefleur, unter welchem Namen ich die Reinette von
Orleans erhielt, die auch Knoop gemeint haben wird, nur sie sehr
schlecht abbildet. Knoop will seinen Langen Bellefleur zwar von seinem
Pomme Madame, Tafel XI, — der im Register auch die Synonyme
Wyker Pepping, (ungezweifelt, wie auch ich ihn nach Frucht erhielt,
unsere Reinette von Orleans), Hollandsche Pepping, Ronde Belle=
fleur und Reinette Bellefleur hat —, mit dem er beim ersten Anblick,
der Form und Farbe nach, viele Aehnlichkeit habe, dadurch unterschei=
den, daß dieser insgemein kürzer und runder ausfalle; dieser Unter=
schied ist aber durchaus nicht durchgreifend und hat eine genauere
Aufmerksamkeit auf die Reinette von Orleans genügend ergeben, daß
sie bald und in schönster Vollkommenheit etwas hoch aussehend, bald
auch breiter als hoch ausfällt, wie überhaupt diese Frucht in Form,
Zeichnung und selbst dem Vorhandensein oder Mangel des delikaten,
citronenartigen Gewürzes im Geschmacke, unter Umständen so abän=
dert, daß ich mehrmals geglaubt habe, eine zwar ähnliche, aber ver=
schiedene Sorte aufgefunden zu haben und die Identität erst beim
wiederholten Tragen im eigenen Garten erkannte.

Herr Wilhelm Ottolander hat in einem Aufsatze in der Monats=
schrift 1864, S. 84, die Angabe Diels, daß die Holländer die in
Holland so beliebten Süßäpfel frisch, mit etwas Saft von Apfelsinen
oder Citrone äßen, als ungegründet bezeichnet und beschreibt näher
die Art, wie die Holländer ihre Süßäpfel, die man für die Haushal=
tung mehr liebe, als säuerliche, bei Reichen und Armen gleich beliebt
seien, auch zu höheren Preisen verkauft würden und eine erste Stelle
auf dem Tische beim Mittagsessen einnähmen, dadurch zubereiteten,
daß man sie, nachdem sie geschält, in Viertel zerschnitten, Kernhaus
und Kerne entfernt und sie gewaschen habe, mit etwas mehr oder
weniger Wasser (je nachdem die Sorte mehr oder weniger Saft habe),
auch etwas hinzugethanem Salze, welches die Süßigkeit vermehre,
in einem Topfe langsam schmoore, so daß die Stücke nicht zu
Brei kochten, sondern möglichst ganz blieben, aber oft lange schmoore,
damit die Stücke im Innern nicht härtlich blieben, dann, wenn
die Stücke beinahe gut seien, wenn nöthig ein wenig Zucker, auch

etwas Butter und ein wenig fein gestoßenen Zimmt hinzufügten, worauf die Aepfel auf eine Schüffel gelegt und mit dem Safte übergoffen würden, um mit gebratenem Fleiſche und Kartoffeln gegeffen zu werden. Landleute kochten die Süßäpfel, gewöhnlich ungeſchält, mit Speck und Kartoffeln durcheinander; friſch aber würden ſie ſelbſt nicht vom Landmanne und der Jugend genoffen. — Unſere obige Frucht zählt Herr Ottolander S. 85 zu den beſonders werthvollen Süßäpfeln, ferner den Herfeſt Blaem Zoete sive Candy Zoete, den Süßen grauen Holaart, die Süße graue Reinette, (von der Diel'ſchen verſchieden) und den Zoete Veentje (Süßen Moorapfel), letzteren wegen langer Dauer bis Juni. — Der Obige hat in hieſiger Gegend (oder meinem Boden?), wie mancher andere, nur den Fehler, daß er etwas leicht welkt.

Auch am Rheine haben die Süßäpfel, — die Diel wenig ſchätzte und ſelbſt den ſo hoch ſchätzbaren Goldzeugapfel nicht genügend würdigte, kurz hinzufügend „grenzt an die Süßäpfel", — bereits eine ausgebreitetere Werthſchätzung für den Haushalt, beſonders zur Bereitung von Apfelkraut (Apfelſyrup), gefunden und nicht Wenige werden mit mir gute Süßäpfel, ſelbſt friſch, ohne Apfelſinen- und Citronenſaft, gern effen.

20.

Bohnapfel, Großer, Hbb I, S. 359. Arnoldis Obſtkabinet, Lief. 7, Nr. 18, gibt ſehr gute Nachbildung nach recht vollkommener Frucht.

Herr Baron von Boſe zu Emmaburg ſandte mir eine werthvolle Frucht, die in der dortigen Gegend gleichfalls Bohnapfel genannt werde, aber von Obigem (Diels Großem Rheiniſchen Bohnapfel), ſehr verſchieden iſt und zweckmäßig Weſtphäliſcher Bohnapfel genannt werden würde.

Ob die Benennung Bohnapfel, wie die Monatsſchrift angab, von Bohne und durch die Aehnlichkeit mit einer Bohne entſtanden, herzuleiten ſei und mithin Diels erſte Schreibart Bohnenapfel, wie er ſie, bei der von ihm verfaßten Beſchreibung im Teutſchen Obſtgärtner VII, Taf. 11, S. 229 gab, die richtigere ſein möchte, während er doch im Syſteme, I, S. 220 ſagt, daß die Schreibart „Bohnen" nur durch ein Verſehen entſtanden ſei, iſt mir noch zweifelhaft. Aehnlichkeit der Frucht mit einer Bohne weiß ich nicht wohl zu finden. Oft hat der Apfel die oval-kugelartige Form, wie ſie auch auf einer zu Monatsschrift 1856, S. 76 angehängten Tafel mit schwarzen Figuren gegeben ist, oft ist sie auch höher gebaut und hat die in Arnoldis Cabinette gegebene Form.

Von dem Kleinen Bohnapfel wird mehrfältig behauptet, und namentlich sagt es auch Behender in der Auswahl der besten Aepfel, Bern 1865, daß er entschieden weit reicher trage, als der Große Bohnapfel, und wird dieser mit Unrecht jetzt vernachläßigt.

21.

Boikenapfel, Hbb. I, S. 211. Herr Wegbaumeister Söhlke zu Osnabrück hat mich belehrt, daß diese werthvolle Frucht nach einem früheren Deichvoigt, Namens Boike benannt worden sei, bei dem sie etwa zuerst sich fand. — In der Monatsschrift 1860, S. 277, vermuthet Herr Geheime-Rath Schönemann zu Sondershausen, daß der Boikenapfel mit dem Mensfelder Gulderling des Handbuchs wohl identisch sein dürfte. Der Letztere lieferte mir 1863 vollkommene Frucht, war aber vom Boikenapfel merklich verschieden, hielt sich auch nicht so lange.

21 b.

Bredele, Winter. Arnoldis Obstcabinet hat gute, nur nach dem eben laufenden Jahrgange etwas zu düster gehaltene Nachbildung in Lief. 25, Nr. 76 gegeben.

22.

Bürgerherrenapfel, Hbb. I, S. 395, und **Geflammter weißer Cardinal,** I, S. 451, von dem in Arnoldis Obstcabinet Nr. 90, Lief. 29, gute Nachbildung gegeben ist, haben sich als identisch gezeigt. Die Identität habe ich, bei Abfassung beider Beschreibungen im Handbuche, noch nicht bemerkt gehabt, da die Frucht in Form und Zeichnung merklich abändert. Sie tritt bald nur leicht an der Sonnenseite geröthet oder geflammt, bald mehr gestreift und nicht selten zerstreut und grell gestreift auf und ist in Form bald etwas breiter als hoch, bald mehr kugelförmig, bald selbst höher als breit und zur Walzenform neigend, welche letztere Form in der von Herrn Dr. Eneroth herausgegebenen Schwedischen Pomologie, wo er als Bürgerherren-Apfel S. 56 gegeben ist, gut dargestellt ist und in welcher ebenso im T. O.-S. XXII, S 99, Taf. 9, der Pleißner Sommer-Rambour dargestellt ist, während in der Beschreibung S. 99 gesagt ist, daß er auch oft bemerklich niedriger als hoch sei. Die Frucht hat außerdem häufig etwas Dreieckiges in Form, was im T. O.-G. XXII, S. 99, auch vom Pleißner Rambour gesagt ist und ist der sehr reich tragbare, in jedem Boden gesunde und wuchshafte Baum schon durch seine breite Krone, mit fast horizontal auslaufenden Aesten, kenntlich. Die Form, in der ihn Herr Oberförster Schmidt als Geflammten weißen Cardinal gibt, findet sich bei der Frucht wohl am gewöhnlichsten und ist meine Figur des Bürgerherrenapfels, nach noch zu klein gebliebener Erstlingsfrucht von dem in Jeinsen angepflanzten Zwergbaume gegeben. Der Name könnte noch etwas kürzer als Geflammter Cardinal gegeben werden.

Mit den beiden genannten Sorten haben sich ferner noch identisch gezeigt Bischofsmütze (Diel V, S. 32), Pleißner Sommer-Rambour (Diel VII, S. 109), Comtoirapfel, wie er besonders bei Hamburg sich häufig verbreitet findet und ist auch wahrscheinlich, nach Früchten, die sich auf der Ausstellung zu Berlin aus der Preußischen Landesbaumschule fanden, Diel's Ulmerapfel, (Diel IV, S. 87), dieselbe Frucht, die ich außerdem noch aus Ungarn als Triuchlaki, (Dreieckiger Apfel) und aus Vilvorde in Belgien durch Herrn Clemens Rodt als Pomme du Clocher erhielt. Vielleicht sind, nach Früchten die sich in der Berliner Ausstellung fanden, auch noch die Diel'schen Früchte, Meißner Gerstenapfel (Diel VII, S. 204) und Großer gestreifter Hermannsapfel (Diel VII, S. 99), dieselbe Sorte; jedoch beschreibt Diel den letztern ziemlich stark geröthet, wenn gleich die als flach und breit geschilderte Krone neben andern Umständen auf die vermuthete Identität hinweiset. Es ist auch in der Monatsschrift 1863 S. 41 von mir angegeben worden, daß Diels Hoheitsapfel = Geflammter Cardinal sei. Dies gründete sich aber nur auf Früchte, die aus Herrenhausen in Berlin mit ausgestellt waren, wohin die Frucht von Diel falsch gekommen sein wird, wie denn auch im Jenaer Teutschen Obstcabinet als Hoheitsapfel fälschlich der Geflammte Cardinal abgebildet worden ist, und brachte mein von Diel bezogener Hoheitsapfel eine ganz andere, rothe, mit der Beschreibung stimmende Frucht. Jahn hat, Monatsschrift 1863, S. 40, nicht nur den Pleißner Sommer-Rambour, sondern auch den Eggermont (Handbuch I, S. 405) und Großen Schlosserapfel (Diel Catal. 2te Fortf. S. 10) als mit dem Geflammten Cardinal wohl identisch in Anspruch genommen, und neigt, Monatshefte 1865 S. 202, auch Herr Senator Doorenkaat zu Norden sich zu gleicher Ansicht über den Großen Schlosserapfel. Beide Früchte sah ich lange nicht und konnte

noch nicht näher vergleichen, Eggermont scheint mir jedoch eine etwa
feinere Vegetation zu haben, (mag aber in der Abbildung im Teutsche
Obstcabinet Nr. 44 als Geflammter Cardinal in Anspruch genomme
werden), und den Großen Schlosserapfel bezeichnet Diel als Winte
Apfel und habe ich ein paar geerndtete unvollkommene Früchte wenig
stens als sehr haltbar in der niedergeschriebenen Notiz bezeichne
Gegen die Identität des Pleißner Sommer-Rambour mit Geflammte
Cardinal hat Herr v. Bose, Monatsschrift 1863, S. 343, sich en
schieden erklärt und mag das dort Gesagte noch weiter genau beachte
werden. Er behauptet nach den Resultaten der in Görlitz ausgestell
gewesenen und von ihm untersuchten Früchte der als identisch t
Anspruch genommenen Sorten und nach Früchten seiner Bäume be
Pleisner (wie richtig geschrieben werden müsse*) in Emmaburg, da
der Pleisner Sommer-Rambour sich entschieden zur hohen Forn
neige, stärker gestreift sei, etwas Rost zeige, mehr Säure im Geschma
enthalte und namentlich die Reifzeit beider weit auseinander liege, b
der Pleisner in Görlitz noch hart gewesen sei und in Emmaburg, w
er ihn seit 20 Jahren kenne und 20 Bäume davon habe, bis Mitt
Januar und selbst oft noch 4 Wochen länger dauere. Der Pleißne
Sommer-Rambour ist allerdings auch im Teutschen Obstgärtner XXII
Taf. 9, hoch aussehend, etwas walzenförmig dargestellt und wird i
der Beschreibung S. 97 gesagt, daß die vollkommeneren Früchte diese
Form gewöhnlich hätten, doch wird nicht nur hinzugesetzt, daß die Fruch
zwei Formen annehme und oft auch breiter als hoch sei, sondern e
wird auch angemerkt, daß der Baum eine flache, breite Krone hab
und der Apfel schon am Baume im September reife, (welche Reifzei
auch Diel VII, S. 113 und die Dauer auf 5—6 Wochen angibt)
sich aber als Haushaltsfrucht bis Februar halten lasse, wiewohl e
dann stippig im Fleische werde, was oft schon früher sich finde. S
lange Haltbarkeit einer schon am Baume zeitigenden Frucht kann nur

---

*) Ueber die richtigere Schreibart will ich nicht streiten; unter dem Kupfe
im T. O.-G. steht Pleisner Apfel, im Contexte S. 97 Pleißner Apfel und
schreibt Diel ebenso verschieden im Register und bei der Beschreibung VII, S. 109.
Kommt der Name vom Flusse Pleiße, wie wahrscheinlich, so wäre die vollstän
dige Schreibung Pleißener Rambour, wo aber, wie in gar manchen andern
Worten das e meistens wegbleibt und ist kein genügender Grund vorhanden,
ein ß wegzulassen. Aehnlich schreibt man und schrieb Diel Meißener oder Meißner
Winter-Citronenapfel, wieder aber schreibt er auch Beyer's Meisner Eierbirn. —
Herr v. Bose will jedoch am angeführten Orte den Namen vom Lande Pleiß
herleiten.

in sehr guten Kellern möglich sein und auch Diel nennt VII, S. 109
den Pleißner Sommer=Rambour, einen Septemberapfel für die Oeko=
nomie und sagt, daß er eben so oft platt, als auch wieder etwas
hochgebaut sei. Welche Form sich am meisten findet, hängt sehr von
Boden und Jahreswitterung ab und in einem trocknen Boden herrscht
die breite oder kugelige Form vor. Herr Baron v. Bose gibt ferner
S. 345 die Identität des Pleisner mit dem Bürgerherrenapfel zu,
sagt aber auf der andern Seite, S. 344, daß in meiner Collection
in Görlitz der Pleißner, der Geflammte Cardinal und Bürgerherren=
Apfel eine und dieselbe Frucht gewesen seien, daß in Jahns Collection
der Geflammte Cardinal und der Pleißner verschieden gewesen seien,
Müschen den Pleißner als Bürgerherrenapfel, Oberförster Schmidt als
Geflammten Cardinal nur den Pleißner gehabt habe, während der
Geflammte Cardinal richtig bezeichnet sich bei Graf York und Amts=
rath Mayer gefunden habe. Dazu muß ich jedoch bemerken, daß ich
in Görlitz den Pleißner Sommer=Rambour, den ich von Herrn Geh.=
Rath Schönemann zu Sondershausen erhielt, nicht ausgestellt gehabt
habe, da die Sorte seit 5—6 Jahren mir nicht trug, daß ferner Ober=
förster Schmidt und ich den Geflammten Cardinal und Bürgerherren=
Apfel, die ich beide direct von Diel bekam, eher richtig gehabt haben
werden, als andere Aussteller, die nicht direct von Diel bezogen, und
endlich habe ich 4 gute Früchte des Pleißner aus Emmaburg, die ich
durch die Güte des Herrn v. Bose 1865 gleich nach Michaelis er=
hielt, genau mit meinen beiden obgedachten Früchten vergleichen können
und fand sie in Form, Zeichnung, Geschmack und Dauer, (bis Ende
November; gleich nach dem Brechen in den Keller gebracht bis Mitte
Dezember) in Nichts von meinen beiden gedachten Früchten verschie=
den. Die längere Dauer in Emmaburg wird vielleicht ebenso, wie bei
dem Weißen Astracan, Eigenthümlichkeit des Bodens oder Klimas in
Emmaburg sein. Nach Monatsschrift 1864, S. 49, scheint auch Lucas
anzunehmen, daß in Jahns Collection der Pleißner Sommer=Rambour
und Geflammte weiße Cardinal identisch gewesen seien. — Lucas fand,
nach Monatsschrift 1864, S. 49, auch den in Jahns Collection mit
ausgestellten Rothen Eckapfel = Geflammten Cardinal, doch kann
diese Benennung kaum richtig sein, da der T. D.=O. XIX, S. 230,
den auch anders abgebildeten Rothen Eckapfel, als im Dezember eßbar
und bis Pfingsten saftreich bleibend, bezeichnet, wogegen Herr v. Flotow,
Handbuch I, S. 54, die Reifzeit Ende Oktober bis Dezember angibt

und wobei nur fraglich bleibt, ob Herr v. Flotow die im T. O.-G. dargestellte Frucht richtig hatte.

Noch mag aus den von Herrn v. Bose am angeführten Orte gegebenen Nachrichten die Notiz hier mit aufgenommen werden, daß in der in Görlitz ausgestellten Collection der Gesammte Cardinal sich als Spanischer Grieter fand, wie er also etwa in Holland benannt wird.

23.

Calville, Fraas' Sommer, Hdb. I, S. 39. Der Nederlandsche Boomgaard gibt 7te Lieferung Nr. 29 gute Abbildung, noch größer und besonders breiter gegen die Höhe, als ich sie bisher sah.

24.

Gelber Herbstcalville, Hdb. I, S. 37. Da diese Frucht Herrn v. Flotow, der sie beschrieb, schon vor Abfassung der Beschreibung verloren gegangen war, so mußte man sie ziemlich als eine untergegangene betrachten. In den Monatsheften 1865, S. 39, berichtet indeß Herr Director Thomä zu Wiesbaden, daß die Sorte sich noch bei einer Frau Gräfin Grünne zu Eltville als Weißer Herbstcalville finde und habe ich, durch Vermittlung des Hrn. Directors Thomä, ein Reis daher erhalten. Dittrich bezog sie aus Klein Fahnern von Sickler.

Auch Diel hat einen Gelben Herbstcalvill besessen, der von ihm an Herrn Baumschulenbesitzer Lieke zu Hildesheim kam und bei Herrn Inspector Palandt zu Hildesheim in 2 schönen Hochstämmen sich findet, auch eine schätzbare, aber ganz andere Frucht ist, so daß man beide Sorten als Dittrichs Weißen Herbstcalvill und Diels Weißen Herbstcalvill wird unterscheiden müssen.

25.

Calvill, Gelber Winter und **Weißer Winter-Calvill,** Hdb. I, S. 33 und 35, sind identisch und gibt dies ein neues Beispiel, wie dieselbe Frucht auf 2 verschiedenen Stämmen merklich verschieden ausfallen kann. In der Monatsschrift habe ich bereits öfter darauf hingewiesen, daß sowohl Herr Organist Müschen, von dem Herr v. Flotow den Gelben Winter-Calville bekam, als auch ich, der ich die Sorte wieder von Herrn von Flotow's Baume bekam, beide Früchte nicht unterscheiden können, die ich meinerseits auf demselben Grundstamme des Weißen Winter-Calvills mehrmals zusammen tragend hatte. In meinem Barbowicker Garten gab ein etwas höher stehender Baum des

Weißen Winter-Calvills nicht nur kleinere, sondern auch gelbere Früchte und der Baum blieb frei von Krebs, während im feuchteren Theile des Gartens ein Baum dieser Sorte sehr krebsig war, aber größere und schönere, weißere Früchte gab. Gar häufig werden indeß immer noch beide Sorten in Reisern, als verschiedene Sorten, von mir begehrt. Der Verger des Herrn Mas bildet den Weißen Winter-Calvill Juni 1865, Nr. 9, fast hochgelb ab, so daß man zweifeln mag, ob unter Weißer Winter-Calvill und Gelber Winter-Calvill, welche. Sorten auch Director Fickert in Breslau und Pastor Fischer in Kaaben in Böhmen als eigene Sorten haben, ein reeller Unterschied sei. — Diels Schwefel-Calvill und andere Früchte, die ich als Gelbe Calvillen erhielt, kenne ich noch nicht genügend, doch wird es wohl einen vom Weißen Winter-Calvill verschiedenen Gelben Winter-Calville geben.

Zum Weißen Winter-Calville liefert Arnoldis Obstcabinet, Lief. 17, Nr. 47, gute Nachbildung.

26.

Calvill, Gestreifter Herbst, Hdb. I, S. 387. Arnoldis Obstc. Lief. 23, Nr. 68, gibt treffliche Nachbildung. Auch Knoop bildet ihn I, Taf. 2, als Himbeerapfel, Calville rayé d'Automme, doch nicht gehörig kenntlich ab. Von der Société van Mons erhielt ich den, Annales III, S. 101 abgebildeten Calville malingre, ber, wie Hennau bei der Beschreibung sagt, von Poiteau so benannt worden sei, weil die Frucht im September schon gern abfalle, während ich glaubte, daß er von einer Stadt Malingre in Frankreich benannt sei. Jahn vermuthete, daß dieser Calville malingre unser Gewürz-Calvill sein möge, und war ich, nach der Vegetation des Probezweiges, etwas geneigt, dieser Vermuthung beizutreten. Früchte indeß, die ich in schöner Ausbildung 1866 und 67 erhielt, zeigten sich mit unserm Gestreiften Herbst-Calvill gänzlich identisch, mit dem ich die Sorte vergleichen konnte und genau verglich und ergibt auch der nicht recht wuchshafte Baum in der Baumschule eher die Vegetation des Gestreiften Herbst-Calvills, als des Gewürz-Calvills. Man mag auch in der Abbildung in den Annales den Gestreiften Herbst-Calvill noch wohl erkennen, wenn man die Beschreibung hinzunimmt und ist nur ein sehr breites Exemplar und bei prächtigerer Färbung, als bei uns, nicht mit deutlichen Streifen, abgebildet. Ist die Identität, wie ich nicht zweifle, gegründet, so zeigt sich die große Unsicherheit aller

Annahmen über Jdentitäten nach Beschreibungen, da Hennau im Texte annimmt, daß der Calville malingre mit unserm Danziger Kantapfel und Braunrothen Himbeerapfel identisch sei. — Ich suchte unsern Gestreiften Herbstcalvill bisher in dem, Annales I, S. 117, von Royer beschriebenen und abgebildeten Pomme Framboise, (obgleich man ihn in der Abbildung auch wenig erkennt), da Royer als Synonym Calville rayé d'automme (Knoop) angibt. Früchte dieser Sorte, deren Reis ich von der Soc. van Mons erhielt, konnte ich noch nicht erzielen, da der erste Probezweig verdarb und kann erst nach gesehener Frucht näher urtheilen. Von Urbanek erhielt ich als Calville malingre, weiter von der Hort. Soc. herstammend eine Frucht, die große Aehnlichkeit mit meinem Rothen Apollo hatte und Jahn fand (Bericht über die Görlitzer Ausstellung S. 90), daß der Calville malingre in der Frucht-Collection aus Boskoop der Winter-Postoph gewesen sei, welcher dem Rothen Apollo wieder ähnlich ist, so daß ich meinerseits die Früchte Winter-Postoph, Rother Polsterapfel, Leberrother Himbeerapfel, Schönbecks rother Winter-Calvill und Rother Apollo noch nicht genügend unterscheide, die ich alle erst auf demselben Baume zum Tragen bringen muß. Dittrich III, S. 3, hat beim Normännischen rothen Winter-Calville (der etwa Annales IV, S. 11 abgebildet ist), als Synonym auch Calville malingre und der Lond. Catalog hat Nr. 114 einen Calville malingre und unter Nr. 115 einen Calville Normande mit dem Synonym Malingre d'angleterre, beides spät reifende Küchenäpfel. Man wird daher ganz leicht nicht herausfinden, was eigentlich und wirklich Calville malingre ist.

27.

Gewürz-Calvill, Hbb. I, S. 199. Arnoldis Obstcabinet gibt Lief. 27, Nr. 81, sehr kenntliche Nachbildung. Von Herrn Baron v. Trauttenberg in Prag erhielt ich diese Frucht als Hyacinth-Calvill. Ferner bekam ich, nach mehrmals erbauten Früchten, dieselbe Frucht von Herrn Dr. Liegel als Dörell's Ananasapfel und ist es zu bedauern, daß Herr Dr. Liegel einigermaßen mit beigetragen hat, so viele bekannte Diel'sche Früchte unter anderen, aus Unkunde von Herrn Dörell gegebenen Namen, zu verbreiten. In der Boskooper Collection in Görlitz fand ich unsere Sorte noch als Herfst Frambos Appel. Hat Zink ihn Nr. 224 als Calville Flammeuse?

28.

Lütticher Ananas-Calvill, Hbb. IV, S. 1. Mas Verger gibt im Februar-Hefte 1866, Nr. 17, nicht recht kenntliche Abbildung.

Rother Herbst-Calvill, Hbb. I, S. 4. Arnolbis Obstcabinet gibt Lief. 16, Nr. 44, kenntliche Nachbildung nach großer, schöner Frucht und auch der Nederlandsche Boomgaard bildet die Frucht Taf. 18, Nr. 35 gut ab, wobei als Synonyme noch genannt werden Roode Rammelaar, Geldersch Present, Roode Wynappel (Norbbrabant) und Groningen), Krootappel (Norbhollanb), Ebelkönig, Grelot, Sonnette und Pomme Violette. Als ibentisch mit dem Rothen Herbst-Calvill erhielt ich selbst von Diel den Großen rothen Sommer-Himbeerapfel und Ebelkönig und gehört wohl auch Diels Braun-rother Himbeerapfel noch dahin, von dem ich genügenbe Früchte noch nicht sah, was indeß auch Herr v. Flotow im Handbuche I, S. 4, annimmt.

Herr Baron v. Bose hat in mehreren Aufsätzen in der Monats-schrift, z. B. 1863, S. 198, nachzuweisen gesucht, baß der Ebelkönig, Roi très noble, nicht der Rothe Herbst-Calvill, sonbern eine für sich bestehende, uralte Sorte sei. Es ist barüber besonders auch nachzu-sehen, was berselbe, Monatsschrift 1863, S. 205, über bie von Herrn Pastor Fischer in der Dorfzeitung 1863, S. 18, (später auch in seinem Obstfreunbe und Obstzüchter S. 178) beschriebene und abge-bilbete Dozener rothe Reinette sagt, bie Pastor Fischer auch Blut-Apfel hatte nennen wollen. In dem Blutapfel finbet Herr Baron v. Bose seinen Ebelkönig. In einer Anmerkung am angeführten Orte bemerkte ich jeboch schon, baß ich als Dozener rothe Reinette von ber Societät zu Prag, (welche mit von Aehrenthal in naher Verbinbung stanb), ungezweifelt ben in der Baumschule schon an bem schönen pyramibalen Wuchse, wie auch in der Frucht leicht zu erkennenben Purpurrothen Cousinot erhalten hätte, der bem Diel'schen Blutapfel minbestens höchst ähnlich, vielleicht aber, wie anzunehmen ich immer mehr geneigt werbe, damit ibentisch ist. Diese Sorte, bie noch viele andere Namen trägt, ist allerbings vom Rothen Herbst-Calville ge-waltig verschieben und eine uralte Sorte, aber es liegen mir keine Beweise vor, baß sie unter dem Namen Ebelkönig vorgekommen sei, der vielmehr, wie 1833 schon Schmibtberger, Beiträge III, S. 37, unb im Handbuche auch Herr v. Flotow annahm, richtig nur ben Rothen Herbst-Calvill bezeichnen wirb, der auch in der Umgegenb von Hilbesheim allgemein Ebelkönig genannt wirb unb ben auch Christ vollst. Pomol. Nr. 12, ganz als unsern Rothen Herbst-Calvill beschreibt unb von Aehrenthal Taf. 59 wie Rothen Herbst-Calvill, nur zu kugelig und zu violettroth abbildet. Es ist indeß mir noch nicht ganz entschieden, was Herr Baron v. Bose als Edelkönig gemeint hat. In Görlitz bekam ich von ihm eine mit dem angeklebten Namen Edelkönig bezeichnete Frucht, die später bei der Untersuchung sich als Purpurrother Cousinot, (= Doxener Reinette oben), oder mindestens dieser Frucht äußerst ähnlich zeigte, (das Fleisch schien mir nur etwas feiner). Nachher sandte er mir aber als den rechten Edelkönig in 3 Exemplaren eine Frucht, die dem Rothen Herbst=Calville zwar ähnlich, aber merklich kleiner und nach dem Kelche mehr zugespitzt war. Ich hatte zwar zufällig gleichzeitig ein unvollkommen gebliebenes Exemplar des Rothen Herbst=Calvills ganz in derselben Form und Färbung ic., doch kann sehr wohl Herr v. Boses Edelkönig, der auch mir nun wohl bald trägt, eine vom Rothen Herbst=Calville verschiedene Frucht sein, die jedoch mit dem hochgebauten Rothen Harlemmer Himbeerapfel, den ich noch nicht tragend hatte, näher verglichen werden muß. Es wird auch in der Schrift über die Reutlinger Ausstellung de 1867, S. 86 bemerkt, daß der in der Obstcollection aus St. Florian ausliegende Edelkönig nicht der Rothe Herbst=Calvill gewesen sei. Ich selbst habe diese Sorte dort nicht näher beachtet, und wohl für Rothen Herbst=Calvill gehalten, und erklärt auch Schmidtberger selbst, (Beiträge III, S. 37) seinen Edelkönig, der sich in St. Florian jetzt noch finden wird, für gleich mit dem Rothen Herbst=Calville.

In dem sehr unclassischen Jenaer deutschen Obstcabinette ist, Nr. 54, als Edelkönig, Roi très noble, sehr falsch eine zu den Gold= Peppings zählende Sorte abgebildet worden.

30.

Rother Sommer-Calvill, Hdb. IV, S. 385. Nachdem ich im Handbuche erst kürzlich eine ausführliche Auseinandersetzung über diese Frucht gegeben hatte, kann ich doch bereits wieder den meine Ansicht bestätigenden Zusatz machen, daß der Diel'sche Rothe Sommer=Calvill kenntlich abgebildet ist von Herrn Dr. Eneroth in der Schwedischen Pomona S. 5 mit jedoch irriger Verweisung auf Sicklers Sommer= Erdbeerapfel, ferner im Verger des Herrn Präsidenten Mas, Dezember= Heft 1865, als Calville rouge d'été, mit Bezugnahme auf Diels Rothen Sommer=Calvill und auf Calville d'été bei Duhamel, auch im Nouveau traité des Arbres fruitiers Duhamel. 1816, II, S. 7, und Converchel Traité des fruits S. 429, (welche Duhamelische Frucht ich für unsern Rothen Sommer=Calvill halte). Auch der

Nederlandsche Boomgaard bildet meine Frucht kenntlich und gestreift ab und gibt als Synonyme Roodo Zommér Calville, (Knoop Taf. I; Serrurier I, S. 80), Madeleine rouge, Calville rouge d'été, (Lond. Cat. Nr. 117), Passe pomme rouge d'été, Pigeon rouge d'été, Früher rother Calvill, Sommer-Erdbeerapfel, selbst Calville d'été de Normandie, Calville hatif, Calville royal d'été, die letzten 5 Synonyme nach Serrurier. (Hat Serrurier selbst erfahren, daß Calville d'été de Normandie, den Duhamel als verschieden von Calville d'été angibt, doch mit diesem sich identisch zeigte? Es bleibt ein sehr großer Mangel der pomologischen Werke, daß die Synonyme ganz gewöhnlich ohne alle Nachweisungen nur als Behauptungen hingesetzt werden). — Auch der schwache Wuchs des Baums wird angegeben. Imgleichen sagt Herr Senator Doorenkaat zu Norden, Monatshefte 1865, S. 199, daß er den Passe pomme rouge von Jahn, und den von Schullehrer Wohlers in Langern erhaltenen Rothen Sommer-Calvill, (Wohlers bekam ihn von mir), identisch gefunden habe, aber diese Frucht von dem Rothen Sommer-Calville, wie er aus Holland stamme, verschieden sei.

Obwohl es nach meinen Untersuchungen nun feststeht, daß die Diel'schen Früchte, Rother Sommer-Calvill, Rother Sommer- und Herbststrichapfel und Veilchenapfel identisch und dem Diel'schen Rothen Sommer-Calville gleich sind, auch wohl das, was bei anderen Autoren unter diesen Benennungen sich findet, großentheils mit dem Diel'schen Rothen Sommer-Calville identisch sein wird, so habe ich doch unter den Varietäten, die ich unter den gedachten Benennungen auch von Andern erhielt, in den Jahren 1865 und namentlich 1866, 4 wirklich verschiedene, daß ich sage Spielarten des Rothen Sommer-Calvills aufgefunden, von denen ich wünschen möchte, daß man sie, wenigstens in pomologischen Gärten, neben einander, oder noch besser auf demselben Zwergbaume, anbauen und fortzupflanzen suchte und unter den hier vorgeschlagenen Benennungen behielte. Die Kennzeichen, in denen ich diese 4 Varietäten verschieden fand, zeigten sich auf demselben Zwergbaume, auf dem ich sie angebracht hatte, wie folgt:

1) Rother Sommer-Calvill; die Diel'sche Frucht des Namens; ziemlich regelmäßig calvillförmig gebaut; die Röthung beginnt gestreift und geht, je nach Jahres-Witterung und Besonnung, bis ziemlich verwaschen dunkelroth fort; das Fleisch ist schön geröthet.

2) Purpurrother Sommer-Calvill; diejenige Varietät, welche ich von Herrn Kunstgärtner Hartwig als Pomme violette erhielt. Die

Form ist ziemlich regelmäßig calvillförmig; die Röthung beginnt und setzt sich fort nicht gestreift, sondern verwaschen; die Gesammtheit der Früchte auf demselben Zweige stellt sich bald als etwas dunkler und schöner purpurroth gegen den Diel'schen Rothen Sommer-Calvill dar, wenn auch einzelne Exemplare sich weniger unterscheiden lassen; das Fleisch ist schön geröthet; die Verschiedenheit im Beginne und Fort-schritte der Röthung unterscheidet beide.

3) Rother Sommer-Strichapfel, Passe pomme rouge, nach der Reifzeit eine passendere Benennung, als Rother Herbststrichapfel. Es ist dies die Frucht, welche ich durch Müschen aus Christ's Collection als Rothen Sommer-Calvill erhielt. Die Form der Frucht ist weniger regelmäßig calvillförmig, als bei den beiden vorhergehenden; die Fär-bung zeichnet sich gegen die anderen durch ein bemerklich helleres, freundlicheres Colorit aus; die Röthung beginnt gestreift und ist die Streifung wie etwas gelblich carmosinroth, auch die Frucht zwischen den Streifen leichter, als bei den andern, roth überlaufen. Die Röthe im Fleische ist etwas heller als bei den beiden ersten. Diese Sorte möchte wohl am ersten diejenige Frucht sein, die man als Cal-ville royale abgebildet findet, oder im T. O.-G. IX, Taf. 19, als Rother Sommer-Strichapfel dargestellt ist.

4) Veilchenapfel; ist diejenige Sorte, welche ich unter diesem Namen durch Müschen aus Christ's Collection erhielt. Die Form ist wieder weniger regelmäßig calvillförmig, selbst etwas mittelbauchig; die Röthung beginnt und setzt sich fort verwaschen ohne deutlichere Streifen; das Roth hat etwas Düsteres und mag man sagen, daß es etwas ins Violette schillert, wird aber nicht so stark aufgetragen, als bei den 2 ersteren; das Fleisch ist ohne Röthe.

Den Geschmack bei diesen 4 Varietäten fand ich nur nach dem Grade der Reife etwas verschieden.

Will man die vorgeschlagenen Benennungen allgemeiner adoptiren, so wird man die Varietäten nach den gegebenen Kennzeichen wohl unterscheiden können. Ich glaube fast, daß der Purpurrothe Sommer-Calvill am meisten allgemeineren Anbau verdiente.

31.

Rother Winter-Calvill, Hdb. I, S. 45. Arnoldis Obstcabinet gibt Lief. 22, Nr. 64 schöne, kenntliche Nachbildung. Eine ziemlich gute, kennt-liche Abbildung gibt auch das Teutsche Obstcabinet Nr. 62. Diese Frucht wird mitunter noch, wie eine spätere Beschreibung nachweisen wird, mit dem Normännischen rothen Winter-Calville, wie Annales IV, S. 10 geschehen ist, ja selbst mit dem Rothen Herbst-Calville verwechselt. Nach Bericht über die Görlitzer Ausstellung S. 90 fand Jahn in der Boskooper Collection einen Calville Imperiale, der = Rother Winter-Calvill war. Diese Sorte trug mir noch nicht.

Bemerken will ich noch, daß ich als Polnischen rothen Pauliner aus Diels Collection, sowohl über Herrnhausen als Frauendorf, eine Frucht erhielt, die ich 1860, wo ich gleichzeitig Früchte hatte, von Diels Rothem Winter-Calville nicht recht unterscheiden konnte. Diel erhielt seinen Polnischen rothen Pauliner von Herrn Kunstgärtner Dürr in Zywiec und beschreibt ihn in mehreren Punkten vom Rothen Winter-Calvill verschieden, bezeichnet ihn als $\frac{1}{4}$" niedriger als hoch, zur Kugelform neigend, auf der Schattenseite mit größeren Stellen grüner, von Röthe reiner Grundfarbe, im Januar und Februar erst zeitigend und bis tief in den Sommer haltbar und in Güte vom 2ten Range. Darnach müßte man wohl annehmen, daß nach Herrenhausen und Frauendorf nicht die rechte Sorte von Diel gekommen sei, wenngleich es auffallend bleibt, daß nach beiden Orten gerade dieselbe Frucht durch gleiche Reiserverwechslung sollte gekommen sein. Verglichen was weiter unten über Nr. 117, den Rothen Polsterapfel gesagt ist. Zu den im Handbuche I, S. 45 angegebenen Synonymen des Rothen Winter-Calvills will ich noch bemerken, daß es sich bereits mehr herausstellt, daß als Calville rouge d'hyver in verschiedenen Ländern sich deutlich verschiedene Früchte finden und Diels Rother Winter-Calvill noch sehr wenig bekannt zu sein scheint. So erhielt ich als Calville rouge d'hyver von Herrn Leroy zu Angers eine Frucht, die in Güte geringer ist, als Diels Frucht, viel düsterer roth und schon äußerlich als davon verschieden sich darstellend und hat Lucas irgendwo bemerkt, daß in Frankreich Diels Winter-Postoph allgemein als Calville rouge d'hyver vorkomme. Genauer vergleichen konnte ich die von Herrn Leroy erhaltene Frucht mit Diels Winter-Postoph noch nicht. Auch von der Société van Mons und den Herrn Simon Louis zu Metz kamen als Calville rouge d'hyver an mich und nach Braunschweig Früchte, die nicht Diels Rother Winter-Calville sind, sondern eher dessen Normännischer rother Winter-Calville, wie denn die Annales IV, S. 11, bei Calville rouge d'hyver auch als Synonyme (nach Merlet und Duhamel) Calville rouge normande anführen. Als weitere Synonyme werden dabei freilich noch genannt „Calville vraie (Aechter) des allemands", also Diels Aechten rother

Winter-Calvill, was aber bann sehr irrig ist, ferner Caillot rosat und Calville rouge d'Anjou, unter welchem Namen aber Herr Martin Müller aus Straßburg eine eble Frucht in Görlitz ausgestellt hatte, bie mir wieder von bem Calville rouge ber Annales verschieben scheint, auch unser Rother Winter-Calvill nicht war. — Es wirb also noch genauer gesichtet werben müssen, welche im Handbuche I, S. 45 angegebene Synonyme wirklich zu Diels Rothem Winter-Calville gehören.

32.

Calvill von St. Sauveur, Hbb. IV, S. 193. Schon bas Handbuch vermuthet, baß bie Frucht nach einem Orte benannt sei. Zehenber in ber Auswahl vorzüglicher Obstsorten, Bern 1865, wo er ihn Taf. 2 ziemlich gut abbilbet, sagt bestimmter, baß bie Sorte auf bem Gute eines Herrn Despreaux in St. Sauveur, Departement ber Oise gefunben worben sei.

33.

Weißer Sommer-Calvill, Hbb. IV, S. 195. Nach Herrenhausen ist biese Frucht auch, wie ich genauer vergleichen konnte, von Diel als Weißer Sommer-Erweling gekommen unb unter biesem Namen von Diel IV, S. 68 beschrieben. Außerbem wirb er, wie sichtbar ist, ben Weißen Sommer-Calvill noch IV, S. 236, als Weißen August-Apfel beschrieben haben. Es hat Diel wohl hauptsächlich an Zeit gefehlt, bie unter ben in seinem Systeme beschriebenen Sorten so zahlreich bereits aufgefundenen Ibentitäten selbst herauszufinden, legte auch zu viel Gewicht auf bemerkte, nicht wesentliche Verschiebenheiten unter verschieben benannten Früchten. Wie weit bie Benennung Weißer Sommer-Erweling richtig war, weiß ich nicht. Knoops Sommer-Erweling I, Taf. 3, hat zerstreute rothe Streifen unb reift im Oktbr. unb Novbr.; Knoops ganz weißer Süßer Erweling reift erst im Novbr. unb Dezbr. — Jahn will bei seinem Kirchmeßapfel IV, S. 179, vermuthen, baß biesen Knoop als Zommer or Herfst Erweling habe. — Hogg beschreibt ben Weißen Sommer-Calvill S. 48 sehr kenntlich als Calville blanche d'été, unter Beziehung auf Knoop Taf. I, unb Diels Kernobstsorten, auch auf Jardin Francais 1653, S. 106, wo er sich schon als Calville blanc finbe. Die Boskooper Fruchtsorten haben als Synonym noch Madeleine blanche.

34.

Carbinal, Rother, Hbb. I, S. 111. Monatshefte 1865, S. 312, nimmt Herr Professor unb jetziger Schulrath Lange an, baß ber bort bekannte Grauapfel der Rothe Carbinal des Handbuchs sei, was auch im Berichte über die Görlitzer Ausstellung S. 142 gesagt ist, und daß auch Agricola auf seinem Probebaume den Braunen und den Grünen Käsapfel, den Christ beschrieben, mit dem Grauapfel identisch gefunden habe. Den Grauapfel erhielt ich von Herrn Schulrath Lange und wird nach der eigenthümlichen Färbung ächt sein, doch habe ich nach den freilich nur erst Einmal erbauten Früchten Identität mit meinem Diel'schen Rothen Carbinal nicht in Anspruch genommen, und noch verschiedener sind der Braune und Grüne Käsapfel, wie ich beibe von Diel allerdings erst durch Böbiker und über Herrenhausen erhielt.

35.

Charlamowsky, Hbb. I, S. 95. Arnolbis Obstcabinet Lief. 6, Nr. 16 gibt gute Nachbilbung, wie auch der Nederlandsche Boomgaard Taf. 17, Nr. 33, ihn als Charlamowsky gut, nur für unsere Gegend zu matt geröthet barstellt. Ronald, Pyrus malus, Taf. 6, (Taf. 17 im Handbuch ist Druckfehler), gibt unter dem Synonym Duchesse of Oldenburg gute Abbildung, und das Rouenner Bulletin S. 183 und die Annales VII, S. 49, auch Lindley's Pomologia Brittanica Taf. 10, (hier zu grün und zu fein gestreift bargestellt), geben ihn unter dem Namen Borowitzky. Unter beiden Benennungen erhielt auch ich selbst biese kenntliche Frucht, bie Duchess of Oldenburg, sowohl durch Urbanek von der Hort. Soc., als von J. Booth in Flotbeck. Die Annales IV, S. 81 bilben als Duchesse d'Oldenbourg bie Frucht viel weniger gestreift ab, als der Charlamowsky gewöhnlich erscheint, sagen indeß, baß der Apfel aus Rußland abstamme, von Kirke unter biesem Namen verbreitet sei, und sprechen bie Angaben im Allgemeinen, namentlich Reifzeit und Geschmack für ben Charlamowsky.

36.

Citronenapfel, Winter, Hbb. I, S. 191; Diel VI, S. 264, und **Königsreinette,** Diel A-B 2, S. 127, welches Glieb im Handbuche vergessen ist. — In der Monatsschrift 1864, S. 118, gebenkt Herr Baron v. Bose einer in Görlitz mehrfach ausgestellt gewesenen, äußerst parabirenden Königsreinette, welche er näher schilbert, und babei hinsichtlich der im Handbuche S. 191 angegebenen Identität der Diel'schen Königsreinette mit bessen Winter-Citronenapfel bemerkt, baß er bie Diel'sche Königsreinette in Diels Heften nicht habe finden können, um näher zu vergleichen. Auch Jahn gedenkt Monatsschrift 1863, S. 89, einer Königsreinette aus einer benachbarten Vereins= Baumschule, die weder die Diel'sche Königs-, noch die Königliche Reinette sei, auch nicht Diels von mir beschriebener Winter=Citronen= Apfel, sondern nach dem Geschmacke Fromm's Goldreinette sein werde, die in Form und Färbung sehr veränderlich sei, und mit dem Böhmischen Borsdorfer (Großen Böhmischen Borsdorfer? D.) identisch sei. Er gedenkt noch einer von Augustin Wilhelm in Luxemburg erhaltenen Reinette Royale, die auch die Königsreinette nicht sei, sondern eher die Reinette de Gomont, Jllstr. Handb. I, S. 457. Aus früherer Zeit besitze er endlich noch eine Reinette Royale, die auch Diels Königliche Reinette nicht sei.

Die Reinette Royale oder Königliche Reinette muß immer von der Königsreinette unterschieden werden, und gibt es auch nach meiner Ansicht mehrere Früchte als Royale, Royale d'Angleterre etc. be= nannt, die von Diels Königlicher Reinette, in der ich die Dûhamel'sche Frucht des Namens mit Diel suche, verschieden sind.

Die in Görlitz ausgestellte Königsreinette sah ich, zu viel in An= spruch genommen, leider nicht, um über diese urtheilen zu können, scheint aber doch nach den Angaben über die Frucht von Diels Königsreinette genügend verschieden. Meine Angaben beim Winter=Citronenapfel im Absatze Literatur sind derzeit auch bei den fraglichen Früchten, um genügende Nachricht zu geben, noch zu kurz ausgefallen, und muß ich noch Folgendes über die statuirte Jdentität bemerken. Es ist in Hin= sicht der in Görlitz ausgestellten Königsreinette zunächst zu fragen, ob diese, oder die Diel'sche Frucht richtig benannt war. An das, was Diel angegeben hat und man direct, oder aus guter Quelle daher erhielt, muß man, bei den im Allgemeinen genauen Diel'schen Be= schreibungen, immer zunächst sich halten und ohne genügenden Grund davon nicht abweichen, wenn man nicht auf ein zu unsicheres Terrain sich begeben will. Leider fand ich gerade in Diels Beschreibungen der gedachten beiden Früchte, wie ich sie aus mehreren Quellen er= hielt und daher nicht zweifeln kann, daß ich sie richtig erhielt, merk= liche Verschiedenheiten von Diels Beschreibungen, was einzeln aller= dings sich findet, (z. B. beim Virginischen Rosenapfel), aber glücklicher Weise doch nur selten vorkommt. Diel erhielt seine Königsreinette von Stein in Paris als Reinette du Roi, und lobt die Frucht am angeführten Orte sehr, rechnet sie auch zu den Goldreinetten. Ich bekam, wie im Handbuche angegeben ist, den Winter=Citronenapfel von

Diel direct und nochmals von Diel durch Böbiker ganz überein, zeigte sich jedoch immer ziemlich stark geröthet, sonst aber mit der Beschreibung stimmend, die Königsreinette aber nicht nur direct von Diel, sondern auch von Diel über Frauendorf und nochmals von Böbiker. Diese 3 trugen öfter und selbst auf demselben Probebaume ganz überein und waren von dem Winter-Citronenapfel nicht verschieden. Ja ich fand die Königsreinette auf der Ausstellung zu Gotha auch eben so unter drei Collectionen, namentlich von Lucas und Herrn Hofgärtner Schoch, die ich mitnahm und im Winter mit meiner Königsreinette nochmals genau vergleichen konnte, so daß ich wohl berechtigt war, die Identität beider Früchte anzunehmen. Es bleibt für die Forschungen Anderer wohl lehrreich, daß ich nach wiederholten Trachten die Königsreinette nur Einmal in der, von Diel als sehr ähnlich angegebenen Form der Diel'schen Weiberreinette, (Pariser Rambour-Reinette; richtiger ist Pomme Madame die Orleans-Reinette), sah und auch 1857 folgende Abweichungen notirte: 1) mit Weiberreinette keine Aehnlichkeit; 2) Kelch geschlossen, nicht ziemlich offen, was er jedoch bei Diels sehr vollkommenen Früchten gewesen sein mag; Kelchsenkung weder tief, noch schüsselförmig, die Rippen über die Frucht auch nicht calvillartig; Stiel nicht $^3/_4$, sondern nur $^1/_2$" lang; 4) Rost in der Stielhöhle theils nur mäßig und nur bei einzelnen stärker, erstreckte sich aber keineswegs über die ganze Stielwölbung; 5) Rostfiguren oder gar Rostüberzüge fanden sich nicht, sondern nur Anflug von Rost; 6) Punkte auch in der Röthe sehr sichtbar als etwas feine gelbliche Dupfen, wie beim Winter-Citronenapfel; Röthe ganz wie angegeben, aber die Frucht gleicht nicht den Goldreinetten; 7) Fleisch nicht ungemein saftreich und Geschmack nicht erhaben weinartig, sondern ganz wie beim Winter-Citronenapfel; 8) Kelchröhre ein breiter, aber nicht bis aufs Kernhaus herabgehender Kegel. — Hat Diel, wie man annehmen mag, seine Beschreibung der Königsreinette nach den vorliegenden Früchten genau gemacht, so beschrieb er sie vielleicht nur nach Früchten aus einem besonders günstigen Jahrgange, oder Boden und Unterlage ließen sie in seinem Garten besonders vollkommen ausfallen. — Das auffallendste Beispiel einer Abweichung von Diels Beschreibungen habe ich bei Büttners schwärzlich schillernder Goldreinette gefunden, wie das eine bereits concipirte Beschreibung dieser schätzbaren Frucht demnächst darlegen wird, die ich aber dennoch als ächt betrachten muß, da ich sie aus 4 guten Quellen überein erhielt; doch wiederhole ich nochmals, derartige beträchtliche Abweichungen fand ich bei den vor

Diel erhalten Früchten nur sehr einzeln. — Bemerken will ich noch, daß Herr Mas im Verger 1865, Juniheft, Nr. 12, eine Reinette du Roi hat, die einem Winter=Citronenapfel auch ähnlich ist, doch trug sie mir noch nicht. Herr Gutsbesitzer Clemens Robt sandte mir einen aus Prag stammenden Winter=Citronenapfel ohne alle Röthe, jedoch paßten andere Eigenschaften der Frucht nicht auf Diels Winter= Citronenapfel und mochte man darin eher den Meißner (Winter=) Citronenapfel (Diel IX, S. 196) finden, den ich von Herrn v. Flo-tow nicht bekommen konnte und ihn erst jetzt durch die Freundlichkeit des Herrn Robt erhielt, den auch Herr v. Flotow, Handb. I, S. 371, fast ohne Röthe beschreibt, während aber Fleisch und Geschmack edler sind, als beim Winter=Citronenapfel, Geschmack auch nach Diel etwas alantartig, wobei wieder Diel beim Meißner Winter=Citronenapfel be-trächtliche Röthe angibt, dennoch aber Herr v. Flotow, der auch der von Diel angegebenen stärkeren Röthe hätte gedenken sollen, diese Diel'sche Frucht richtig gehabt haben mag. Ich bekam von Herrn Robt einen Winter=Citronenapfel noch aus einigen andern Quel-len und habe diese Sorten sofort auf Probebäume gesetzt. Leider wird dabei nicht fest stehen, ob auch diese Sorten direct von Diel bezogen wurden, worauf hinsichtlich der Genauigkeit und Ergie-bigkeit der Forschungen sehr viel ankommt. Es werden mit Winter= Citronenapfel wohl manche Früchte benannt, z. B. nach Berichte über die Görlitzer Ausstellung S. 91 der Winter=Quittenapfel. Jahn will daselbst auch den Boikenapfel mit dem Winter=Citronenapfel zusammen= stellen, der aber ein merklich anderer ist.

37.

Cousinot, Purpurrother, Hdb. IV, S. 243 und **Großer rother Pilgrim,** IV, S. 331. Der schon in der Baumschule sehr kennt-liche, pyramidale Wuchs des Baums, und Früchte, die Herr Sani-tätsrath Jahn mir 1865 sandte, haben, wie Jahn schon nach meinen Früchten des Purpurrothen Cousinot vermuthete und ich jetzt auch durch nähere Vergleichung ermitteln konnte, beide genannten Sorten als identisch erwiesen. Diese äußerst weit verbreitete und sehr reich tragende, höchst schätzbare, in Arnoldis Obstcabinette, Lief. 29, Nr. 87, nachgebil-dete Frucht findet sich unter noch gar manchen andern Benennungen. Diel beschrieb ihn, außer den schon im Handbuche angeführten Synonymen, noch als Engl. Büschelreinette, Rhoner, (den ich 1865 von Herrn Cle-mens Robt wieder in Frucht erhielt und wesentlichen Unterschied nicht fanb) unb wohl auch Blutapfel, auch unter dem wenig passenden Namen Carmosinrother Kastanienapfel (Diel X, S. 55), wie er von Diel nach Herrenhausen kam, wo er schon oft trug, unb, mit der Beschreibung stimmenb, sich mit dem Obigen identisch zeigte. Vielleicht kommt er in Frankreich wirklich unter den Chataigniers vor. In der im Teutschen Garten-Magazine 1807, Taf. 7, als Rothe Reinette abgebildeten Frucht kann man den Purpurrothen Cousinot auch wohl erkennen, unb fand sich 1867 in der Ausstellung zu Reutlingen der Purpurrothe Cousinot auch 3 mal als Rothe Reinette. Was indeß die Pomona Francon. Taf. 29 als Rothe Reinette hat, ist sichtbar eine andere Frucht unb ist schon an sich zu vermuthen, baß dieser Name mancherlei Früchten beigelegt sein werbe, wie man zum Ueberflusse aus Dochnahls Führer S. 351 unb 355 ersehen kann, wo der Obige sich unter Nr. 772 als Gemeine Reinette, Rothe Reinette, vielleicht auch (namentlich nach der Dauer, 1 Jahr), unter Nr. 746 als Rothe Reinette schlechtweg findet, welcher nichts näher bestimmende Name als Synonym auch noch bei Dochnahls Nr. 747, dem Purpurrothen Cousinot vorkommt. Aus der Boskooper Collection erhielt ich in Görlitz den Obigen auch noch als Roode Schager unb Roode Zoete. (cf. Monatsschrift 1864, S. 5). — Den Blutapfel schließlich boch mit dem Obigen gleichfalls zusammen zu werfen, bin ich baburch geneigter geworden, baß ich bei dem Purpurrothen Cousinot, namentlich 1864, auch schon gelbliche Rostfiguren fand unb mehr ober weniger (oft auch beim Purpurrothen Cousinot unb Blutapfel ganz fehlenbe) Röthe im Fleische, etwas eblerer ober weniger ebler Geschmack nach Boben unb Jahrgängen wechseln. Den Wuchs des Blutapfels finde ich indeß in den Baumschulen immer noch etwas weniger pyramibal, unb Monatshefte 1865, S. 196, setzt Herr Senator Doorenkaat zu Norden ben Blutapfel in den ersten Rang.

38.

Cyberapfel, Harrisons, Hbb. IV, S. 189. Hinsichtlich des Harrisons Newark bemerke ich noch, baß Newark eine Stabt in New Jersey in Amerika, an der Münbung des Hubson ist, wo also bie Frucht wohl entstanb.

39.

Doobapfel, Hbb. IV, S. 265. Nach Angabe eines Sprachkenners bebeutet Dood unb Doodte so viel als Tute, wornach der Name also einen Apfel mit tiefer Kelchsenkung bezeichnet, ähnlich wie Tiefblüth und Tiefbutzer.

40.

Eckapfel, Rother, Hbb. I, S. 53. Monatsschr. 1864, S. 49 gib Lucas die Nachricht, Jahn habe in Görlitz mehrere, mit dem Ge flammten weißen Cardinal gleiche Früchte zusammengestellt gehabt darunter auch den Rothen Eckapfel. Dem widerstreitet indeß nicht nur die Abbildung im T. O.-G. XIX, S. 230, sondern auch die späte Reifzeit, eßbar im Dezember und bis Pfingsten saftreich. Eher könnte eine Frucht ächt sein, die mir Herr Baron v. Bose 1865 als Rothen Eckapfel sandte, wenn er auch dem Abgebildeten in Form und Schönheit nicht ganz gleich kam. Auch was Herr von Flotow im Handbuche als Rothen Eckapfel beschreibt, hat nicht ganz die Form der Abbildung im T. O.-G., (was freilich nicht wesentlich ist), und gibt die Reifzeit gleichfalls weit früher an, Novbr. und Dezbr. Ist eine Frucht durch richtig benannte Reiser nicht continuirlich fortge pflanzt und der Nachwelt überliefert worden, so muß die Sorte mei stens als verloren betrachtet werden und wird es unendlich schwer sein, sie ächt wieder aufzufinden. Woher Herr v. Flotow den Rothen Eckapfel erhielt, sagt er nicht, welche Notiz in den allermeisten Werken fehlt, sonst könnte man daraus noch etwas schließen. Ich erhielt die Sorte von Herr v. Flotow gleichfalls, sah aber erst 1868 eine wohl noch unvollkommen gebliebene Frucht.

41.

Eckenhagener, Weller's, Hbb. I, S. 279. Arnoldts Obst cabinet gibt Lief. 6, Nr. 15, kenntliche Nachbildung.

42.

Eiserapfel, Rother, Hbb. IV, S. 353. Arnoldts Obstcabinet gibt Lief. 10, Nr. 26, unter dem ursprünglich nach Diel gegebenen Namen, Rother 3 Jahre dauernder Streifling, sehr kenntliche Nach bildung.

In der in Görlitz ausgestellten Boskooper Collection fand ich diese Frucht als Doubelde Zuure Paradys, wie sie auch der Nieder ländische Baumgarten Taf. 3, doch nur ziemlich kenntlich abbildet. Als Zoete Paradys nahm ich aus dieser Collection noch eine andere Frucht mit, die ich von dem Zuure Paradys kaum unterscheiden konnte, und auch Jahn meint, Monatshefte 1865, S. 354, daß er beibe nicht wohl habe unterscheiden können.

43.

Erdbeerapfel, Englischer, Hbb. I, S. 429. Arnolbis Obst-cabinet gibt, Lief. 8, Nr. 21, gute Nachbildung.

44.

Erzherzog Anton, Hbb. I, S. 171. Diese Frucht ist in Mas Verger Nr. 13, wohl ungezweifelt ächt und ganz kenntlich abgebilbet. Von Herrn Dr. Liegel erhielt ich unter biesem Namen eine gänzlich andere, aber falsch benannte Frucht, und an Jahn kam von Liegel, nach Früchten, bie Jahn mir 1865 sanbte, bieselbe Sorte.

45.

Esopus Spitzenburgh. Im Handbuch I, S. 523, ist nicht bie rechte Sorte gegeben, bie sich erst Handbuch IV, S. 389, finbet.

46.

Faßapfel, Hbb. I, S. 397. Die im Handbuche gegebene Figur stimmt nicht genügenb mit ber Faßform, welche mein birect von Diel bezogener Faßapfel zeigt. An Diel kam die Frucht von Herrn Pro-fessor Grebe in Marburg, und ist baher nicht zu zweifeln, baß er bie rechte, bei Marburg verbreitete Frucht hatte. Die von Herrn v. Flo-tow gegebene Beschreibung weicht von ber Diel'schen in einigen Punkten ab, mit ber meine Frucht besser stimmte. Die Schale war oft sein fettig; Punkte fanb ich gleichfalls fast gar nicht, ober nur zerstreut; Kelch war nicht offen, sonbern geschlossen und saß in ziemlich tiefer Senkung, mit schönen, oft starken Beulen umgeben, von benen mehrere calvillartig über bie Frucht hinliefen, so baß auch ber Querburchschnitt Kanten anzeigte. Einzelne Erhabenheiten traten stärker vor unb verbarben oft bie Form. Stiel war, was Diel hervorhebt, holzig, bünn, $3/4''$ lang, bagegen fanb ich bie Fächer bes Kernhauses nicht immer sehr weit offen, welche Abweichung aber bei Früchten in meiner Gegenb öfter gegen Diels Angaben eintrat. Auch ich fanb allerbings, baß ber Bauch meistens etwas mehr nach bem Stiele hin lag, boch hatte ich auch gar nicht selten Früchte, bie ben Bauch in ber Mitte zeigten und nach beiden Seiten ziemlich gleichmäßig abnahmen, an beiden Enben etwas abgestumpft, welche Form auch bie Birn Tonneau zeigt.

Die im Handbuche S. 398 angegebene Vegetation, die nie fehlen sollte, ist beim Druck von mir, nach Diels Angaben, hinzugefügt worden.

47.

Fleiner, Kleiner, Hbb. I, S. 177! Arnoldis Obstcabinet, Lief. 22, Nr. 61, gibt gute Nachbildung. Wahrscheinlich ist diese Frucht identisch mit Diels Großem Winter-Fleiner.

47 b.

Königsfleiner, Hbb. I, S. 181. Die Monatshefte geben 1867, S. 257 kenntliche, gute Abbildung.

48.

Frauen Rothacher, Hbb. IV, S. 59. Arnoldis Obstcabinet gibt Lief. 25, Nr. 77, Nachbildung.

49.

Fündling von Bedfordshire, Hbb. IV, S. 93. Ronald Pyrus malus, Taf. 28, Fig. 3, hat die Frucht von Größe als die von mir gegebene Figur; sie wird aber auch merklich breiter abgebildet und selbst flachrund, wie ich von der Ausstellung zu Berlin eine Frucht mitbrachte. Verglichen Mas Verger 1865, Nr. 2; Buch der Welt, 4te Lieferung, Stuttgart 1863, (ganz flachrund). Auch v. Bose gibt die Figur Monatsschrift 1864, S. 230, merklich größer und breiter, als sie im Handbuche erscheint.

50.

Fürstenapfel, Grüner, Hbb. IV, S. 377. Arnoldis Obstcabinet gibt Nachbildung Lief. 26, Nr. 75. Viele Früchte bleiben ohne Streifen und sind bloß leicht geröthet. Es ist noch anzumerken, daß ich aus Booths Collection eine dem Obigen gleiche Frucht unter dem Namen Rosenhänger (Rosenhäger? O.) erhielt, und weiß ich noch nicht, ob dies etwa der Holsteinische und Dänische Rosenhäger ist, oder ich die Sorte falsch erhielt.

51.

Gewürzapfel, Englischer, Hbb. I, S. 73. Die Frucht hat auch in Jeinsen, wie früher in Nienburg, sich als höchst fruchtbar gezeigt, hält sich indeß zu wenig lange und behält den Fehler, daß sie auf dem Lager leicht stippig im Fleische wird. Man muß sie daher zu dem im Handbuche angegebenen Zwecke etwas rasch verbrauchen, kühl aufbewahren und eher zu früh, als zu spät pflücken.

Bei der Literatur ist noch anzumerken, daß unentschieden bleibt, unter welchem Namen die Sorte bei Hogg und im Londoner Cataloge vorkommt. Hogg hat S. 186 einen Spice Apple, den er mit Diels Weißem Engl. Gewürzapfel identificirt, (welche Frucht durch Rentmeister Uellner als Spice Apple von Kirke an Diel kam), und bemerkt Hogg, dieser sein Spice Apple sei nicht der des Lond. Catalogs, sondern der, welchen Kirke zu Brompton gebaut habe, und welchen Diel X, 34 beschrieben habe. Hogg irrt sich in seiner Ansicht aber sicher, indem dieser Hogg'sche Spice Apple breite, karmoisinrothe Streifen an der Sonnenseite haben soll, während Diels Frucht diese nie zeigt, meistens einfarbig bleibt mit nur etwas gelberer Sonnenseite und höchstens einen leichten Anflug von Röthe hat. Die Zeitigung gibt Diel im November an und halte dieselbe sich den Winter hindurch und so setzt auch Hogg bei seinem gedachten Spice Apple die Reifzeit November to February. Meinerseits bekam ich Diels Weißen Engl. Gewürzapfel direct von Diel und stimmt die Frucht, bis auf frühere Reifzeit mit Diels Angaben sehr, zeitigte aber in warmen Jahren schon Anfangs Oktober, ja wurde nicht selten schon im September mürbe und hielt sich selbst im Keller nicht viel über November, nie bis März. Hogg hat S. 76 noch einen Early Spice Apple, der im Lond. Catal. 3te Ausgabe (die ich besitze) unter Nr. 786 als Early Spice vorkomme, der mit Diels Beschreibung in manchen Stücken stimmt, freilich aber schon in der ersten Augustwoche reifen soll. Man könnte unter diesem Early Spice auch etwa unsern Sommer-Gewürz-Apfel suchen, den man unter anderem Namen bei Hogg auch nicht auffindet, obwohl es auffallen muß, daß er in England nicht bekannter sein sollte. Es gibt überhaupt mehrere Spice Apples in England und hat der Londoner Catalog S. 4 einen Spice Early, Spice Scarlet, Spice Sweeting, Spice Wood und unter Nr. 785 noch einen Spice Apple mit den Synonymen Armomatic Russet, Brown Apple of Burnt Island, Rooks Nest Apple, Brown Spice, Burnt Island Pippin. Dieser letzte wird Diels Engl. gewürzhafter Russet sein, den Diel von Lobbiger als Aromatic Russet erhielt. Es kommt bei Knoop Taf. 1, ein Englischer Carolin, Caroline d'Angleterre vor, der unsere Frucht wohl sein könnte. Hogg hat aber als Caroline S. 57 eine ganz andere, nach Lady Caroline Suffield benannte Frucht,

Diel hat die oben genannte Knoop'sche Frucht als Gelber Englischer Carolin, VII, S. 21, wo die Beschreibung auf unsern Engl. Gewürz-Äpfel sehr paßt, so daß beide identisch sein dürften. Frucht des Gelben Englischen Carolin sah ich leider noch nicht, doch trägt die Sorte wohl bald. Diel unterscheidet davon sehr einen aus England erhaltenen Weißen Englischen Carolin, X, S. 59, den er aber doch ziemlich ganz eben so beschreibt und damit identisch sein dürfte. Diese Sorte erhielt ich leider falsch. — Möglich ist auch Knoops Jungfern-Gewürzapfel, Taf. IV, unsere Sorte, wo Figur und Angaben auch noch ganz gut passen.

52.

Sommer-Gewürzapfel, Hdb. I, S. 203. Arnoldis Obstcabinet, Lief. 22, Nr. 62, gibt gute, kenntliche Nachbildung. Der Niederlän-dische Baumgarten gibt Lief. 7, Nr. 27, ganz kenntliche Abbildung unter dem Namen Zommer-Aagt und mein von Herrn Wilhelm Ottolander in Boskoop erhaltener Zommer-Aagt bestätigte, durch 1865 erbaute Früchte, die Identität. Auch Herr Doorenkaat zu Norden fand, nach Monatshefte 1865, S. 195, diese Identität. Der Name Sommer-Agatapfel paßt aber wenig für die Frucht und wird ohne Zweifel richtiger und schon von Knoop vom Sommer Kronenapfel ge-braucht, (siehe diesen). Ich halte mich auch überzeugt, daß unser Sommer-Gewürzapfel sich schon bei Knoop, Taf. 1, als Weißer Ge-würzapfel (Witte Kruid Appel) findet, wo er in Form ganz gut, nur fehlerhaft zu weiß illuminirt, dargestellt ist, mit dem aber gleich nach-her der Paläftiner-Apfel wohl für gleich gehalten wird, so daß die Be-nennung Zommer-Aagt nicht hätte adoptirt werden sollen, zumal die im Boomgaard angegebenen Synonyme auf den Knoopischen Witte Kruid Appel hinweisen, wo auch in den Boskooper Fruchtsorten 1ste Reeks steht Blanke Tulpappel, Tarwappel, Zijden Hemdje, Oogst-Appel, Pypappel. Die Frucht kommt auch selten so stielbauchig und konisch vor, als sie im Boomgaard erscheint, während jedoch ge-standen werden muß, daß auch die Figur des Handbuches von mir nach nicht gehörig charakteristischer Frucht entnommen ist, und gute Früchte höher gebaut und fast mittelbauchig, doch nach dem Kelche etwas stärker abnehmend erscheinen, als nach dem Stiele.

Als Synonyme werden im Boomgaard, außer dem Namen des Handbuchs und Diels noch angeführt: Witte Kruid Appel, (Knoop Taf. I,) Kruideling witte (Serrurier I, S. 128), Blanke Tulp Appel,

Tarwappel, (welchen ich meinerseits, nach Knoop, wieder dem Sommer Kronenapfel beilege), Zijden Hemdje (in Westland), Oogstappel (von Noordt), Augustusapfel, (Pijappel (in einigen Gegenden von Niederland), Augustapfel (Dänemark), Palästiner, Weisse Sommer-Schafsnase, auch, (was wohl aus dem Handbuche entnommen ist), Engl. Kantapfel, Schönbocks früher Gewürzapfel, Pomme avant toutes, Foxley Russian Apple und Sommer-Postoph, unter welchen beiden letzten Namen ich unsere Frucht von Liegel erhielt, der sie auch, Neue Obstsorten, S. 16, Nr. 180, als Russischer Foxley, jedoch nach zu kleinen Früchten (1" 11''' hoch, 1" 8''' breit, wie er bei zu vollem Tragen wohl bleibt), beschrieben hat. Die Pomona Franconica hat jedoch als Sommer-Borsdorfer, Postophe d'été, Taf. XXIII, eine ganz andere Frucht und ist die Benennung vom Sommer-Gewürzapfel auch gänzlich unpassend. Auch Dittrich hat die Frucht III, S. 8 als Weiße Sommer Schafsnase mit den Synonymen Weißer Sommer-Gewürzapfel, Palästiner und Witte Kruidappel, führt aber daneben I, S 143, unter Hinweisung auf Christs Hand.-Wörterb. S. 73, noch einen hellrothen Sommer-Postoph an. Auch die Benennung Russischer Foxley wird etwa irrig sein, und muß wenigstens bemerkt werden, daß Hogg als Foxley einen von Knight aus Kreuzung eines Kirsch-Apfels mit dem Engl. Goldpepping erzogenen, sehr kleinen, jedoch gerühmten Cyderapfel aufführt, der in der Pomona Herefordiensis, Taf. 14, abgebildet ist. Dabei bemerkt Liegel am angeführten Orte, daß er den Foxley Russian Apple 1824 von Diel erhalten habe und setzt hinzu: „Soll ein neuer Engl. Apfel sein." — Nach dem Berichte über die Görlitzer Ausstellung S. 142, wird der Sommer-Gewürzapfel im Altenburgischen als Weißer Grauapfel viel gebaut. Schließlich noch die Bemerkung, daß die Frucht in pomologischen Werken das Synonym Pomme avant toutes mehrfältig hat.

53.

Glockenapfel, Herbst, Hbb, IV, S. 207. Bei Knoop II, Taf. 5, findet sich diese Frucht wohl offenbar als Weiß- und Rothgesprengter Schlotterapfel.

54.

Götterapfel, Hbb. IV, S. 83. Der Niederländische Baumgarten bildet, Lief. 7, Nr. 25, als Dominisos eine von der Frucht des Namens in unserm Handbuche gänzlich verschiedene Frucht ab, hochgebaut, zum abgestumpft konischen neigend, 2¾″ breit, 3″ hoch, gelb, Sonnenseite goldartiger, Reife im August bis Oktober, für Tafel und Küche sehr gelobt. Ist in Form und Färbung einem Clubius Herbst= Apfel etwas ähnlich, der indeß nicht so früh zeitigt. Die Herren Herausgeber, welche die Frucht von J. Booth erhalten haben, halten sie für die rechte, was indeß ungezweifelt irrig ist, da alle Nachrichten dahin gehen, daß der Götterapfel eine rambourartige, lange haltbare Sorte ist. Liegel, welcher die Frucht zuerst, Neue Obstsorten S. 23, näher beschrieb, erhielt die Reiser überein von Diel und Burchardt in Landsberg, auch von Herrn von Hartwiß, Director der Kaiserlichen Gärten in Nikita. Daneben gab Herr Dechant Kunz zu Czernowitz in der Bukkowina ihm über die Sorte im März 1845 nähere Nach= richt, schickte auch 2 Früchte mit, die zu Czernowitz erwachsen waren und schon dort etwas hartes Fleisch hätten, fügt auch hinzu, daß er vor einigen Jahren etliche solche Aepfel gegessen habe, die in Bulgarien hinter der Donau erwachsen waren, im Munde ganz zergehend ge= wesen seien, und ein solches Aroma gehabt hätten, daß nur die Mus= katreinette ein noch durchbringenderes Gewürz darbot. Dieses Ge= würz zeigt die Frucht des Handbuchs deutlich noch selbst in hiesiger Gegend, und läßt die noch hinzugefügte Angabe, daß der Götterapfel sich bis tief in den Sommer hinein hälte und doch saftreich bleibe, nicht zweifeln, daß das Handbuch die rechte Frucht gebracht hat. — Die Frucht des Niederländischen Baumgartens trug bereits 1866, und erhielt ich gleichzeitig Frucht von Herrn Senator Doorenkaat zu Nor= den, der die Sorte auch aus Boskoop bekam. Sie gab einen, Ende August zeitigenden, guten weißen Calvill, der Beachtung verdient, guten, etwas süßweinartigen Geschmack und einige Aehnlichkeit mit Carins Sommer=Calvill hatte, scheint sich aber nicht lange zu halten, und verdient den Namen Götterapfel kaum.

55.

Golden Noble, Hdb. I, S. 377, und der in meiner Anleitung beschriebene Gelbe Edelapfel, der sich im Garten des Grafen v. Ben= nigsen zu Banteln bei Elze, woher ich die Frucht bekam, auch als Golden Noble fand, haben sich jetzt als völlig identisch erwiesen. Die deutsche Benennung ist ganz passend. Den Golden Noble erhielt ich von Herrn v. Flotow. — Arnoldis Obstcabinet, Lief. 18, Nr. 51, gibt gute, kenntliche Nachbildung. Hogg hat im Manuale Waltham Abbey Seedley als Synonym von Golden Noble, nach den Trans=

actions wäre jener nur aus einem Kerne des Golden Noble erzogen, also jedenfalls sehr ähnlich.

56.

Goldmohr, Hbb. I, S. 501. Diese Frucht, welche bei mir die im Handbuche dargestellte Größe nicht erlangte, fand sich nach dem Berichte über die Görlitzer Ausstellung mehrfach als Negre d'oré, welchen Namen auch die Uebersetzung Goldmohr andeutet, jedoch nur durch eine etwas düstere, golbartige, oft vielen Rost zeigende Farbe, nicht ganz passend entstanden sein kann. Auch Jahn erkannte den Negre d'oré aus der Collection aus Schwetzingen für den Goldmohr, (Görlitzer Bericht, S. 87). Nach dem pomologischen Garten zu Braunschweig kam von Simon Louis als Negre d'oré eine andere kleinere, stark beroftete, stark welkende, aber äußerst volltragende, graue Reinette, die auch den Namen nicht rechtfertigt.

57.

Goldgulderling, Hbb. I, S. 67. Arnoldis Obstcabinet wird Nr. 106 Nachbildung geben. Den Goldgulderling, (Gelben Engl. Gulberling) und Gelben Gulberling, wie ich beide Sorten von Diel direct erhielt, und mit der Beschreibung gut stimmten, fand ich einander wenig ähnlich, wenigstens leicht zu unterscheiden, habe auch den Goldgulderling nicht so hoch gebaut gehabt, wie er in der Figur im Handbuche erscheint. Ich habe bei dem Goldgulderling nur nicht völlig die von Diel angegebene Güte finden können; reiche Tragbarkeit war da. — Der gelbe Gulberling ist mehr zur Walzenform geneigt und in der Knoop'schen Figur, Einfacher Gulberling, auf Taf. 7, gut zu erkennen, der aber im Contexte wohl eher der Einfache süße Gulberling, als der gleich nachher folgende Gelbe Gulberling wird sein sollen. Leider fehlen in Knoops Werken die genauen Beziehungen vom Texte zu den Kupfern. Ich stimme bei, daß in v. Aehrenthals Figur die obige Sorte nicht zu erkennen ist, welches theure Werk überhaupt wenig wissenschaftlichen Werth hat, und bei dem der Verfasser die Arbeit sich gewaltig leicht gemacht hat, da, zu gemachten Abbildungen nach von Diel bezogenen Früchten, einfach die Diel'sche Beschreibung hinzugesetzt worden ist, mehrmals unvollkommene Früchte abgebildet worden sind, (z. B. Guckenberger Krapapfel und die Verwandten), die Beschreibung auf ein Kupfer oft nicht genügend paßt, ja einzeln Unrichtiges mit unterlaufen ist, wie z. B. zu der richtig dargestellten Waaren Neuyorker Reinette Diels, ohne Weiteres die Beschreibung der Neuyorker Reinette, V, S. 152, hinzugesetzt worden ist, obwohl Diel selbst diese Frucht später als unrichtig benannt und für die Reinette von Orleans erklärt hatte

58.

Goldzeugapfel, Hdb. I, S. 263 und **Gelber Klosterapfel**, Hdb. IV, S. 91, werden völlig identisch sein. Von Herrn Clemens Robt zu Sterkowitz erhielt ich in Frucht und Reisern dessen, weiter aus Dresden bezogenen, und indirect sicher von Diel herstammenden Gelben Klosterapfel ganz identisch mit dem Goldzeugapfel, und kann man diesen in den Beschreibungen von Diel und von Herrn Geh.-Rath v. Flotow im Handbuche auch recht gut finden.

Arnoldts Obstcabinet Lief. 13, Nr. 32, gibt ziemlich kenntliche Nachbildung, die nach der rechten Frucht gemacht ist. Auch Monats-schrift 1857, S. 201, gibt gute Abbildung. — Ronald Pyrus malus, Taf. 26, hat einen Drap d'or, der im Kupfer unserm Goldzeug-Apfel zwar sehr gleicht, jedoch im Oktober und November reifen soll. Die Pomona Franconica bildet als Wahren Goldzeugapfel, Taf. 23, eine ganz andere, hoch gebaute, fast abgestumpft konische Frucht ab, die vielleicht dieselbige ist, welche ich von Herrn General-Consul Lade zu Monrépos bei Geisenheim 1867 als Drap d'or erhielt. Ver-gleiche auch Dittrich III, S. 39, Heiliger Juliansapfel (Concombre des Chartreux, Seigneur d'Orsay) und Hoggs St. Julien, S. 177. St. Julien ist nach Duhamel II, S. 24, eine in der Normandie sich findende Varietät des Vrai drap d'or, diesem höchst ähnlich, nur etwas mehr säuerlich, welche Verschiedenheit nur im Boden liegen möge. Bei meiner Angabe im Handbuche, daß auch der Gelbe Fenchelapfel oft Drap d'or heiße, muß ich bemerken, daß eher Diels Goldartiger Fenchelapfel, (falls er mit dem Gelben Fenchelapfel nicht identisch ist), Duhamels Fenouillet jaune, mit dem Synon. Drap d'or ist. — Daß der Goldzeugapfel auch als Joseph II. neuerdings verbreitet und dieser dem Goldzeugapfel gleich sei, ist Monatsschrift 1864, S. 80 in Zweifel gezogen worden; die Identität wird aber schon durch Liegels Beschrei-bung, Neue Obstsorten S. 30, klar bestätigt und bekam ich den Goldzeug-Apfel als Reinette Joseph II. von Baumann, Liegel und Urbanek, fand ihn unter dem Namen auch wieder 1867 auf der Ausstellung in Reut-lingen. Außerdem erhielt ich den Goldzeugapfel von Urbanek noch als Ananas-Apfel. — Im Verger des Herrn Mas ist unter Nr. 23, als Vrai

drap d'or, Goldzeugapfel, eine Frucht abgebildet, bei der ich einigen
Zweifel hatte, ob es unser Goldzeugapfel sein möchte. Ein erbetenes
Reis habe ich zu weiterer Untersuchung an meinen Baum gesetzt und
hat allerdings dieselbe Vegetation.

59.

Grafensteiner, Hdb. I, S. 47. Arnoldis Obstcabinet, 1te Lief.
Nr. 1, gibt gute Nachbildung; auch Mas Verger, Dezemberheft Nr. 4,
hat hinlänglich kenntliche Abbildung, desgleichen Annales II, S. 109.
Ronald Pyrus malus Taf. 40, bildet eine schöne große Frucht ab,
jedoch nur mit einzelnen matten Streifen besetzt, wie er in England sich
färben mag, und habe ich aus sehr nördlicher Gegend, ich meine aus
Norwegen, schon ganz weiße Exemplare des Grafensteiners gesehen, die
man an Reifzeit, Geruch und Geschmack wohl noch als ächt erkennen
konnte. Eben so wenig recht kenntlich hat ihn Lindley Pomologia
Brittannica Taf. 98. Er zweifelt, daß die Frucht, welche in England
Grafensteiner heiße, dieselbe sei, als der Grafensteiner bei Christ, Hirschfeld und Mayer, zumal Mayer bestimmt erkläre, daß der Grafensteiner
dem Weißen Winter-Calvill gleich sei; aus seiner Beschreibung mag
man jedoch schließen, daß er unsere Sorte hatte. Auch Hovey Fruits
of America II, S. 15, gibt nur ziemlich gute Abbildung. Dagegen
liefert der Niederländische Baumgarten, Lief. 7, Nr. 31, gute, doch
fast so rothe Abbildung, als die Färbung beim Rothen Grafensteiner
sich zeigt, und gibt als Synonyme noch Strömling (Schweiz), Blumen-
calvill und Sommerkönig, wie er in Deutschland vorkomme. Die
Boskooper Vruchtsoorten, 3te Lieferung, S. 124, führen als Synonym
noch Strömling an, verwechseln aber Böbikers Liebling mit Böbikers
Wildlinge, welche 2 sehr verschiedene Sorten sind und muß wiederholt
werden, daß Böbikers Liebling zwar in Frucht und Vegetation vom
Grafensteiner nicht wohl zu unterscheiden ist, jedoch diese Frucht von
Herrn Obergerichts-Direktor Böbiker, nach der von ihm brieflich
selbst gegebenen, bestimmten Versicherung, durch Kreuzung des Rothen
Sommer-Rambours mit dem Weißen Sommer-Calville erzogen worden
ist. Die Boskooper Vruchtsoorten, 1te Lieferung, S. 16, bestätigen
dagegen meine Ansicht, daß der Grafensteiner auch als Blumen-Calvill
vorkomme, wie ich ihn von Herrn Vicarius Schuhmacher zu Ramrath
und von Burchhardt erhielt, und wie auch ein paar in Gotha ausgestellte Collectionen ihn enthielten. Auch Christ, Vollst. Pomologie,
Nr. 5, beschreibt den Blumen-Calvill so, daß man den Grafensteiner

darin wohl erkennen mag, der sich als Blumencalvill auch wieder 1867 auf der Ausstellung zu Reutlingen fand. — Von Liegel und Dittrich erhielt ich freilich als Blumen=Calville ganz andere, doch wohl falsch be= nannte Sorten. — Als Synonym des Grafensteiner gibt Zehender in Aus= wahl vorzüglicher Obstsorten, Bern 1865, wo er, gegen die Beschrei= bung, die Abbildung gelb mit nur wenigen rothen matten Fleckchen gibt, noch an: Grafenapfel, Prinzessinapfel und Strömling, welch letzte Be= nennung in Württemberg sich aber beim Aechten Winter=Streifling findet.

60.

Grünling von Rhodeisland, Hbb. I, S. 265. Dittrich führt ihn III, S. 41, auch auf. Hovey, Fruits of America II, S. 97, gibt sichbar meine Frucht, nur größer, wie sie auch in dem Verger des Herrn Mas, 1te Lieferung, Aepfel, Nr. 4, beträchtlich größer als meine Frucht, ganz und stark grün, und auf den ersten Anblick etwas verschieden von meiner Frucht, dargestellt ist. Als Synonym gibt Hovey nach dem American fruit grower's Guide noch Hampshire Greening. Ich habe einen Grünling von Hampshire aus Frauen= dorf, weiter aus Amerika bezogen, sah jedoch noch keine Frucht. Der nähere Ursprung ist nach Hovey unbekannt und deutet nur auf Rhode= island hin. Die Annales sagen im Texte, daß er dem Fall Pippin ähnlich sei. Die Sorte hat auch in letzteren ungünstigen Jahren bei mir getragen, und lobt, Monatshefte 1865, S. 342, auch Herr Slaby zu Gr. Ullersdorf in Mähren, 1200' hoch über dem Meere, in schwerem Lehm, ihre Tragbarkeit und Güte selbst in dem kalten Jahre 1864; doch werde der Baum krebsig, was bei mir noch nie der Fall war.

61.

Grünling, Sulinger, Hbb. IV, S. 21. Arnoldis Obstcabinet wird Nr. 108 Nachbildung geben.

62.

Grünling, Wood's, Hbb. I, S. 541. Arnoldis Obstcabinet gibt Lief. 25, Nr. 75, kenntliche Nachbildung. Im Abschnitt Literatur ist Wood's Hurtingdon Druckfehler, statt Huntingdon. Ich besitze auch noch einen Wood's Sweet und eine Kirsche Governor Wood, und stammt unsere wirklich schätzbare, haltbare und reich tragende Sorte nicht aus England, sondern aus Amerika, Staat New Yersey ab, wie Elliott bei Wood's Grening, S. 115, sagt und als Synonyme Coate's Grening und Onstine anführt, wo zugleich bemerkt wird, daß

die Sorte zuerst von Coxe beschrieben worden sei, aus dessen Baumschule sie durch Professor Kirtland um 1820 eingeführt worden sei.
Auch Elliott empfiehlt den sehr reich tragenden, gegen Witterung nicht
empfindlichen, eine etwas breite Krone machenden Baum zu recht aus-
gebreitetem Anbau. Den Wood's Grening erhielt ich auch noch durch
Urbanek von der Hort. Soc. und zeigten sich die erbauten Früchte mit
der von Siegel bezogenen Sorte ganz überein.

63.

Gulderling, Süßer, Hbb. IV, S. 35. Arnolds Obstcabinet
wird Nr. 110 Nachbildung geben.

64.

Herbstapfel, Cludins, Hbb. I, S. 215. Arnolds Obstcabinet gibt Lief. 5, Nr. 13, gute Nachbildung unter dem Diel'schen Namen
Cludius früher Spitzapfel.

65.

Holaart, Süßer, Hbb. I, S. 63. Aus der Collection der
Herrn Ottolander zu Boskoop in Holland erhielt ich diese Frucht als
Witte Zoete und als Zoete blanke Holaart eine andere Frucht, die
für den rechten Knoop'schen Zoete Holaart erklärt wird, und an der
Sonnenseite mäßig viele rothe Streifen zeigte. Diel erhielt indeß
seine Frucht von Herrn Hagen aus dem Haag, und kann diese doch
auch die Knoppische Sorte wohl sein. Als Grauwe Zoete Holaart
fand sich in der Boskooper Collection noch wieder eine andere Frucht.
Knoop, wie auch Diel anführt, hat bei Zoete Holaart als Synonyme
Binder Zoete und Kaneel Zoete, (welches Gewürz Diel bei seinem
Süßen Holaart allerdings angibt, sich jedoch bei demselben in meiner
Gegend nicht findet, der fade süß schmeckt und sagt Diel, daß die
Frucht in Knoops Werke von Huth zu roth gemalt sei, während in
der Holländischen Ausgabe nur die eine Seite etwas roth sei. Christ
im Handbuche, 3te Auflage, hat als Synonyme noch Zimmtapfel,
Pomme de Canel, Kant Appel, Flaamse Holeers, Binder Zoete,
welchen Letzten ich doppelt aus Holland besitze, jedoch mir noch nicht
trug. Bei Witte Zoete verweiset das Register in Knoop auf Silverling und S. 17, der S. 17 als Süßer gelber Silberling (Geele
Zoete) steht und Taf. 8 abgebildet ist, in dem ich doch Diels Süßen
Holaart, zumal die Reifzeit in November und Dezember gesetzt wird,
nicht genügend erkenne. Es kommt aber Taf. 2 nochmals ein bei der

Abbildung so genannter Weißer süßer Silverling vor, der S. 5, eben
so wie S. 17 Gelber süßer Silberling, (Zoete Geele) genannt wird,
von Form ganz anders und ähnlich, wie der Zoete Holaart dargestellt wird, auch gleichfalls im November und Dezember reifen soll.
Von diesem, der, offenbar in erster Baumreife, ganz grün dargestellt
ist, von dem aber gesagt wird, daß er reif eine gelbe Farbe habe und
manchmalen an der einen Seite etwas blaßroth sei, könnte man, wenn
Knoops Süßer Holaart nicht der Diel'sche wäre, eher glauben, in ihm
den Witte Zoete aus der in Görlitz ausgestellten Boskooper Collection zu haben. Knoops Werk selbst leidet aber da an einer Unsicherheit oder Ungenauigkeit.

66.

Holländer, Doppelter, Hbb. IV, S. 89. Arnolds Obstcabinet, 8te Lieferung, Nr. 7, gibt kenntliche Nachbildung.

67.

Jansen von Welten, S. I, S. 419. Arnolds Obstcabinet
gibt Nachbildung Lief. 15, Nr. 89, nach großer, südlich gewachsener,
für durchschnittlich zu stark gerötheter Frucht, die in meiner Gegend
mehr gestreift und sanft geröthet ist. Das Jenaer Obstcabinet gibt
Nr. 16 leiblich gute Abbildung.

68.

Jungfernapfel, Rother, Hbb. I, S. 411. Im Berichte über
die Görlitzer Ausstellung, S. 45, lobt Herr Dr. Reißig ihn sehr;
werde dort in großer Menge gebaut, heiße dort gewöhnlich Rothes
Hähnchen, (vielleicht auch Himmelhahn, wie ich von Herrn Probst,
Rect. zu Zibelle, eine Frucht erhielt? D.) werde in Massen nach Berlin gebracht, und bilde dort um Weihnachten die Hauptfrucht.
Die Figur im Handbuche finde ich etwas klein und etwas ver-
silbet und sah die Frucht, die ich von Diel und aus Prag überein
habe, etwa so und fast so groß, als den I, S. 183 dargestellten, auch
ganz roth beschriebenen Kleinen Jungfernapfel Sicklers, wie auch Lucas
in den Monatsheften 1866, S. 225, den Obigen größer und ganz
roth, nur etwas breiter, als ich ihn hatte, abbildet. Sickler XVII,
S. 83, beschreibt den Kleinen Jungfernapfel auch als ganz roth, stellt
ihn jedoch auf Taf. 4 mit gelben Stellen und etwas gestreift, auch
mit übergebogener Kelchspitze dar, wie ich den Böhmischen rothen

Jungfernapfel bisher nicht sah. Die Zeitigung des kleinen Jungfern-Apfels setzt der T. D.-G. in den September, das Handbuch S. 184 selbst schon Mitte August, obwohl die Frucht, bei guter Aufbewahrung, sich bis in den Januar halte, welche Reifzeit doch wohl die von Herrn Director Fickert statuirte Verschiedenheit von dem Rothen (Böhmischen) Jungfernapfel rechtfertigt. Bisher konnte ich den Kleinen Jungfern-Apfel noch nicht erhalten.

69.

Junkernapfel, Mecklenburger, Hbb. IV, S. 181. Herr Sanitätsrath Jahn erklärte in einem Aufsatze, Monatshefte 1865, S. 70, daß diese Frucht, die er von Dr. Loeper empfing, wie ich auch bereits gefunden und Jahn darauf aufmerksam gemacht hatte, merklich gestreifte Triebe habe, und besorgt er darnach, daß möglich diese Frucht nur der Papageiapfel sein möge, (IV, S. 401). Beide Sorten bei mir auf dieselbe Pyramide neben einander gesetzt, stimmen allerdings in den Trieben mit einander gänzlich überein und hat der Obige 1866 auch bereits 2 Früchte gebracht, die dem Papageiapfel gleich waren. Die Beschreibung des Mecklenburger Junkernapfels weicht aber in Form, und namentlich in der starken Röthung, wobei das Gelb der Grundfarbe nur stellenweise zu sehen sei, und ein schönes, an der Sonnenseite sehr dunkles Karmin oder auch Karmosinroth fast rings herum aufgetragen sei, und selbst auf der Schattenseite nur matter und dünn aufgetragen erscheine, während in dem stärkeren Roth auf der Sonnenseite noch dunklere feine und gröbere rothe Streifen zu sehen seien — von der Form und Färbung des Papageiapfels gar sehr ab, und waren die Früchte des Mecklenburger Junkernapfels bei mir gelb und grün bandirt wie beim Papageiapfel, so daß, wenn Herr Dr. Loeper nicht etwa die gesandten Früchte verwechselt hat, ein merk-würdiges Beispiel vorläge, welche beträchtlichen Veränderungen in Form und Färbung durch Boden und andere Umstände herbeigeführt werden können.

70.

Kaiser Alexander, Hbb. I, S. 109. Es hat sich mehrfältig und auch mir bestätigt, daß Stoke Tulip, Präsident Napoleon, (wie ihn die Gewinnsucht neuerlichst benannt hat) und Wunderapfel, wie ich ihn durch Herrn v. Flotow aus Christ's Collection erhielt, der den Wunderapfel, Merveille du Monde, im Handbuche, 2te Ausg., S. 524 aufführt, mit dem Kaiser Alexander identisch sind.

Arnolbis Obstcabinet gibt Lief. 3, Nr. 6, gute kenntliche Nach=
bildung in gewöhnlicher Größe der Frucht vom Hochstamme. Ronald
Pyrus malus Taf. 35, und die Annales IV, S. 35, bilden ihn sehr
gut ab, desgleichen die Swensk Pomona des Herrn Dr. Eneroth
S. 28. In der Monatsschrift 1862, S. 335, berichtet Herr Baron
v. Bose, daß der Kaiser Alexander in Namur auch als Belle de
Bruxelles ausgelegen habe, während nach Jahn auch die Lothringer
(grüne) Reinette unter diesem Namen auslag; wie ich denn aus Neu=
stadt an der Haardt auch eine Frucht als Belle de Bruxelles erhielt,
die die Lothringer Reinette, oder Pariser Rambour=Reinette war; (ich
beachtete sie nicht genauer, da ich sie für falsch benannt hielt). Im
Londoner Catalogue ist der Hauptname bloß Alexander mit den Syno=
nymen Russian Emperor und Emperor Alexander; die Annales
führen als Synonyme noch an Pomme Corail, Korallenapfel, und
Phonix Apple. Die zu Lyon versammelten Pomologen nannten ihn
Grand Alexandre. Herr v. Flotow bekam ihn fälschlich auch als
Gloria Mundi, welche Benennung durch Verwechslung mit dem Wunder=
Apfel, Merveille de Monde, entstanden sein wird.

71.

Kantapfel, Danziger, Hdb. I, S. 81. Arnolbis Obstcabinet gibt
Lief. 5, Nr. 12, sehr gute Nachbildung und ist zu beachten das anfangs
Lief. 2, Nr. 3, ehe ich die Prüfung der Richtigkeit der nachgebildeten
Früchte mit übernahm, eine falsche benannte Frucht als Danziger Kantapfel
nachgebildet worden ist. Der Niederländische Baumgarten gibt Taf. 27,
Nr. 53, ganz gute Abbildung, mit etwas weniger Roth als in hiesiger
Gegend sich schon findet. Als Synonyme werden gegeben: Bentleber
Rosenapfel, (Deutsches Obstcabinet Lief. 7, Taf. 70), Bendeleber
Rosenapfel (Müller), Calvillartiger Winter=Rosenapfel, Dittrichs Winter=
Rosenapfel, Rother Liebesapfel, Rother Markapfel, Florentiner, Ru=
biner, Rosenhäger (Mecklenburg), Rella (bei Coburg), Saftaholms
röda Winter-Rambour und Geddeholms Calville rouge, (beide
in Schweden).

Daß Bendeleber Rosenapfel und auch der Lorenzapfel (Diel VII,
S. 81), nichts weiter seien, als der Danziger Kantapfel, bestätigte sich
mir auch durch Früchte aus Herrenhausen, wohin beide Früchte von
Diel kamen. Die Gleichheit des Großen rothen Herbst=Faros (Diel IV,
S. 78), statuirt auch Müschen, Monatshefte 1865, S. 68; ich selbst

hatte von diesem noch nicht genügende Frucht. Auch Jahn erklärte, Monatsschrift 1863, S. 91, den Bendeleber Rosenapfel für identisch mit Danziger Kantapfel; Jahns Zusammenstellung mit Fromms Himbeerstreifling ist aber nicht gegründet, und differirt diese Frucht, wie ich sie ächt von Diel direct erhielt, auf den ersten Anblick vom Danziger Kantapfel und ist gestreift. So viel steht fest, daß Diel den Danziger Kantapfel 8—9 Mal unter anderen Namen beschrieb, als Danziger Kantapfel, Rother Liebesapfel, Florentiner, Calvillartiger Winter=Rosenapfel, Lorenz=Apfel, (welche Identität nach Monatsschrift 1858, S. 12, auch Herr Zarnek in der Preußischen Landesbaumschule gefunden hat), Großer rother Herbst=Faros, Schwäbischer Rosenapfel, Bendeleber Rosenapfel und Dittrichs Winter=Rosenapfel, welche alle, direct von Diel bezogen, mir den Danziger Kantapfel lieferten. Wenn ich früher, (wie auch im Handbuche nach meinen Angaben mit gesagt ist), auch den Rosenfarbigen (gestreiften Herbst)=Cousinot, mit dem Danziger Kantapfel zusammen warf, so beruhte dies darauf, daß ich diese Frucht von Diel falsch bekommen hatte, (wie in einigen einzelnen Fällen allerdings vorgekommen ist, was aber auch gar nicht zu vermeiden war) und nachdem ich in Herrenhausen und durch Burchardt die richtig benannte, von Diel dahin gekommene Frucht, aufgefunden hatte, habe ich die richtige Beschreibung, Handbuch IV, S. 233, gegeben. Daß der Danziger Kantapfel öfter auch Rother Cardinal fälschlich genannt wird, wie er z. B. auch bei Braunschweig, (Monatshefte 1865, S. 215), sich findet, ist mir gleichfalls mehrmals vorgekommen. Von Herrn Kunstgärtner Hartwig in Lübeck erhielt ich jedoch als Rothen Cardinal eine sowohl von der Diel'schen Frucht des Namens, als vom Danziger Kantapfel anscheinend verschiedene Frucht, die nach der von Herrn Hartwig gegebenen Nachricht stets gestreift bleibt. Von Urbanek erhielt ich noch eine Frucht als Rosenananas, die 1865, leider zu früh abgefallen, jedoch schon kenntlich, den Danziger Kantapfel gab. Auf der Ausstellung zu Görlitz erhielt ich 1863 aus der Collection aus Danzig selbst einen dort verbreiteten, nach dem Kelche beträchtlich zugespitzten Danziger Kantapfel, der der Knoopischen Abbildung des Danziger Kantapfels gar sehr glich, in Güte des Fleisches aber geringer war, (siehe Monatsschrift 1864, S. 8). — Der Schwedische Rosenhäger (Handbuch IV, S. 423), ist eine dem Obigen sehr ähnliche, jedoch davon verschiedene und schon durch die charakteristisch weite Kelchhöhle davon zu unterscheidende Frucht.

72.

Mecklenburger Königsapfel, Hbb. IV, S. 11. Monatsschrift 1864, S. 369, führt Herr Organist Müschen einen im November reifenden, bis Februar haltbaren Mecklenburger Winter=Calvill an, der gewöhnlich dort Calville rouge heiße und im Strelitzischen Königs= Apfel genannt werde. Er glaubt darin Diels Carmin=Calville zu er- kennen, und sei diese Benennung von mir ihm bestätigt. Ich erinnere mich an diese Aeußerung nicht mehr, und habe meinerseits den von Diel bezogenen Carmin=Calville vom Diel'schen (Aechten) Rothen Winter=Calville nicht genügend unterscheiden können. Den Mecklen- burger Königsapfel des Handbuchs, den ich von Jahn erhielt, sah ich in Früchten noch nicht. — Monatshefte 1866, S. 372, hält jedoch auch Lucas unter den in Erfurt von Müschen 1865 ausgestellten Früchten den Mecklenburger Winter=Calvill mit dem Mecklenburger Königsapfel des Handbuchs für identisch. Die Monatshefte 1867, S. 65, geben von der Frucht Abbildung nach Früchten, die Dr. Rudolphi in Mirow sandte. Nach dieser Abbildung ist der Carmin=Calvill nicht = Meck- lenburger Königsapfel. Es muß jedoch noch verglichen werden, was Herr Kunstgärtner Haedge zu Rostock über den Mecklenburger Königs- Apfel sagt, daß die Sorte in Mecklenburg Strelitz, worin Mirow liege, Rother Königsapfel genannt werde, in Mecklenburg Schwerin aber, wo diese Sorte sehr verbreitet sei, Calville rouge. Es wird zugleich bemerkt, daß es unter dem Namen Königsapfel dort 2 große Früchte gebe, zu den Schlotteräpfeln gehörend, die er in Berlin mit ausgestellt gehabt habe. Der Calville rouge erwachse im südlichen Mecklenburg zu großen, stattlichen Bäumen; werde alt, bleibe aber an der Seeküste klein und sei dem Krebs sehr unterworfen, stamme auch nicht aus Mecklenburg ab, sondern sei, was schon der Name besage, sicher aus Frankreich gekommen.

73.

Königin Sophiensapfel, Hbb. IV, S. 111. Daß Kirkes Lemon Pippin mit Königin Sophiensapfel identisch sei, kann man auch aus den Abbildungen Ronald pyrus malus, Taf. 10, Fig. 4, und Lindley's Pomologia Brittanica, Taf. 37, leicht erkennen, an welchem letzten Orte er bloß Lemon Peppin heißt, und wo schon das Citat Forsyth Treat, 7te Edition, S. 112 sich findet. Knight's Lemon Pippin ist ein anderer. — Auf der Ausstellung zu Görlitz fand sich der Königin Sophiensapfel auch als Reinette de Madeire, aber ohne Zweifel fälschlich, da ebendaselbst in mehreren Collectionen sich noch eine andere, noch edlere und mehr kugelige Frucht des Namens fand, die nur in der eigenthümlich gelben Farbe der Schale dem Königin Sophiensapfel sehr glich, (siehe Monatsschrift 1864, S. 4). Von manchen ist neuerdings auch der Königin Sophiensapfel mit dem Quittenförmigen Gulberlinge (Handbuch IV, S. 209), verwechselt worden, der schlechter und weniger haltbar ist, und erhielt auch ich den Königin Sophiensapfel von Mehreren als Quittenförmiger Gulberling. — In der in Görlitz ausgestellten Boskooper Collection aus Holland lag der Königin Sophiensapfel als Blanke Zoete Renet. — Der im Handbuche mit genannte Cowarne's Queening ist nach Ronald pyrus malus, Taf. 25, Fig. 4, = Northern Greening.

74.

Der Köstlichste, Hdb. I, S. 85. Dieser in Tyrol und andern ähnlich warmen Ländern sehr belikate Apfel ist in Norddeutschland wohl ungezweifelt nur von mittelmäßigem Werthe, setzte bei mir in 5 Jahre nur 2 unvollkommen bleibende Früchte an und erhielt ich ebenso unvollkommene Früchte 1865 und 1866 auch von 3 andern Pomologen in Norddeutschland. Bei Herrn Inspektor Palandt in Hildesheim, in einem warm und günstig gelegenen Garten wurde er 1866 größer und ziemlich gut und stand fast ** † †.

75.

Kronenapfel, Sommer, Hdb. IV, S. 235. Der Niederländische Baumgarten bildet Lief. 7, Nr. 30, den Sommer-Kronenapfel als Sommer Cousinot ab, rundlich, zu kurz oval geneigt, gegen 2″ hoch, etwas weniger breit, sanft rothgestreift, in dem ich meinen durch Burchhardt von Diel erhaltenen Sommer-Kronenapfel nicht gehörig wiedererkenne; doch mag die Frucht dennoch dieselbe sein. Als Synonyme werden, am a. O. genannt: Cuisinot d'été, Knoop I, Taf. 1, (wo der Sommer-Kronenapfel Knoops mit diesem Synonyme steht), Zommer Kroon, Zommer Aagt, welche Namen sich in Knoop im Register auch als Synonyme finden, wo auch die Benennungen Cuisinot Tulpé, Couleur de Chair und Tarw Apple sich finden, doch hat der Baumgarten und wie ich glaube unpassend als Sommer-Agatapfel, Lief. 7, Nr. 27, den Sommer Gewürzapfel abgebildet, (siehe oben diesen), dem auch irrig das Synonym Tarwappel zugegeben wird.

Das Synonym Tarwappel bedeutet Weizenapfel, die Reifzeit beider Früchte, die das Synonym haben, fällt aber nicht in die Weizenerndte.

76.

Küchenapfel, Holländischer, Hdb. IV, S. 17. Die hier ge=gebene Figur ist entworfen nach einer Frucht von ungewöhnlicher Form. Ronald pyrus malus, Taf. 37, bildet die Frucht stielbauchig und calvill=förmig, 4½" breit und 4" hoch ab, und hatte ich in letzteren Jahren sie wiederholt eben so geformt, nur kleiner, 3½" breit, stark 3 hoch. Es war auch die Güte der Frucht später mehr zu loben und selbst schmack=hafte Tafelfrucht, fast **††. Die Form ändert daher sehr ab und die regelmäßiger gebildeten Exemplare erwuchsen auf demselben Probe=zweige, der die Frucht zu der Figur des Handbuchs gab.

77.

Küchenapfel, Keswicker, Hdb. IV, S. 13. Der Niederländische Baumgarten gibt Taf. 19, Nr. 37, gute Abbildung.

78.

Küchenapfel, Manks, Hdb. IV, S. 185. Ronald bildet Pyr. Malus, Taf. 37, die Frucht merklich größer ab, doch bleibt diese, seit mehreren Erndten, in meinem Garten von der dargestellten Größe. Auch der Niederländische Baumgarten gibt Taf. 19. Nr. 38, Abbil=dung von der Größe hier erwachsener Früchte.

79.

Kurzstiel, Brühler, Hdb. I, S. 495. Arnolds Obstcabinet, Lief. 4, Nr. 10, gibt gute Nachbildung.

80.

Kurzstiel, Grauer, Hdb. I, S. 505. Diese Sorte erhielt ich direct von Diel, paßt auf die Beschreibung, zeigte sich aber, wie schon die Vegetation mich vermuthen ließ, bereits in 3 Jahren, und nament=lich 1865, einem günstigen Jahre, wo die Frucht recht vollkommen wurde, aber fast ohne Rost und in der Mehrzahl der Exemplare selbst ohne Röthe blieb, völlig identisch mit Pariser Rambour=Reinette; und ein anderer Pomologe im Hannoverschen, der von mir Reiser bekam, hatte 1866 dieselbe Identität gefunden, die er durch mir gesandte Früchte belegte. Herr Dr. Lucas sagte mir zwar, als er im Dezember

1866 bei mir war, daß der Graue Kurzstiel, wie man ihn als Carbanter in Württemberg habe, sicher von der Pariser Rambour-Reinette
verschieden sei, und kenne ich diese Frucht noch nicht, um über dieselbe
urtheilen zu können; indeß ist hier nur von dem Diel'schen Grauen
Kurzstiel die Rede, und werden wir diesen, auf den auch die Beschreibung im Handbuche I, S. 505 völlig zu gehen scheint, unter dem
Namen verstehen müssen. Es scheint überhaupt die Benennung Grauer
Kurzstiel nicht glücklich von Diel gewählt, da diesen Namen schon weit
länger, und bei älteren französischen Pomologen der Graue Fenchelapfel
trug. Die Carthause hatte zwar auch einen Gros Courtpendu gris,
doch steht dahin, ob er Diels Grauer Kurzstiel war. — Diel sagt
leider im 3ten Hefte seines Obstwerkes noch nicht, woher er eine Frucht
bekam; doch setzt er hinzu, daß seine Frucht auch im T. O.-G. S 214
ganz ächt beschrieben und Taf. 11 abgebildet sei und mag man in
dieser Abbildung die Pariser Rambour-Reinette auch wohl noch erkennen. Die Röthe ist zwar wie etwas gestreift dargestellt, doch ohne
Zweifel nur durch Fehler des Malers, da der Text sagt, die Frucht
sei auf der Sonnenseite in dem Grauen etwas röthlich durchzogen,
was ohne Zweifel andeuten sollte, daß die Röthe durch die darüber
hinlaufenden Rostfiguren hindurchsehe. Die Pariser Rambour-Reinette
weicht in unwesentlichen Merkmalen, mehr oder weniger Rost, oft
selbst gänzlicher Rostfreiheit, mehr oder weniger Röthe, oft gar keiner
Röthe, selbst etwas im Geschmacke so mehrfältig ab, daß mehrere Synonyme derselben erst in neuester Zeit aufgefunden sind. Auch Herr
von Flotow war es begegnet, daß er länger, gegen mein ihm geäußertes
Urtheil, die Oesterreichische Nationalreinette nicht als identisch mit Pariser Rambour-Reinette anerkennen wollte, und für besser, als diese,
hielt, während er zuletzt von der Identität sich doch überzeugte. Ebenso
hielt ich meinerseits länger die Pariser Rambour-Reinette für die beste
unter den jetzt als identisch betrachteten Varietäten, und namentlich die
Harlemer Reinette für geringer an Güte, und ist eben nur dieser Umstand Ursache geworden, daß die Frucht, die man jetzt als mit der
Reinette von Canada, wenigstens der Canada blanche, als identisch
betrachtet, in Deutschland unter dem erst spät von Diel vorgebrachten
Namen Pariser Rambour-Reinette, sowohl durch meine Empfehlung, als
die von ihr oft versandten Reiser und unser Handbuch, in Deutschland
am meisten bekannt geworden ist. Ich fand später, daß die Synonyme
nach Boden, Jahreswitterung rc. in den schon gedachten Eigenschaften
sehr abänderten und überzeugte mich von der Identität, nachdem sie

alle auf demselben Probebaume trugen. — Die mit der Pariser Rambour-Reinette identische Dielsche Weiber-Reinette hat Diel falsch so benannt, und ist die Pomme Madame bei Knoop I, Tafel XI zwar einer Diel'schen Weiber=Reinette etwas ähnlich abgebildet, was Diel getäuscht haben wird, ist aber nach den im Register angegebenen Synonymen: Wyker Pepping, Hollandsche Pepping, Ronde Bellefleur, Reinette Bellefleur, die Reinette von Orleans. — Es ist möglich, daß als Grauer Kurzstiel bei andern Autoren, z. B. Knoop I, S. 23 ohne Figur, noch andere von dem Grauen Fenchelapfel und der Pariser Rambour=Reinette verschiedene Früchte vorkommen, wohin auch die Kleine graue Deutsche Reinette gehören wird. Doch habe ich davon keine Erfahrung. Man ist meistens zu leicht in der Annahme, die gleichen Benennungen auch als gleiche Früchte zu betrachten. — Im Berichte über die Görlitzer Ausstellung S. 91 findet sich noch die Notiz über Pomme de Berlin, daß nach Dochnahl der Graue Kurzstiel auch so genannt werde. Ob dies gegründet ist steht dahin, und gibt es bereits mehrere Sorten, die man mit dem Namen Berliner Apfel benannt hat, z. B. Berliner Schafsnase; wie ich auch einen Weißen Berliner erhielt, der etwa die Lothringer Reinette ist.

81.

Kurzstiel, Königlicher, Hdb. I, S. 167. Arnoldi's Obstkabinet Lief. 11, Nr. 27, gibt gute, kenntliche Nachbildung. Was in den Annales II, S. 23 als Courtpendu rosat abgebildet ist, wird auch unser Königlicher Kurzstiel wohl sein, wenngleich im Texte S. 24, gesagt ist, daß er ein Abkömmling des alten Courtpendu sei. Ein Reis dieser Sorte konnte ich bisher nicht erhalten, um näher nachzuforschen. — Daß mein früher mehr gelobter Belgischer Kurzstiel, den ich als Courtpendu aus Belgien erhielt, doch nur der Königliche Kurzstiel gewesen sei, bestätigte sich mir in reichlich einem halben Dutzend Trachten, und welkte in den meisten Jahren doch eben so, als der Königliche Kurzstiel, der dadurch für die nördlicheren Gegenden Deutschlands, die Nähe der See ausgenommen, weniger schätzbar wird, obwohl er auch hier reich trägt. Monatshefte 1865, S. 344, fand auch Herr F. Slaby zu G. Ullersdorf in Mähren, 1200' über dem Meere, daß der Königliche Kurzstiel welke. — Man hat die Frucht auch Princesse noble Zoete nennen wollen; diese ist aber nach Früchten, die ich aus der in Görlitz ausgestellten Boskooper Collection mitnahm, eine gänzlich andere und richtig benannte Frucht, die der Holländischen Princesse noble (unserm Alantapfel)

in Zeichnung gleicht, aber ein Süßapfel ist. Leroy zu Angers hat im
Cataloge den Königlichen Kurzstiel als Courtpendu und Reinette des
Belges. Lindley, Pomologia Brittannica, Taf. 36, hat ihn wenig
kenntlich, und vielleicht nicht ächt, zumal er Dühamels Capendü,
Taf. 13, dabei citirt, der kein Courtpendu ist. Der Lond. Catalog
S. 11 und Hogg S. 64 haben ihn als Courtpendu plat, so auch
Downing, und führt unter den zahlreichen Synonymen, die man an
den angeführten Orten bei Hogg und im Lond. Cataloge nachsehen
mag, gleichfalls fälschlich Capendu und selbst Berlinetapfel (Berliner
Schafnase, D.) auf, wie auch Princesse noble Zoete. Dittrichs Röthlich
gestreifter Kurzstiel wird gleichfalls der Königliche Kurzstiel sein;
Frucht sah ich jedoch, durch Unfälle mit den Probezweigen, noch nicht.
Nach Monatsschrift 1863, S. 79, fand Jahn ihn in Millets Collec-
tion in Namur irrig als Courtpendu de Tournay; die Frucht dieses
Namens in den Annales II, Taf. 23, halte ich aber, mit Jahn, für
die Reinette von Orleans, und sagen die Annales expreß, daß der
Courtpendu de Tournay unsere Reinette von Orleans sei.

82.

Luikenapfel, Hbb. I, S. 173. Arnoldi's Obstcabinet gibt Lief. 13,
Nr. 33 gute Nachbildung nach schöner, großer Frucht.

83.

Matapfel, Weißer und Brauner, Hbb. I, S. 360 und 367.
In der Monatsschrift gab Herr Doctor Lucas die Wahrscheinlichkeit habende Ansicht, daß der Name auch Maabapfel oder Maba-
apfel früher geschrieben sei, gleichbedeutend mit Magdapfel, so daß also
der Name ein Seitenstück zu Jungfernapfel wäre. — Arnoldi's Obstkabinet gibt Lief. 20, Nr. 26 vom Weißen Matapfel schöne, kenntliche Nachbildung und wird unter Nr. 91 auch Nachbildung vom
Braunen Matapfel geben.

84.

Margarethenapfel, Rother, Hbb. IV, S. 89. Die Form gleicht
bei gut gewachsenen Exemplaren häufig auch einem, nach dem Kelche
ziemlich zugespitzten Diel'schen Rothen Sommer-Calville, zeitigt aber
stets 14 Tage früher, als der Rothe Sommer-Calville, noch ein paar
Tage vor dem Weißen Astracan. In meiner Gegend blieb jedoch die
Frucht häufig zu klein und war ohne Werth, was in feuchterem Boden

wohl nicht der Fall sein wird. Die Annales 1857, S. 71 geben als Pomme Marguerite schöne Abbildung mit den Synonymen Early red Margareth, Striped Juneating, Striped Quarrendon, Pomme d'Eve, Eve Apple (in Irland), Margarethen-Apfel (en Allemagne), Maudlin, (Madeleine? O.) Die Angabe, daß die Reife schon in der ersten Hälfte des Juni erfolge, wovon der Name Juneating stamme, kann möglich im südlichen England richtig sein, dürfte aber doch behufs Empfehlung der Frucht etwas zu früh datirt sein. Liegel hat sie mehr= fältig, wie er sie auch mir sandte, als Red Quarrendon verbreitet, was richtiger Striped-Quarrendon hätte heißen sollen, da Red Quar= rendon der Engl. Scharlachpepping ist. — Ronald's Figur, Pyrus malus Taf. 6, Fig. 1, Margareth, Striped Juneating, hat eine we= niger nach dem Kelche zugespitzte Form, worin auch der Diel'sche Rothe Sommer=Calville abändert. Lindley, Pomolog. Brittannica, bildet die Frucht, Taf. 46, gut ab, nur ziemlich grün, kaum baumreif. Als Synonyme findet man noch Red Junenting und Jacobsapfel of the Germans, welches Letztere nicht richtig ist, da, so viel mir bekannt, diese Frucht einfarbig ist (siehe Handbuch IV, S. 371.)

85.

Morgenduftapfel, Hdb. I, S. 97. Die Monatshefte 1867 S. 6, rühmen mit Recht reiche Tragbarkeit und Paßlichkeit der Sorte selbst für rauhes Klima, und geben Abbildung; oft jedoch ist die Frucht, die ich im Reise von Lucas erhielt, noch lebhafter gefärbt. Auch Arnoldi's Obstkabinet wird unter Nr. 93 Nachbildung nach Frucht von meinem aus London erhal= tenen Reise geben. Ronald Pyrus malus, Taf. 28, Fig. 1, und Lindley Pomolog. Brittannica, Taf. 53, bilden ihn so ab, wie ich ihn von der Hort. Soc. erhielt, nur noch etwas größer, brillanter und glän= zender lackartig gestreift, (was wohl nur Manier des Malers ist), als er bei mir erwuchs. Der Duft war nicht stark. Die Frucht dagegen, welche ich von Lucas erhielt, obwohl ich sie für dieselbe halten möchte, fiel auf einem andern Probezweige immer stark beduftet und dunkler geröthet bandirt aus, und war beträchtlich schöner als die von der Londoner Societät. Die Abbildung aber, die von dieser Frucht Mo= natshefte 1867 S. 6 gegeben ist, ist zu matt gehalten und zu sehr gestreift, statt bandirt. — Nach Lindley ist er wahrscheinlich in Som= mersetshire entstanden und gleiche dem Dainty Apple, der in man= chen Gegenden in Norfolk erbaut werde. — Alantartiges habe ich in beiden obgedachten Varietäten hier im Geschmacke nicht gefunden; die

Frucht von der Hort. Soc. war etwas merklicher gerippt als die von Lucas, und verschoben die Rippen mitunter die Rundung. — Nach Monatsschrift 1863 S. 139 fand Jahn unsere Frucht in Namur unter dem Namen Culotte Suisse, Pomme Suisse, was aber wohl als Verwechslung mit den Synonymen des Papageiapfels zu betrachten ist. Verglichen auch Dittrich III, S. 26, Bebufteter Apfel, Thauapfel, Pomme de rosée, der mit dem Bebufteten Morgenapfel, den Dittrich III, S. 27 folgen läßt, nicht zu verwechseln ist.

86.

Nalivia, Poffarts, Hdb. I, S. 193. Arnoldi's Obstcabinet gibt Lief. 28, Nr. 85, gute Nachbildung. Der Name Nalivia bedeutet im Russischen, wie Sprachkundige mir sagten, so viel als Glasapfel, cicabirender Apfel; in meiner Gegend cicabirte er indeß bisher noch nicht, was selbst bei dem Weißen Astracan selten geschieht. Gehört zu den Tragbarsten.

87.

Nelkenapfel, Cornwalliser, Hdb. I, S. 201. Daß diese delikate Frucht, wie schon der Lond. Catal. bemerkt, wenig trägt, ist leider gegründet; mein Zwergbaum steht seit 14 Jahren und lieferte noch kein Dutzend Früchte; doch theilte Herr Fabrikbesitzer Uhlhorn zu Grevenbroich bei Cöln mir mit, daß sein Baum, als Zwerg nördlich hinter ein paar Reihen von Hochstämmen stehend, sich ziemlich gut, doch erst mit den Jahren fruchtbar gezeigt habe. Vielleicht trägt der Baum schon eher, wenn man im Mai und Juni von den jungen Früchten heiße Sonne abzuhalten sucht. — Die Röthe der Frucht ist bei mir gewöhnlich gering, am Rheine schon merklicher, und Herr Lehrer Breuer in D'Horn gab mir 1863 eine ihm unbekannte, stark roth gestreifte Frucht, die ich nach Form und Geschmack für die hier vorliegende Sorte halten mußte. Von Herrn Geheimen Regierungsrath von Trapp aus Wiesbaden erhielt ich 1867 in Reutlingen als Cornwalliser Nelkenapfel, mit der Bemerkung, daß sein Baum sehr tragbar sei, eine sehr interessante, aber wohl entschieden irrig benannte Frucht, die bei der Vergleichung mit der rechten Frucht in wesentlichen Punkten von derselben verschieden war. Die rechte Frucht wird leicht und unfehlbar an der Vegetation erkannt, sobald man diese einmal gesehen hat, wie ich die Sorte sowohl von Herrn Vicarius Schuhmacher zu Ramrath, als durch Urbanek und auch direkt von der Hortic. Soc. erhielt. Der Baum bildet sich zu einer reich verzweigten, breiten Krone mit hängenden Zweigen, die Triebe veräſteln ſich aber allermeiſtens erſt gegen die Spitze des vorjährigen Sommertriebes hin, und machen rückwärts nur zerſtreutes, ganz kurzes Fruchtholz, haben aber häufig ein Fruchtauge auf der Spitze des Triebes, welches nach Hogg am erſten Frucht anſetzt; die Triebe ſind dünn und ſchlank, violettbraun, nur leicht ſilberhäutig, ſehr wenig punktirt; das Blatt mittelgroß, lang, breitlanzettlich, auch eilanzettlich, nicht tief gezahnt; die Afterblätter häufig, die Augen klein. Der Goldzeugapfel hat eine ähnliche Vegetation, deren Eigenthümlichkeit aber bei dem Cornwalliſer Nelkenapfel noch ſtärker hervortritt.

Die Figur im Handbuche genügt nicht hinlänglich. Abbildungen findet man Lindley, Pomolog. Brittannica, Taf. 140, Ronald Pyrus malus, Taf. 19, Fig. 4; letztere iſt nur hochausſehend, nach dem Kelche merklich zugeſpitzt. Mas im Verger bildet ihn als Calville d'Angleterre Nr. 7 in kurz ovaler Form ab, und zweifelte ich faſt an der Aechtheit; das erbetene Reis hat aber ergeben, daß die Sorte die rechte iſt. Schön gewachſene regelmäßige Früchte waren bei mir höher als breit, faſt mittelbauchig, nur etwas ſtielbauchig, nach beiden Enden und etwas mehr nach dem Kelche ſtärker abnehmend. In ungünſtigen Jahren iſt die untere Seite oft mit ſtarkem, rauhem Roſte ganz bedeckt, und das Fleiſch darunter nicht ſo ausgebildet, als auf der entgegengeſetzten Seite.

Bemerken will ich noch, daß der ächte Cornwalliſer Nelkenapfel in Deutſchland noch ſehr ſelten iſt, und ich unter dieſem Namen mehrmals ganz falſche Früchte bekam, z. B. den London Pepping, der mehrfältig ſo geht, auch von Herrn v. Flotow eine rothgeſtreifte, früh im Herbſte zeitigende, viel weniger ſchmackhafte und gewürzte Frucht, die man, wenn man nur die Frucht mit der Beſchreibung verglich, etwa für echt hätte halten können.

88.

Nelſon, Kirkes, Hdb. I, S. 517. Ronald Pyrus malus Taf. 14, Fig. 1, gibt gute Abbildung, ſchöner und noch größer, als ich ihn bisher hier hatte. — Im Berichte über die Görlitzer Ausſtellung S. 46 bezeichnet Herr Dr. Reiſig zu Prag die Sorte als beſonders gute Haushaltsfrucht. Gut fand ich ſie auch in meiner Gegend, doch nicht ausgezeichnet.

89.

Nonpareil, Alter, Hbb. IV, S. 133. Ronald Taf. 34 Fig. 5 bildet ihn sehr gut ab, so auch Lindley Pomol. Brittannica Taf. 86, welcher den Nonpareil Dühamels Traité Nr. 35, Taf. 12 Fig. 2 (in unserer Uebersetzung Taf. 17, Nr. 35) und Reinette Nonpareille, Knoop I, S. 51, Taf. 9, allegirt, welche letztere ich für den Neuen Engl. Nonpareil halten möchte. Als Synonyme führt er an Hunts Nonpareil und Lovedons Pippin. Ronald hat noch einen etwas größeren, ganz hellgrasgrünen Nonpareil mit dem Synonym Petworth Nonpareil, der mit Diel's Grüner Reinette nicht zu verwechseln ist. Die Pomon. Francon. bildet Taf. 26 eine Grüne Reinette ab, die der Alte Nonpareil wohl sein soll, hat aber Taf. 33 noch eine ganz andere Reinette Nonpareille, 3³/₄" breit, 3" hoch, fast grün. Die Annales IV, S. 53, geben Abbildung, die, wenn sie von der rechten Sorte entnommen ist, wenigstens unsere Frucht, die ich auch direct von der Hort. Soc. habe, nicht genug kenntlich wiedergibt, und mag man an der Aechtheit bei dem sehr breitelliptischen Blatte und der Aeußerung, daß die Frucht peu aromatique sei, etwas zweifeln. — Es ist auffallend, daß diese in England und bei uns so geschätzte Frucht in Frankreich und nach Downing und Elliott auch in Amerika wenig geschätzt wird. In den Boskooper Vruchtsoorten finden sich gleichfalls 3 verwandte Sorten, 1) Reinette Nonpareille, S. 26, Nr. 87, mit den Synonymen Old Nonpareil, English Nonpareil, Duc d'Arsel, Hunts Nonpareil und Lovedons Pippin, auch Pomme Nonpareil, verweisend auf Knoop Taf. 9; 2) Reinette verte, S. 26, Nr. 85; 3) Grüne Reinette, S. 74, Nr 138, abermals mit dem Synonym Alter Nonpareil, was bei beiden nicht richtig sein kann, da in den Bemerkungen ausdrücklich angegeben wird, daß diese Nr. 138 mit den Nummern 81 und 85 nicht verwechselt werden dürfe. — Noch bemerke ich, daß Monatsschrift 1863 S. 203 Herr Doorenkaat der Ansicht ist, daß die von ihm mir gesandte Reinette Tardive, die ich für den Neuen Engl. Nonpareil hielt, nicht dieser, sondern der Alte Nonpareil sei. Als Reinette Tardive erhielt ich von Herrn De Jonghe noch eine Frucht, die der Diel'schen Edelreinette ziemlich ähnlich war, und vielleicht damit identisch ist. Als Reinette d'orée jaune tardive bringen die Annales IV, S. 69, aber wohl offenbar eine andere Frucht, die ich mit keiner uns bekannten Sorte zusammenbringen kann, und weder die Französische Edelreinette Diels (wie die Synonyme andeuten möchten), noch die Golden Reinette des Anglais ift, (wie als Synonym fteht), da diefe unfere Reinette von Orleans ift.

90.

Nonpareil, Brabbics, Hbb. I, S. 473. Arnoldi's Obftcabinet Lief. 28, Nr. 84 gibt nicht ganz gelungene, doch ziemlich gute Nach=bildung. Ronald Pyrus malus, Taf. 34, Fig. 3, bildet ihn flacher ab, und mehr von Nonpareilform, als er im Handbuche in der Figur dargeftellt ift, zeigt um den Kelch Ueberzug von grünem Rofte, Form und Größe ift die eines flach gebauten Alten Nonpareils; was er aber im Texte fagt, läßt nicht zweifeln, daß meine Sorte die rechte ift. Auch Herr Doorenkaat zu Norden lobt Monatsfchrift 1862, S. 130, fehr den Brabbics Nonpareil.

91.

Ordensapfel, Hbb. IV, S. 369. Nach einem Auffaße des Hrn. Barons von Bofe, Monatshefte 1865 S. 327, empfiehlt derfelbe für den Landmann und zu Straßenpflanzungen fehr den Ordensapfel. Ich will diefer Empfehlung beitreten, glaube aber nach Früchten, die Herr von Bofe mir fchon 2 Mal fandte, daß diefer fein Ordensapfel, der nicht von Diel kam, zwar eine fehr fchäßbare Frucht fei, die ich mir von ihm felbft erbitten wollte, aber von meinem direct von Diel bezo=genen Ordensapfel verfchieden fei, mit dem ich ihn vergleichen konnte. Es fanden fich auch mehrere Abweichungen von Diel's Befchreibung, z. B. daß man noch deutlich Streifen wahrnehmen konnte, und fagt auch Herr von Bofe an a. O., daß die Frucht zuweilen geftreift, oft felbft fchön bandirt vorkomme, während Diel die Frucht als ungeftreift geröthet angibt, und auch meine Früchte Streifen bisher nicht zeigten.

92.

Parmäne, Adams, Hbb. IV, S. 153. Auch Lindley gibt Pomol. Brittannica, Taf. 133, kenntliche Abbildung mit dem Syno=nym Norfolk Pippin. Der Niederländifche Baumgarten gibt, Taf. 30, Nr. 59, Abbildung, in der ich wohl in der Form, aber nicht in der blaffen Färbung meine Frucht wieder erkenne, die nach der Befchreibung indeß ächt fein kann. Als Synonyme werden angegeben Norfolk Adams Parmäne und Norfolk Pippin. Wenn hinzugefeßt wird, daß auch der Golden Harvey Pippin, wie die Boskooper ihn aus England er=halten hätten, mit der abgebildeten Adams=Parmäne überein fei, fo haben fie entfchieden nicht die rechte Frucht erhalten.

93.

Parmäne, Barzeloner, Diels; Hbb. IV, S. 311. Da Diel diese Frucht von Lobbiger bei London erhielt, während sowohl der Lond. Catal., als Hogg S. 30 eine größere, ganz anders geformte Frucht als Barzelona Pearmain haben, die unsere Kleine Casseler-Reinette sein wird, wofür auch Jahn auf der Ausstellung in Namur die Engl. Barzelona Parmain erkannte, so ist wohl anzunehmen, daß Diel seine Barzeloner Parmäne von Lobbiger falsch erhalten habe, und daß diese Frucht in England sich noch unter ganz anderem Namen finden werde.

94.

Herefordshire Parmäne, Hbb. IV, S. 511. Monatshefte 1865 S. 355, bei Besprechung der Sorten des Niederländischen Baumgartens, äußert Jahn die Vermuthung, daß die Herefordshire Parmäne unsere Limonien-Reinette sein werde, die seiner Loans Parmäne gleiche. Im Handbuche IV, S. 51 habe ich näher auseinandergesetzt, daß die Limonien-Reinette Diels die Loans Parmäne der Engländer sei und zugleich identisch mit der von Diel beschriebenen Engl. Königsparmäne, die aber nicht die rechte Royal Pearmain der Engländer ist, welche unter dem Synonym Herefordshire Parmäne im Handbuche von mir beschrieben ist. Die Herefordshire Parmäne, die ich direct von der Hort. Soc. habe, läßt sich genügend von der Limonien-Reinette unterscheiden und sind auch die Triebe meines jungen Zwergbaumes stärker und steifer, als bei der Limonien-Reinette.

95.

Parmäne, Scharlachrothe, Hbb. I, S. 315. Die besondere Tragbarkeit und Güte dieser Frucht lobt auch Herr F. Slaby zu Groß Ullersdorf in Mähren, Monatshefte 1865, S. 343. Ich empfahl sie zum allgemeinen Anbau in Berlin neben der Sommerparmäne, und sollte sie in jedem Garten sich finden. Meine Zwergbäume von beiden Sorten stehen seit 14 Jahren und nicht weit von einander, die Scharlachrothe Parmäne hat aber in dieser Zeit wohl zehnmal so viel getragen, als die Sommer-Parmäne, und gibt an Güte der Sommer-Parmäne nicht nach. Arnoldi's Obstcabinet, Lief. 8, Nr. 23, gibt schöne, gelungene Nachbildung, und auch die Monatsschrift 1860 S. 193 gibt kenntliche Abbildung. Ronald Pyrus malus wird Taf. 8, Fig 2, als Bell's scarlet ohne Zweifel meine Frucht haben; die Färbung ist aber ganz dunkelroth und merklicher dunkelroth, als ich sie hier sah; (vielleicht ist die Abbildung nach stark baumreifen Exemplaren gemacht), hat auch fast schüsselförmige Kelchsenkung. Auch Lindley Pomolog. Brittannica, Taf. 62, bildet die Frucht rundum stärker und dunkler geröthet ab, als sie bei mir war. Andere Angaben, namentlich die Reifezeit passen jedoch; dagegen erscheint in der Swensk Pomona des Dr. Eneroth S. 116 die Frucht in dem Colorit, welches sie bei mir hat, mit noch etwas Gelb und deutlichen Streifen.

96.

Sommer-Parmäne, Hbb. I, S. 311. **Englische Birnreinette** (Diel III, S. 152) und **Schleswiger Erdbeerapfel** (Diel XII, S. 45, haben, was ich früher schon vermuthete, sich jetzt genügend als identisch erwiesen, und ist die Identität schon in der kenntlichen, etwas feinen Vegetation zu vermuthen. Nach Monatsheften 1865, S. 197, fand auch Herr Doorenkaat zu Norden Engl. Birnreinette und Schleswiger Erdbeerapfel identisch, und nicht weniger geben auch die Boskooper Vruchtsoorten, welche die Sommer=Parmäne S. 22 Nr. 64 als Peppeling Pearmain haben, unter welchem Namen ich sie auch in der in Görlitz ausgestellten Boskooper Collection fand, als Synonyme Sommer=Parmäne, Engl. Birnreinette und Schleswiger Erdbeerapfel, wo auch noch Autumn Pearmain und American Pearmain als Synonyme beigefügt werden. Nach Dittrich III, S. 110, ist auch Schmidtbergers Geflammter Butterapfel von Herrn von Flotow mit Sommer=Parmäne identisch gefunden worden, was nach Schmidtbergers Angaben völlig richtig sein wird. Lindley Pomologia Brittannica, Taf. 116, bildet die Sommer=Parmäne ab mit den Synonymen Pearmain d'été (Knoop I, Taf. 2), ferner Royal Pearmain, (nach Mave, Abercrombie und den Baumschulenbesitzern bei London), welches Synonym jedoch bei Hogg Benennung der Herefordshire Parmäne ist, aber von Einigen als Synonym von Autumn Pearmain gebraucht wird. — Die Frucht bildet er weit stärker und tiefer roth ab, als wir sie hier haben, (verglichen eben vorher Scharlachrothe Parmäne), Reifzeit und andere Angaben passen aber. — Nach Monatsheften 1865 S. 312 wird die obige Frucht, wie Herr Schulrath Lange anführt, im Altenburgischen Prinzenapfel und Judenhaut genannt, und Monatshefte 1865 S. 214 berichtet Herr Medicinalrath Engelbrecht, daß sie im Braunschweigischen Judenreinette heiße. Bei Göttingen hat sie all-

gemein die ganz falsche Benennung Astracanscher Sommerapfel*).
Nach Monatshefte 1865 S. 197 wird die Sommerparmäne bei Kiel
Kaiserlicher Tafelapfel genannt, wie ich die Frucht auch in Lüneburg
von einem Gartenfreunde bekam. Dieß wird veranlaßt haben, daß ich
auch einen unter den Boskooper Früchten in Görlitz ausgestellten
Kaiserlichen Tafelapfel, der der Sommer-Parmäne ähnlich war, gleichfalls für Sommer-Parmäne gehalten habe. Diesen weiter von J. Booth
stammenden Kaiserlichen Tafelapfel bildet der Niederländische Baumgarten Taf. 24 Nr. 47 ab, und gibt die Unterschiede an, durch die er
sich von der Sommer-Parmäne unterscheide, namentlich weit glattere
Schale, wie auch beide Bäume sich gleich als verschieden darstellten
und der Kaiserliche Tafelapfel nicht so schön pyramidal wachse. Nach
dem Berichte über die Görlitzer Ausstellung S. 91 will Jahn in Müschens Hirschfeld's Grand Richard die Sommer-Parmäne erkennen
(der Hirschfeld'sche Grand Richard trug mir noch nicht), und sagt
weiter Herr Präpositus Kliefoth in Mecklenburg, er habe sich jetzt
gewöhnt, unsere Frucht Sommer-Richard zu nennen, während Müschens
Hirschfelds Grand Richard mit seinem Buchholzer Calvill wohl identisch hält. (Monatsschr. 1864 S. 369). — Monatsschr. 1865 S. 68
erklärt Herr Organist Müschen wiederholt, daß auch der Wiener Sommerapfel (Handbuch IV, S. 63) = Sommer-Parmäne sei. Ich habe
dagegen gestritten, da ich die Frucht, die mir durch leidige Zufälle
nur erst in Sulingen aber wiederholt getragen hatte, rundum dunkelroth gefärbt gesehen hatte. Doch liegen schon an der Sommerparmäne
und Scharlachrothen Parmäne Beispiele vor, daß auch diese bei uns
nicht so dunkelrothen Früchte rundum stark roth dargestellt werden und
die Vegetation ist allerdings sehr ähnlich und habe ich 1838 selbst
niedergeschrieben: „Wenn man die stärkere Röthe wegdenkt, so hat die
Frucht mit der Engl. Birnreinette viele Aehnlichkeit." — Arnoldis
Obstkabinet wird bald gute Nachbildung geben.

97.

Parmäne, Winter Gold-, Hbb. I, S. 165. Arnoldis Obstkabinet gibt, Lief. 2 Nr. 4, gute, sehr kenntliche Nachbildung, wenig

*) Im Register zum 1ten Bande des Handbuchs S. 571 ist irrig gesagt, daß
Astracanscher Sommerapfel bei Göttingen = Weißes Seidenhembchen sei. S. 403
hatte ich beigebracht, die Engl. Birnreinette werde bei Göttingen Astracanscher
Sommerapfel, oft auch Seidenhembchen genannt.

kenntlich ist dagegen die Abbildung, welche Mas im Verger 1865 Juni=
heft Nr. 10 gibt, obwohl sie dennoch die rechte sein wird, und in
Bourg-en-Bresse anders ausfällt. Für eine gut gewachsene Frucht ist
die Figur im Handbuche eigentlich etwas zu klein und zu kurz gebaut,
etwa von zu voll sitzendem Baume genommen, auch sind die Kerne
vom Holzschneider zu lang dargestellt worden, die kurz und kulpig
sind, wodurch die Sorte schon von der Reinette von Orleans sich
unterscheidet, der sie äußerlich nicht selten sehr ähnlich sieht. Von Py=
ramiden hier und aus der Gegend des Rheins vom Hochstamm hatte
ich die Frucht hochaussehend, stark abgestumpft, konisch, 3″ breit,
2³/₄″ hoch, wie auch Lindley Pomol. Brittannica die Frucht als King
of the Pippins so groß und gestaltet und gut kenntlich abbildet. Hogg,
welcher die Frucht unter dem Hauptnamen Golden Winter-Pearmin
hat, weil es noch einen andern richtiger benannten, S. 123 sich bei
ihm findenden, King of the Pippins gebe, bestätigt, daß der Engl.
King of the Pippins unsere Winter=Goldparmäne sei, und fand Jahn
(Monatsschr. 1863 S. 139) in der in Namur ausgestellten Collection
aus London dieselbe Identität. In Belgien und Frankreich kommt
sie als Reine des Reinettes vor, (Uebersetzung von Queen of the
Pippins, wie die Frucht auch genannt wird), wie ich selbst sie von der
Soc. v. M., Hrn. Präsidenten Royer und auch noch durch Hrn. Garten=
Director Jühlke erhielt. Jahn theilte mir jedoch mit, daß er von
Millet eine Reine des Reinettes habe, die nicht = Winter = Gold=
parmäne sei, was aber das von ihm bezogene Reis, als es trug, nicht
bestätigte; ferner fand Jahn unsere Frucht in Namur als Reinette
Friesland native, während Reinette Friesland ohne Beisatz die Rei=
nette von Orleans war.

Die Annales haben unsere Frucht, beschrieben von Bivort, gleich=
falls als King of the Pippins (Kirke); die Abbildung ist aber, und
dazu von Pyramide genommen, sehr flach gebaut, auch klein und gar
sehr unkenntlich. Als Synonyme geben die Annales Hampshire
Yellow (Lindley), Golden Winter - Pearmain (Diel), Hampshire
yellow golden Pippin (Rogers), Jone's Southampton Pippin (Ro=
gers), Queen of the pipins und Reine des Reinettes, unter welchem
letzten Namen Bivort sie aus Frankreich erhielt und im Album de
Pomologie beschrieben hat. Mas im Verger hat sie, Nr. 10, gleich=
falls als Pearmain d'oré d'hyver abgebildet und beschrieben und ist
nach den Citaten die Frucht die rechte, jedoch einer hier gebauten Winter=
Goldparmäne wenig ähnlich. — Als mit der Winter=Goldparmäne

sehr ähnlich, doch ohne Zweifel nicht damit identisch, erhielt ich in Görlitz auf der Ausstellung: 1) Reinette Leclerc, aus Ottolanders Collection, (siehe Monatsschr. 1864 S. 40), mehr walzenförmig, durch einen starken Wulst am Stiele sich auszeichnend; 2) Reinette Siavée aus Hrn. Lorbergs zu Berlin Collection (ibidem S. 8) spitzte sich noch etwas stärker zu, als Winter=Goldparmäne, und hatte mehr den citro= nenartigen Geschmack der Reinette von Orleans. Nach Bericht über die Görlitzer Ausstellung S. 92 hatten die Boskooper zu ihrer Rei= nette Siavée beigesetzt, daß sie mit Winter=Goldparmäne identisch sei, doch weiß ich nicht, ob man den Geschmack genügend beachtet gehabt hat. 3) Auf der Ausstellung in Reutlingen nahm ich 1867 aus Herrn Hofgärtners Glocker's zu Enying in Ungarn Collection 2 Früchte mit unter den Benennungen: Podmanietzky's Goldreinette und Un= garische Goldreinette, welche letzte als echte Ungarische Nationalfrucht bezeichnet war, die beide unter einander sehr ähnlich und wesentlich wohl nicht verschieden waren (die letzte nur etwas flacher gebaut und mit fast geschlossenem Kelche), zugleich aber auch in Zeichnung, Fleische und Geschmacke einer Winter=Goldparmäne sehr ähnlich waren, nur stärker und mehr lang gestreift als die Winter=Goldparmäne gewöhn= lich ist, wie sie aber nach Jahren auch vorkommt, so daß ich sie, wenn die Vegetation nicht entgegen stände, damit für identisch halten möchte. Doch meldet Herr Glocker später, daß Podmanietzky's Goldreinette in Ungarn erzogen und beide Früchte nicht Winter=Goldparmäne seien, und finde ich auch die erhaltenen Reiser anders. 4) bekam ich 1863 eine der Winter=Goldparmäne gar sehr ähnliche, aber merklich quit= tenartig schmeckende, delikate Reinette durch Hrn. Obergerichts=Director von Werlhof zu Hannover von seinem Gute Vethem bei Verden, die ich von Werlhofs Reinette benannte (ibidem S. 46). Herr v. Bose gibt Monatsschr. 1864 S. 12 noch Nachricht über den Großen oder Englischen Pepping, Aromatic Pippin Sicklers, (T. O. = G. III, S. 103), den man neuerdings mit Winter=Goldparmäne habe zu= sammen werfen wollen, wogegen er streitet, und was auch nach Früchten, die er mir sandte, nicht richtig ist. — Ueber Ursprung unserer Winter= Goldparmäne und die Geschichte ihrer Verbreitung hat Herr Baron v. Bose, Monatsschr. 1864 S. 12, schätzbare Nachrichten gegeben. Sie ist wohl unbezweifelt Englischen und ziemlich neueren Ursprungs, entstan= den nach dem Synonym in Hampshire, und kommt zuerst in Kirkes Cataloge zu Brompton vor. Diel erhielt sie von Loddiger aus Lon= don als Golden Winter-Pearmain, King of the Pippins, später auch

durch Rentmeister Nelluer von Kirke als King of the Pippins, mit
der von Lobbiger beigefügten Bemerkung, daß diese Frucht der Beste
unter allen Aepfeln sei, und wenn die Frucht für die Tafel auch durch
andere, noch etwas mehr gewürzte Sorten übertroffen wird, so bleibt
sie durch Gesundheit und schönen Wuchs, auch sehr reiche Tragbarkeit
des Baumes und Brauchbarkeit zu Haushaltszwecken doch der König
der Aepfel. Herr Lieke zu Hildesheim zog jährlich 1000 Stämme
davon gegen eine Reihe oder halbe Reihe von andern Sorten. — In
Amerika jedoch hat sie Glück nicht gemacht, und wird sowohl von
Downing, S. 88, als Elliott, S. 188, welche die Frucht gleichfalls
als King of the Pippins und Hampshire Yellow haben, wenig ge=
schätzt und zu den bereits übertroffenen Sorten gesetzt. Elliott erwähnt
S. 81, daß man auch den Grafensteiner irrig King of the Pippins
genannt habe.

98.

Pepping, Bullocks, Hbb. I, S. 837. Mas Verger Nr. 18
gibt gute Abbildung unter dem Namen Reinette de Bullock, doch ist
die Frucht, je nach den Jahrgängen, oft auch nur wenig berostet. Es
bestätigte sich durch Reiser, die ich aus Downings Collection durch
Herrn Behrens zu Lübeck empfing, die Angabe des Handbuchs, daß
American golden Russet Synonym des Bullocks Pepping ist, und
trug die Sorte recht voll. Der Englische Golden Russet, wie schon
Downing bemerkt, und sich durch Früchte dieser Sorte, die ich durch
Urbanet von der Hort. Soc. erhielt, bestätigte, ist eine andere, dem
Parkers Pepping sehr ähnliche und hauptsächlich nur in der Form des
Blattes von Parkers Pepping verschiedene Sorte.

99.

Pepping, Deutscher Gold-, Hbb. I, S. 133. Arnoldi's Obst=
cabinet gibt in Form richtige, hinlänglich kenntliche Nachbildung, Lie=
ferung 15, Nr. 38. Auch der Verger des Hrn. Mas gibt im Oktober=
Hefte 1866 Nr. 26 gute, etwas größere, als die Frucht hier gewöhnlich ist,
und stark geröthete Abbildung, so daß man sie nach unserem Systeme
zu den rothen Reinetten rechnen möchte. Ich fand die Frucht auch
bei uns schon in 2 Gärten etwas und selbst merklich geröthet. Mit
dem Wachsapfel (= Weißer Winter=Tafftapfel) ist es in Böhmen ebenso.

100.

Downton Pepping, Hbb. I, S. 475. Arnoldis Obstcabinet
gibt Lief. 15, Nr. 40, gute Nachbildung. Lindley, Pom. Britt. Taf. 113,

bildet die Frucht unter diesem Namen gut ab, mit den Synonymen, die das Handbuch auch, nach Hogg, anführt. Mit dem Synonym Elton Pippin ist Eldon Pippin, Hogg S. 231, nicht zu verwechseln.

101.

Pepping, Duquesne's, Hbb. I, S. 347. Arnolds Obstcabinet wird Nr. 98 Nachbildung geben.

102.

Englischer Scharlach-Pepping, Diel, Hbb. I, S. 223, und **Rother Quarrendon,** Devonshire Quarrendon, Hbb. I, S. 227, haben, wie ich vermuthete, doch Herr Oberförster Schmidt, bei der Beschreibung des Letzteren, in Abrede stellte, sich bei mir als völlig identisch dargestellt, und muß Herr Oberförster Schmidt Diels Engl. Scharlachrothen Sommerpepping nicht echt gehabt haben. Das Reis des Rothen Quarrendon erhielt ich meinerseits wieder von Schmidt. Hooker, Pomona Londinensis XIII, und Ronald Pyrus malus Taf. 2 Nr. 4, bilden ihn gut ab, und ist Devonshire Quarrendon, auch Red Quarrendon der rechte Engl. Name unserer Frucht. Hogg hat ihn S. 67, doch etwas kleiner, und hat als Synonyme noch Quarentine, Red Quarentine (Miller and Sweet Catal. 1790), Sack Apple (Hort. Soc. Cat., Hooker). Die Boskooper Vruchtsoorten haben S. 14, Nr. 32, noch das Synonym Morgenrothapfel, welches ich sonst noch nicht fand. Auch Mas im Verger gibt Nr. 3 gute Abbildung und hat auch Arnolds Obstcabinet, Lief. 15 Nr. 42, die Frucht gut und kenntlich nachgebildet. •

Die Güte der auch recht reichlich tragenden Frucht wird bei uns noch nicht genügend geschätzt, hält sich ziemlich lange und hat weniger Säure als z. B. der Charlamowsky.

103.

Hörlin's Pepping, Hbb. I, S. 135. Diese im Handbuche gerühmte Sorte blieb in meiner nördlichen Gegend zu klein, hatte wenig Güte, trug auch wenig, obwohl die Pyramide seit 4 Jahren tragbar ist, und blieb selbst in dem günstigen Jahre 1865, wo die meisten Aepfel groß und vollkommen wurden, um 2''' kleiner, als die schon an sich kleine Frucht.

104.

Hughe's Pepping, Hbb. I, S. 289. Arnolds Obstcabinet Lief. 10, Nr. 25 hat den Franklins Goldpepping aus südlicher Gegend in guter Nachbildung, und darf ich nochmals bemerken, daß ich, auch nach noch oft später gehabten Trachten, den Franklins Goldpeping, wie schon bei Beschreibung im Handbuche angegeben wurde, vom Hughe's Goldpepping nicht habe unterscheiden können. Beide Früchte ändern darin ab, daß die Form bald hochgebaut, bald kürzer und mehr gerundet ist. Auch Ronald, Pyrus malus Taf. 18, Fig. 4 und 3 bildet beide von fast gleicher Größe und Gestalt ab, in der etwas flacheren, runderen Form, einem recht großen Engl. Goldpepping ähnlich, und der Niederländische Baumgarten bildet I, Taf. 21, Nr. 40 den Hughe's Goldpepping recht gut ab. Vom Ursprunge des Hughe's Goldpepping sagt Ronald nichts, vom Franklin dagegen, daß er Amerikanischen Ursprunges sei und nach dem berühmten Franklin benannt sein werde. Elliott hat jedoch S. 148 die Notiz über Hughe's Goldpepping: „Origin, Berks. Co., Pa. from Thomas Hughes". Beim Franklins golden Pippin setzt er, S. 140, das Synonym Sudlow's Fall Pippin hinzu, nebst der Bemerkung: American. Downing hat nur den Franklin, S. 82, und bemerkt: er solle eine Amerikanische Varietät sein, benannt nach Dr. Franklin. — Lindley, Pomolog. Brittannica, Taf. 132, hat Hughe's Goldpepping in ziemlich grünem Colorit dargestellt, (was in diesem Werke bei gar manchen Früchten vorkommt und von dem Zeitpunkte der Reife herrühren wird, in dem die Abbildung gemacht wurde), den Franklin, Taf. 137, gelber. — Hookers Abbildung des Hughe's Goldpepping in der Pomona Londinensis XXVI ist sehr ähnlich, und vermuthet er nur, daß die Sorte eine neue Kernfrucht sei; Kirke habe ihn im Novemb. 1814 der Londoner Societät vorgelegt. — Daß Hughe's Goldpepping den Franklin an Größe übertreffe, wie im Handbuche gesagt ist, ist kein wirklicher Unterschied, und wollte ich früher umgekehrt, nach mehreren Ernbten in Rienburg und Sulingen, den Franklin, den ich von Größe und Gestalt hatte, wie er im Handbuche dargestellt ist, durch mehr Größe und mehr hochaussehende Gestalt von Hughe's Goldpepping unterscheiden.

105.

Kleiner Steinpepping, Hdb. I, S. 323. Arnoldis Obstcabinet giebt Lief. 23, Nr. 73 Nachbildung. Die Frucht bleibt etwas kleiner, als die ähnliche Carmeliter-Reinette, ist aber nahezu oder wirklich von gleicher Güte, und trägt noch reichlicher, setzt auch fast nie aus.

106.

London Pepping, Hdb. I, S. 123. Arnoldis Obstcabinet wird Nr. 102 gute Nachbildung geben. Ronald, Pyrus malus Taf. 14,

Fig. 2, stellt die Frucht kenntlich, doch stark geröthet und noch größer dar, als die Figur im Handbuche, 4" breit, 3½" hoch; wie überhaupt die Englischen Aepfel dort gar häufig weit größer erwachsen müssen, als bei uns. Auch er schreibt Five crowned Apple, und leitet den Namen von den 5 merklichen Rippen um den Kelch ab. Der Niederländische Baumgarten bildet unsere Frucht Nr. 17 ab, und ist die rechte, könnte jedoch noch kenntlicher sein. Bei Downing und Elliott findet die Frucht sich nicht, die in Amerika noch unbekannt sein wird. Nach dem Lond. Catal. hat die Frucht auch noch das Synonym Royal Sommerset. In der Monatsschrift 1863 S. 36 habe ich die Ansicht geäußert, daß der wahre London Pepping in Deutschland noch selten sei, und dagegen bei uns unter dem Namen Große Reinette aus London, welche Frucht auch als Cornwalliser Nelkenapfel fälschlich bei uns gehe, eine ähnliche, nicht völlig so gute Frucht verbreitet sei, für die, wenn wirkliche Verschiedenheit stattfinde, ich den Namen London Calville vorschlug. Früchte von dieser meiner ältern Sorte und dem durch Urbanek von der Hort. Soc. erhaltenen London Pepping, die ich 1865 von mehreren Bäumen, gut ausgebildet und in reichlicher Anzahl hatte, haben mich völlig überzeugt, daß meine ältere Frucht mit dem direct erhaltenen London Pepping doch völlig identisch ist. Zur Annahme einer Verschiedenheit war ich gekommen durch frühere einzelne Früchte des London Pepping und recht schöne Exemplare, die ich von Herrn Kaufmann Müller zu Züllichau erhielt, welche größer als meine alte Frucht, (ganz so, wie die Figur im Handbuche), auch gelber und edler im Geschmacke waren, und war dabei das Reis von mir an ihn gesandt worden. Je länger man forscht, je zahlreicher finden sich Beispiele, daß dieselbe Frucht in verschiedenen Gegenden und Bodenarten oft so verschieden ausfällt, daß man 2 verschiedene Varietäten vor sich zu haben glaubt, deren Identität man erst erkennt, wenn sie im eigenen Garten zusammen tragen.

107.

Oelkofer Pepping, Hbb. I, S. 463. Die Monatshefte 1865, S. 129, geben Abbildung nach Früchten aus dem Garten des Herrn General-Consuls Labé zu Geisenheim am Rhein, die nach der hinzugesetzten Bemerkung größer und stärker colorirt, auch süßer, doch nicht so gewürzreich waren, als in Oelkofen.

108.

Parkers Pepping, Hbb. I, S. 339. Arnoldis Obstcabinet wird unter Nr. 99 Nachbildung geben. Monatshefte 1865, S. 130.

in einem Auffaße über die Peppings, statuirt Herr Schulrath Lange Identität der Diel'schen Nicolas-Reinette mit Parkers Pepping. Nach erbauten, nicht gehörig vollkommenen Früchten hatte ich diese Identität auch schon vermuthet, und war auch in Herrenhausen die, wohl von Diel bezogene, Nicolas Reinette der Parkers Pepping. Daß die Frucht, wie behauptet ist, der Grauen Portugiesischen Reinette ähnlich sei, kann ich nicht finden, da deren Colorit doch etwas anders ist, nicht so goldartig. Dagegen hat der aus London erhaltene Golden Russet, von dem ich, unter dem Namen Vergoldeter Russet, bereits Beschreibung gegeben habe, (Monatshefte 1867, S. 258), sehr große Aehnlichkeit mit Parkers Pepping, und da dieser Name in Englischen Werken sich nicht findet, obwohl Diel die Frucht aus der Baumschule Gordon's, Dermer's und Thompson's zu Mile-End als Parker's Pippin erhielt, die er darauf aus London (wohl von Kirke) durch Herrn Rentmeister Uellner zu Alt-Lüneburg auch als Brokers Pippin erhielt, so würde ich glauben, daß die Frucht in England etwa als Golden Russet bekannter sei, wenn nicht das Blatt des Letzteren andere Form hätte und schmäler wäre. — Spencers Pepping dagegen, den Herr v. Flotow im Handbuche mit dem Parkers Pepping zusammenwerfen will, ist eine andere Frucht, die ich im Handbuch IV, S. 301, beschrieben habe, und liegt ein neues Beispiel vor, daß das Urtheil nach bloßer Uebereinstimmung einer Frucht mit einer gewissen Beschreibung auch geübte Pomologen trügt.

109.

Pepping, Punktirter Knack-, Hdb. I, S. 67. Arnoldis Obstcabinet, Lief. 22, Nr. 60, gibt gute Nachbildung.

110.

Ribston Pepping, Hdb. I, S. 353. Arnoldis Obstcabinet gibt, Lief. 11, Nr. 28, gute, kenntliche Nachbildung. Ich finde die Frucht in meiner Gegend, eben wie die Muskat-Reinette, immer noch zu wenig fruchtbar, woran zu wenig Feuchtigkeit im Boden oder in der Luft Ursache sein wird, da wenigstens in England, Norwegen und an der Ostsee die Frucht sich sehr tragbar gezeigt hat. Einen voll tragenden Baum sah ich nur erst einmal in Nienburg in schwerem Boden, doch trug er auch in Herrenhausen. Ronald, Pyrus malus, Taf. 27, Fig. 5, bildet ihn gut ab; Hooker, Pomona Londinensis III, auch, doch in einem hochgebauten Exemplare. Nach ihm wäre die Frucht durch einen Herrn Goodricke aus der Normandie nach Yorkshire eingeführt. Hauptstelle über die Frucht bleibt aber, wie schon Herr v. Bose bemerkte, Pomol. Magaz. III, S. 141, wo die Frucht gleichfalls gut abgebildet ist. Daraus referirt auch Lindley, Pomol. Brittanica, S. 144, der ihn daselbst gleichfalls gut abbildet und auch Travers Apple, (Travers Goldreinette, Diel), damit schon als identisch zusammenstellt. Auch in der Swensk Pomona gibt Dr. Eneroth S. 113 gute Abbildung, in dortigem Klima ziemlich grüngelb. Siehe auch v. Aehrenthal Taf. 10 u. 13.

In dem Aufsatze über die Peppings, Monatshefte 1865, S. 130, hat Herr Schulrath Lange es mit Recht getadelt, daß, während das Englische Pippin bloß eine neue Kernfrucht bezeichne, man so viele große Aepfel, selbst solche, die keine Reinette seien, im Deutschen als Pepping gegeben habe, und dadurch der bei uns eingebürgerte Begriff eines Peppings verloren gehe. Wollte man aber den Namen ändern, so müßte man die Frucht doch nicht Engl. Granat-Reinette nennen, wie häufig noch immer geschieht, da diese, von Diel neu geschaffene Benennung in Englischen Werken sich gar nicht findet, sondern müßte sie Reinette von Ribston heißen.

111.

Pepping, Rothbackiger Winter. Als Herr Dr. Lucas im Dezember 1866 bei mir war, machte er die Bemerkung, die Frucht sei allerdings von der Englischen Spitalreinette verschieden, aber scheine mit der Gäsdonker Reinette identisch. Ich bekam gleich nachher schöne Früchte der Gäsdonker Reinette aus Herrenhausen, und fand gleichfalls so große Aehnlichkeit des Rothbackigen Winter-Peppings mit derselben, daß auch ich schon geneigt war, Identität anzunehmen, zumal auch die Triebe beider Sorten damals ähnlich schienen. Bei der näheren Untersuchung fand ich indeß noch folgende entschieden gegen Identität sprechende Merkmale: 1) der Rothbackige Winter-Pepping war äußerlich schon gelber, als die Gäsdonker Reinette; 2) nach dem Durchschneiden der Früchte lief das Fleisch des Rothbackigen Winter-Peppings rasch und stark braun an, während das der Gäsdonker Reinette gar nicht braun anlief; 8) der Geschmack der Gäsdonker Reinette hatte noch ein wohl bemerkbares, fein zimmtartiges Gewürz beigemengt, während der Geschmack des Rothbackigen Winter-Peppings nur süßweinig gezuckert, ohne das gedachte Gewürz war; 4) bei der Gäsdonker Reinette hatte zwar auch 1 Frucht von 3 zerschnittenen ein etwas offenes Kernhaus, aber vollkommene Kerne, während bei dem Rothbackigen Winter-Pepping die Kerne alle unvollkommen oder klein waren.

Es zeigte sich bei der Untersuchung ferner, daß die Gäsbonker Reinette, die bei mir in Jeinsen und Nienburg immer stärkere Neigung zum Welken hatte, in dem feuchteren Herrnhäuser Boden gar nicht welkt und so wird auch der so äußerst tragbare Rothbackige Winterpepping in hinlänglich feuchtem Boden wohl nicht welken, was ich an der Frucht als einzigen Mangel fand. Bei Früchten des Carpentin, die bei mir in Nienburg, auch bei spätem Brechen, ganz hinwelkten, findet es sich gleichfalls, daß diese, im Herrnhäuser Boden erwachsen, nicht oder wenig welken.

112.

Sturmer Pepping, Hbb. I, S. 499. Die Frucht hat sich seit einigen, und noch dazu für den Obstertrag sehr ungünstigen Jahren, früh und sehr fruchtbar gezeigt und verdient, bei Güte des Fleisches und Haltbarkeit, da sie höchst selten fault, recht viele Anpflanzung. Ich erhielt die Sorte sowohl von Herrn v. Flotow, der sie beschrieb, als direct von der Londoner Societät, und wollte Anfangs merkliche Verschiedenheit unter beiden finden, wobei meine Sorte von der Londoner Societät besser auf die Beschreibung zu passen schien, doch war 1864 und 1865 der Unterschied schon gering und stellte sich, nach den Trachten auf mehreren Probezweigen und einem kräftigen jungen Baume nun heraus, daß die Frucht in Größe und Gestalt etwas zu variiren scheint. Die rechte Form, wie meine Früchte sie in der Mehrzahl hatten, wird die eines Alten Nonpareil, oder Neuen Engl. Nonpareils sein, womit Englische Autoren sie auch vergleichen.

113.

Pepping, Walliser Limonien, Hbb. I, S. 288, findet sich unter diesem Namen in Englischen Werken nicht. Wahrscheinlich kommt er Ronald, Pyrus malus, Taf. 28, Fig. 3, als Marmelade or Welsh Pippin vor, der in Wales beliebt sei.

114.

Pepping, Weißer Kentischer, Hbb. I, S. 129. In der von mir der Beschreibung der Frucht hinzugesetzten Anmerkung findet sich der den Sinn gänzlich entstellende Druckfehler, er sei selbst auf der Obstkammer wie stippig geworden, wo es vielmehr nie stippig heißen sollte. Die Frucht ist, wenigstens für hiesige Gegend, weit mehr zu loben, als im Handbuche geschehen ist. Auch Herr Doorenkaat zu Norden lobt sie, Monatshefte 1865, S. 200, und Herr Rentmeister

Woltmann zu Zeven schätzte sie vor vielen andern. Verglichen auch Boskooper Fruchtsorten, 3te Reeks, Nr. 183, wo sie auch gelobt wird.

115.

Pfirschenapfel, Amerikanischer. Der Niederländische Baumgarten gibt Lief. 18, Taf. 35, Nr. 68, Abbildung und Beschreibung. Kam von J. Booth zu Flottbeck nach Boskoop und wird in der Beschreibung und wohl mit Grund erklärt, daß die Frucht ganz mit der im Handbuche gegebenen Beschreibung stimme, auch nicht vor Dezember zeitige. Die Abbildung ist zwar nur gelblich grün, mit schwachem, stellenweise sich findenden Scheine von matter Röthe, doch wird in der Beschreibung gesagt, daß die Frucht dort oft einige hellrothe Flammen und Flecken habe. Daß sie bei Dresden sich stärker geröthet zeigte und als dem Sommer=Rabau ähnlich bezeichnet wird, (unter welchem Namen aber Herrn v. Flotow ohne Zweifel der Langtons Sondergleichen vorgelegen hat; siehe Handbuch IV, S. 347), kann nicht auffallen. In Boskoop legt man der Frucht für die Tafel und Wirthschaft nur geringen Werth bei. In der französischen Uebersetzung des Niederländischen Baumgartens wird obige Frucht unter dem Hauptnamen Winter Peach aufgeführt.

116.

Pigeon, Neuer Englischer, Hbb. IV, S. 251. Arnoldis Obstcabinet, Lief. 19, Nr. 54, gibt schöne, kenntliche Nachbildung nach großer, recht vollkommener Frucht. Auf der Ausstellung zu Görlitz in der Collection aus Brünn fand sich ein Großer Böhmischer Jungfern= Apfel, der sowohl äußerlich, als nachdem ich ihn im Winter weiter untersuchte, mit dem Neuen Engl. Pigeon identisch schien; das erbetene Reis trug noch nicht, und muß sich demnächst Genaueres ergeben. In der Collection des Herrn Organisten Müschen fanden sich in Görlitz auch noch 2 Früchte unter den Namen Prebereder Schlotterapfel und Vollbrechts Schlotterapfel, die dem Neuen Engl. Pigeon sehr ähnlich waren und durch erbetene Reiser gleichfalls in weitere Untersuchung genommen sind. Der Prebereder Schlotterapfel trug bereits 1866 voll= kommene Frucht, und zeigte sich mit dem Neuen Engl. Pigeon überein. Ob der im T. O.=G. Bd. 18, S. 307 beschriebene und Taf. 14 ab= gebildete Große Böhmische Jungfernapfel, den auch Dittrich I, S. 466 hat, derselbe sei, steht sehr dahin, da sich in der Beschreibung mehrere Abweichungen finden, und namentlich immer $1/3$ der Schattenseite die Grundfarbe rein zeigen soll, wie auch in der Abbildung dargestellt ist.

Jahn will im Berichte über die Görlitzer Ausstellung S. 91, gleichfalls den Böhmischen Jungfernapfel, wie er sich in der Collection aus Schwetzingen und in andern Sortimenten fand, mit dem Neuen Engl. Pigeon zusammenstellen, wo indeß der Name vollständiger wohl Großer Böhmischer Jungfernapfel hätte heißen müssen, zum besseren Unterschiede von dem kleinen und stärker dunkelrothen Rothen Böhmischen Jungfernapfel Diels, (Rothen Jungfernapfel des Handbuchs).

117.

Polsterapfel, Rother, Hdb. I, S. 413. Ueber die Frage, ob diese Sorte nicht noch mit einer andern zusammenfällt, ist noch einige Ungewißheit. Ich bemerke zunächst, daß die Frucht des Namens, deren Reis ich von Diel über Herrenhausen erhielt, in Form immer hochgebaut, und einem Rothen Winter-Calville ähnlich war. In einer Beschreibung des (Meißner) Leberrothen Himbeerapfels habe ich, (Monatshefte 1867, S. 68), dann weiter auseinander gesetzt, daß ich diesen und den Rothen Polsterapfel für identisch halten müsse. Die leberrothe Färbung wird, nach den Umständen, weit stärker roth, so daß ich den Rothen Polsterapfel schon auf Identität mit dem Rothen Winter-Calville ansah. Aehnliche Früchte sind auch Schönbecks rother Winter-Calville, Rother Apollo und Winter-Postoph und müssen mit dem Rothen Polsterapfel noch weiter verglichen werden, um zu ermitteln, welche Sorten darunter selbstständig sind; doch dauern diese, und namentlich der Winter-Postoph merklich länger, als der Rothe Polsterapfel. Die Literatur des (Meißner) Leberrothen Himbeerapfels sehe man in den Monatsheften am angeführten Orte, namentlich Diel VII, S. 8 und L. O.-G. XXI, S. 67, Taf. 7, wo aber die Abbildung schlecht und nicht kenntlich ist. Ein Leitmeritzer Leberapfel, den ich von Herrn Baron v. Trauttenberg in Prag erhielt, war identisch mit dem Leberrothen Himbeerapfel.

118.

Pomeranzenapfel, Hdb. IV, S. 97. Arnoldis Obstcabinet gibt, Lief. 27, Nr. 45, gute, kenntliche Nachbildung. Auch in den „Schweizerischen Obstsorten", herausgegeben vom Schweizer Landwirthschaftl. Central-Vereine, St. Gallen, 1863, ist er sehr gut abgebildet, (das Werk ist ohne Pagina), ziemlich gut, auch in der von Hrn. Zehender herausgegebenen „Auswahl vorzüglicher Obstsorten", Bern 1865, Taf. 1. Beide betrachten ihn als aus der Schweiz abstammend, und wird gesagt, daß er in der Schweiz überall schon häufig gebaut werde, und noch in 2000' Höhe über dem Meere gedeihe, wenngleich er anderwärts empfindlicher sein solle. Die Schweizerischen Obstsorten bilden ihn unter dem Namen Breitacher ab, und sind Synonyme: Beitaar, Breitaer, Breitiker, Breitapfel, Schweizer Breitacher, Schiebler, Sonnenwirbel, Sternborsdorfer und Englische Goldreinette, (welche letzte Benennung ganz falsch ist). Als Breitaar bekam ich in Görlitz die Frucht auch von Herrn Lehrer Kohler zu Küßnacht bei Zürich. Zehnder nennt ihn französisch Pomme large Suisse, und wird in den Schweizerischen Obstsorten noch bemerkt, daß man in mehreren Schweizer Kantonen unter dem Namen Süßbreitach eine in Baum und Frucht dem Obigen täuschend ähnliche Sorte habe, die jedoch ein Süßapfel und von geringerer Qualität sei.

119.

Postoph, Winter, Hbb. I, S. 205. Der Niederländische Baumgarten gibt Lief. 18, Taf. 36, Nr. 69, Abbildung und Beschreibung eines Winter=Postophs, welcher aber schwerlich die direct von Diel an mich gekommene Frucht ist, obwohl auf das Handbuch I, S. 205, sowie auf Dühamels Postophe d'hyver Bezug genommen wird. Es wird meine Meinung dadurch bestätigt, daß die Frucht nicht nur wenig empfehlenswerth sein soll, sondern auch hinzugefügt wird, daß die Sorte sowohl aus Frankreich, als von J. Booth zu Hamburg als Calville Malingrée (richtiger Malingro, was ein Ort sein wird), nach Boskoop gekommen sei. Unter dem Namen Calville Malingro habe ich nun von der Société van Mons eine mit unserm Gestreiften Herbst=Calville, nach wiederholtem Tragen gleiche, Sorte, von der Hort. Soc. dagegen durch Urbanek eine von Diels Winter=Postoph wieder verschiedene, am meisten dem Diel'schen Rothen Apollo gleichende Frucht erhalten, die man wieder in der bloßen Abbildung des Winter=Postophs im Niederländischen Baumgarten nicht erkennen kann. In der Beschreibung wird hinzugesetzt, aber im Widerspruche mit der Abbildung, daß besonnte Früchte fast ganz mit einer trüben Röthe bedeckt seien, mit dunkleren Streifen und Flammen darin, daß aber die Färbung nicht immer so lebhaft sei, als sie in der Abbildung dargestellt sei. Unter dem Namen Winter=Postoph und Calville Malingro gehen daher wohl noch mehrere Sorten, obwohl, nach dem Berichte über die Görlitzer Ausstellung, S. 90, Jahn in dem Calville Malingre der Boskooper Collection den Winter=Postoph hat erkennen wollen, welche

Aehnlichkeit mir nicht aufgefallen ist, obwohl ich die Früchte dieser Collection durchsah.

120.

Priestley, Hbb. I, S. 535. Kenrik hat diese Frucht S. 51 und sagt, daß, nach Coxe, er aus Pensylvanien stamme und von einem Herrn Priestley zuerst gebaut sei. Elliott hat auch noch einen Priestley Sweet und sagt S. 185 bei einem Bullet genannten Apfel, daß dieser von Einigen auch Priestley genannt worden sei.

121.

Prinzenapfel, Hbb. I, S. 57. Arnoldis Obstcabinet giebt, Lief. 5, Nr. 14, höchst gelungene, kenntliche Nachbildung; die Figur im Handbuche ist sehr wenig genügend, dagegen die Abbildung Monatsschrift 1857, S. 273 ziemlich gut, wenigstens recht kenntlich. Auch die Swensk Pomona des Hrn. Dr. Eneroth bildet ihn als Melon aple gut ab, wo er S. 88 beschrieben ist, woneben sich S. 133 noch eine sehr ähnliche Frucht als Akerö-aple findet. Diese Frucht ist wohl sichtbar schon Knoop II, Taf. 7, Nr. 58, als Pomme d'Ananas, oder Rother Schlotterapfel, wenn auch sehr schlecht, abgebildet worden, während er als Pomme de Prince II, Taf. 13, eine ganz andere Frucht hat und kommt die Frucht als Rothgestreifter Schlotterapfel, Ananasapfel und Melonenapfel mehrfältig vor, unter welchem letzten Namen auch Hr. Dr. Eneroth in der Schwedischen Pomona, S. 88, ihn recht gut abbildet. Der T. O.-G. bildet die Frucht XXI, Taf. 18, wohl sichtbar als Rothgestreiften Schlotterapfel ab, bei dem auch die Beschreibung paßt und habe ich eine Frucht des Namens, die ich in Görlitz von Herrn Baron v. Bose erhielt, gleichfalls für den Obigen gehalten, doch glaubte Herr v. Bose, daß seine Frucht von dem Prinzenapfel verschieden sei, wie das erbetene Reis weiter ergeben muß. Die Synonyme Bunter Langhans, Hasenkopf von Lübben, Schlotterapfel von der Flees fand ich unter meinen von Diel erhaltenen Früchten auf und konnte oft vergleichen, erhielt die Sorte auch noch als Haber-Apfel von Dittrich; (siehe Dittrich III, S. 4 mit dem Synonym Prinzenapfel, Verweisung auf Christs Hand-W.B. S. 47 und der Nachricht, daß die Sorte um Osnabrück anzutreffen sei und in Nienburg an der Weser als Prinzenapfel bekannt sei, unter welchem Namen sie jedoch im Hannover'schen überhaupt immer allgemein gebaut worden ist. Durch meine und des Handbuchs Einwirkung ist der Name Prinzenapfel wohl jetzt bei uns allgemein adoptirt. Aus Lübeck, weiter

wohl aus Schweden bezogen, erhielt ich die Frucht auch als Nonnen=
Apfel (Nonnentütte) und glaubte, daß Diel sie auch wohl noch als
Fränkischen Nonnenapfel beschrieben haben werde, welche Sorte sich in=
deß von dem Prinzenapfel ganz verschieden zeigt, nachdem ich die rechte
Frucht des Namens 1867 in Reutlingen erhalten habe. Von Herrn
Heinrich Behrens zu Lübeck erhielt ich dagegen als Nonnenapfel,
gleichfalls als aus Schweden bezogen, eine wohl ähnlich geformte, aber
von Obigem sehr verschiedene und durch den Winter haltbare Frucht,
und bedaure ein Reis nicht erhalten zu haben. Auch Christ sagt,
Vollst. Pomol., von seinem Melonenapfel, den er im Uebrigen ganz
als unsern Prinzenapfel beschreibt, daß er im Januar lagerreif sei
und den ganzen Winter hindurch dauere. Nicht weniger hat auch die
Monatsschrift 1864, S. 348, einen Winter=Prinzenapfel aufgeführt.
Als Rothe Nonnentütte erhielt ich durch Herrn Doorenkaat zu Norden
aus Holland auch eine ganz rothe, in Form vom Prinzenapfel etwas
verschiedene Frucht. Unsere Sorte wird noch unter dem Namen Trom=
peterapfel, wie schon im Handbuche gesagt ist, vorkommen; Hogg je=
doch hat, S. 197, als Trumpeter eine andere Frucht. — Sehr ähn=
lich ist dem Obigen aber doch völlig davon verschieden, ein Walzen=
förmiger gestreifter Schlotterapfel, von dem ich ein paar schöne Exem=
plare aus Danzig erhielt, welcher der im T. O.=G. XX, Taf. 19,
abgebildete Apfel dieses Namens sein wird und nur grüner und düsterer
gehalten ist, als ich die schön gezeichnete Frucht aus Danzig erhielt.

122.

Prinzessinapfel, Französischer, Hbb. I, S. 355. Arnoldts
Obstcabinet gibt Lief. 26, Nr. 79, gute Nachbildung. Diel erhielt
diese Frucht schon 1792 aus der Pariser Carthause selbst als Princesse noble des Chartreux, und später, mit dieser Sorte überein,
unter demselben Namen auch aus Harlem, so daß man wohl annehmen
darf, in dieser Sorte die rechte Frucht des Namens zu besitzen, und es
durch die Verwirrungen in der Revolutionszeit herbeigeführt sein mag*),
daß man in Frankreich jetzt allgemeiner unsere Reinette von Orleans
Princesse noble des Chartreux nennt, wie sie im Verger des Herrn
Mas auch Nr. 3 vorkommt. Die Abbildung gibt dadurch unsere

---

*) Diel hat aus der Carthause auch unsere Bergamotte Cadette und Doyenné
rouge noch richtig benannt erhalten. Für jene hat man jetzt die Beauchamps
Butterbirn in Frankreich angesehen und die Rothe Dechantsbirn, die Decaisne
als Poire Hampden (!) hat, gar nicht mehr gekannt.

Orleans-Reinette etwas weniger kenntlich, daß sie fast über die ganze Kelchhälfte fast ganz verwaschen geröthet ist, wird aber bei Herrn Mas so gezeichnet gewesen sein, und das erbetene Reis hat ganz die Vegetation unserer Reinette von Orleans.

123.

Quittenapfel, Winter, Hbb. I, S. 71. Arnoldis Obstcabinet Lief. 28, Nr. 88, gibt ganz gute Nachbildung. Es steht nach Vegetation und Frucht mir jetzt fest, daß Winter Quittenapfel, Französische Quitten-Reinette, (Diel, XXI, S. 110, ziemlich gut abgebildet, im Jenaer Teutschen Obstcabinet Nr. 72), Amerikanischer Kaiserapfel (Diel Catal. 2te Fortf. Nr. 569), Wahre weiße Herbst-Reinette (Diel VIII, S. 91), Norfolk Storing, wie ich die Frucht von Liegel und Bödiker erhielt, und auch eine Frucht, die ich von Diel als Cornelis frühe gelbe Herbst-Reinette erhielt, identische Früchte sind. Der Norfolk Storing ist möglich nicht richtig benannt gewesen, da der Londoner Catalog und Hogg S. 206 Norfolk Storing als Synonym von Winter Colman haben, den Hogg doch anders beschreibt und die Färbung dahin angibt, daß er an der Schattenseite roth getüpfelt und an der Sonnenseite dunkelroth sei. Ronald Taf. 33, Fig. 2, bildet freilich den Norfolk Storing zwar ohne Stielwulst ab, den aber auch der Obige sehr häufig, ja in den meisten Exemplaren nicht hat, doch nur mit leichter gelblicher Röthe an der Sonnenseite darstellt, so daß man in ihm den Winter Quittenapfel allenfalls wohl noch zu erkennen vermag. Den Winter Colman erhielt ich leider von der Hort. Soc. nicht. Es bleibt daher noch immer fraglich, unter welchem Namen diese gar schätzbare Frucht in England vorkommt, da Diel den Obigen zwar von Lobbiger und nochmals identisch durch Rentmeister Uellner in Alt-Lüneburg, von Kirke, als Quinee Apple bekam, bei Hogg aber der Quince als Synonym von Kirkes Lemon Pippin steht, den ich von der Hort. Soc. habe und den Königin Sophiens-Apfel gab. Da auch der Obige oft einen hervorragenden Fleischwulst am Stielende hat, auf dem der Stiel steht, so konnte freilich leicht sowohl der Obige, als der Kirkes Lemon Pippin, Quinee genannt werden und mag richtiger den Obigen bezeichnen, nur ist zu verwundern, wie die treffliche Frucht im Londoner Cataloge und bei Hogg gar nicht mehr sich finden sollte. Der Londoner Catalog hat den Quince Apple Nr. 611, aber nur dem Namen nach, ohne alle Kennzeichen. — Daß Wahre weiße Herbst-Reinette ein eigentlicher Herbstapfel sei, ist von Diel irrig gesagt, da sie sich eben so lange hielt, als der Obige, wobei zu bemerken ist, daß ich auch diese Frucht, wie die andern Synonyme birect von Diel erhielt und im Uebrigen die Beschreibung zutrifft. Durch Urbanek erhielt ich von der Hort. Soc. auch noch einen Wyken Pippin, der mir 1862 den Winter Quittenapfel sichtbar lieferte und den Hogg S. 211 aufführt mit den Synonymen Warwickshire Pippin, Girkin Pippin, auch Ronald Pyrus malus, Taf. 41, Fig. 1, abbildet und zwar fast hochgelb mit sehr wenig Röthe, in Größe und Gestalt eines mäßigen Winter Quittenapfels; doch will Hoggs Beschreibung auf den Obigen nicht genügend passen, und muß sich Mehreres ergeben, wenn der birect von der Hort. Soc. bezogene Wyken Pippin getragen hat, bei welcher Frucht aber namentlich nichts von einem starken Fleischwulste am Stiele gesagt ist, durch dessen immer an manchen Exemplaren vorkommendes Vorhandensein die Eingangs dieser Nummer gedachten Synonyme am sichersten zu erkennen sind. Von dem Wyken Pippin sagt Ronald, daß der erste Baum aus Holland nach England gekommen sei und zu Wyken einer Farm bei Coventry stehe, was daher mit dem Holländischen Wyker Pepping (= Orleans-Reinette) nicht verwechselt werden muß. Schließlich mag noch bemerkt werden, daß, wenn Hogg selbst bei Kirkes Lemon Pippin auf Diels Winter-Quittenapfel, als eine Identität hinweiset, dies irrig ist, und der Winter-Quittenapfel schon durch stärkeren Trieb und dickere, stark bewollte Sommertriebe vom Kirkes Lemon Pippin leicht unterschieden werden kann.

124.

Rabau, Sommer, Hbb. I, S. 233 und IV, S. 347. Es hat sich ergeben, daß die am ersten angeführten Orte beschriebene Frucht nicht die rechte gewesen ist, und dieser Beschreibung vielmehr, wie schon Herr Schulrath Lange vermuthete, der Englische gestreifte Kurzstiel, (= Langtons Sondergleichen), zum Grunde gelegen hat, der fälschlich auch als Sommer Rabau geht. Die rechte Frucht ist IV, S. 347 beschrieben worden. Eine leiblich gute, noch kenntliche Abbildung findet sich im Teutschen Obstcabinet S. 81. — Nach Berichte über die Görlitzer Ausstellung S. 109, kommt der Sommer Rabau auch als Blumensaurer vor.

125.

Rambour, Engl. Prahl, Hbb. I, S. 449. Diese Frucht habe ich in meiner Anleitung als wenig werthvoll bezeichnet. In Herrenhausen, wohin die Sorte von Diel gleichfalls kam, sah ich jedoch auf unbeschnittener Pyramide große, vollkommene, wirklich prächtige Früchte und würde meine Sorte für falsch gehalten haben, wenn nicht einzelne Früchte von meinem Zwergbaume in Jeinsen in günstigen Obstjahren fast ebenso groß und schön geworden wären, die die Aechtheit meiner von Diel erhaltenen Sorte sichtbar zeigten. Da die Mehrzahl der Früchte auch von meiner Pyramide in Jeinsen ziemlich unvollkommen blieb, so erhellet, daß es nur auf den Boden ankommt, um von dieser Sorte recht vollkommene Früchte zu erhalten. Herrnhausen hat leichten, mehr sandigen, etwas feuchten Boden. Die Frucht kommt in der im Handbuche dargestellten Form vor, gute Früchte in Herrnhausen waren aber merklich größer und breiter, etwas stielbauchig, während einzelne Früchte nach dem Kelche sich stärker und etwas konisch zuspitzten.

126.

Reinette, Ananas, Hbb. I, S. 131. Arnoldis Obstcabinet gibt Lief. 7, Nr. 19, gute, kenntliche Nachbildung. Von Aehrenthal gibt Taf. 13, gute Abbildung, so auch der Niederländische Baumgarten Taf. 32, Nr. 63, weniger das Teutsche Obstcabinet Nr. 28, die zu klein und zu hellgelb ist. — Durch Lucas habe ich auch von Mallardi in Italien eine Ananas-Reinette, die noch nicht trug, aber wohl eine andere sein wird. — Daß die Frucht, wie im Handbuche gesagt ist, wohl aus Holland stamme, mag auch dadurch noch wahrscheinlicher werden, daß Diel seine Frucht von Commanns in Deutz (einem Bruder des Commanns in Cöln) erhielt, der die Sorte wieder von einem Freunde in Zülpich bekam, in welchem Orte ein Frauenkloster war, das mit Brabant in Verbindung stand. Auch im Niederländischen Baumgarten heißt es: Herkunft unbekannt, wahrscheinlich eine heimische Sorte. Die Frucht lag in Reutlingen in der Collection aus Marienhöhe bei Weimar auch als Ledges Beauty, welchen Namen Hogg jedoch nicht hat.

27.

Reinette, Baumanns. Der Verger des Herrn Mas gibt Nr. 20 Abbildung, weniger gestreift als die Frucht in meiner Gegend erscheint.

127 b.

Reinette, Burchardts, Hbb. I, S. 459. Arnoldis Obstcabinet gibt Lief. 19, Nr. 52, schöne, sehr kenntliche Nachbildung. Die Fruchtbarkeit dieser Sorte ist besonders groß und setzt der Baum fast nie ein Jahr aus.

128.

Reinette, Carmeliter, Hdb. I, S. 161. Arnolds Obstcabinet
gibt Lief. 7, Nr. 29, gute Nachbildung nach großer, schöner Frucht,
in der, in frischem, fruchtbarem Boden vorkommenden, hochgebauten
Form, in welcher Diel sie als Lange rothgestreifte grüne Reinette
beschrieben hat.

Unter den Benennungen Carmeliter=Reinette und Lange rothge=
streifte grüne Reinette, (beide direct von Diel bezogen), Winter=Parmäne
und Ludwigsburger Reinette, (beide von Dittrich), Lange gestreifte
Reinette (aus Christ's Collection), Forellen=Reinette (Dr. Fickert), Ge=
tüpfelte Reinette (Liegel), habe ich selbst die hier vorliegende Frucht
erhalten, die noch manche andere Namen hat. Die Benennung Forellen=
Reinette, die man auch von der Kleinen Casseler Reinette gebraucht
hat, bezeichnet bei Diel eine andere, in meinem Norden stark welkende
Frucht (Diel IV, S. 107), die er als Reinette tachetée erhielt. In
der Monatsschrift 1858, S. 33, hat Herr Garten=Inspector Lucas die
Obige abgebildet, und, wie ich derzeit glaubte, viel zu roth und zu platt;
doch habe ich in einem heißen, trocknen Jahre sie, der gedachten Abbil=
dung höchst ähnlich, in meinem Garten gebrochen, von einem Probe=
zweige, der gewöhnlich weniger gefärbte Früchte trägt. Nach Witterung
und trocknerem oder feuchterem Boden wird sie stärker geröthet, oder
hat wenig Röthe, ist von Grundfarbe grüner, oder tritt, wie ich sie
aus Grevenbroich bei Cöln erhielt, vollkommen als Gold=Reinette auf,
ist kürzer, oder höher gebaut, und hat gern am Stiele einen Fleisch=
wulst, wornach ein Gärtner sie den Uebergewachsenen nannte. An den
feinen langen Trieben und viel verzweigter Krone mit etwas hängen=
dem Holze und in der Baumschule an den, bei kräftigen Stämmen,
recht langen, nach oben recht bemerklich abnehmenden, schlanken Trieben
ist die Sorte am sichersten kenntlich, sobald man einmal die Vegetation
gesehen hat. Ronald Pyrus malus bildet sie Taf. 22, Fig. 2 als
Winter=Parmäne sehr kenntlich ab, wie sie in England heißt. Von dem
direct aus London bezogenen Reise der Winter Pearmain sah ich
Frucht zwar noch nicht, doch ist die Vegetation in der Baumschule
völlig die meiner Carmeliter Reinette. Mas im Verger bildet sie,
Nr. 8, größer und, wenigstens für meine Gegend, etwas weniger
kenntlich ab. Hogg hält die Winter Pearmain (S. 208) für den ältesten
Englischen Apfel, dessen man gedenken könne und sei sie schon um
1200 in Norfolk gebaut, was ein schlagendes Argument gegen Knights
Theorie von dem Veraltern der Sorten gebe. Als Synonyme führt

er an Great Pearmaine, Pearmain, Peare-maine, Old Pearmain (Pomon. Hereford. T. 29), Pearmain d'hyver (Knoop Taf. 11, wo in der deutſchen Ausgabe die auf dieſer Tafel ſtehende unbenannte und Seite 26 aufgeführte Frucht gemeint ſein wird), Pepin Parmain d'hyver und Pepin Pearmain d'Angleterre (ibidem), Grauwe blanke Pepping van der Laan (ibid), Peremenes (ibid.), Zeeuwsche Pepping (ibid.), Duck's Bill (in some parts of Sussex) und Drue Permein d'Angleterre (Quintin Instit. 202), citirt auch als Abbildung noch Pomol. Herefordiensis Taf. 29. Die Benennung Carmeliter=Reinette führen er und der Londoner Catalog bei der Engliſchen Barcelona Pearmain als Synonym auf, was aber wenigſtens von unſerer, von Diel ſo benannten Carmeliter=Reinette nicht gilt, da vielmehr die Engl. Barcelona Pearmain die Kleine Caſſeler Reinette iſt, wie ſich nach Abfaſſung der Beſchreibung der Obigen genügend ergeben hat, ſo daß mithin auch die im Handbuche angegebenen Synonyme der Barcelona Pearmain auf obige Frucht nicht paſſen. Ob Diels Carmeliter=Reinette die von ihm allegirte Reinette de Carmes des Catalogs der Carthauſe wirklich iſt, ſteht vielleicht etwas dahin und iſt es auffallend, daß die Frucht ſich jetzt in Frankreich unter dieſem Namen nicht findet, wo ſie, nach Lucas, gewöhnlich als Forellen=Reinette, Rein. Truite, vorkommt.

129.

Reinette, Caſſeler Große; Hbb. I, S. 162. Arnolds Obſt-cabinet Lief. 21, Nr. 58, gibt gute Nachbildung nach recht vollkommener Frucht, in der man aber nicht jede Frucht, die dieſen Namen dennoch richtig trägt, gleich wieder erkennen wird, da dieſe Sorte nach Jahr-gängen und Boden, ſowohl an Größe, als auch in der Form, (bald breiter als hoch, ſelbſt ziemlich flach, bald faſt hochausſehend, bald am Kelche etwas zugerundet, bald ſtärker abgeſtumpft), variirt, und je nachdem ſie vollkommen baumreif oder früher gebrochen iſt, (in welchem letzten Falle ſie doch nicht welkt), noch unanſehnlich grün mit düſterer Röthung, oder ſchon als Goldreinette erſcheint, ſo daß der damit nicht Bekannte ſolche neben einander gelegte Früchte meiſtens für ganz ver-ſchiedene Sorten halten würde. Ich hatte bereits von meinen verſchie-ſchiedenen Bäumen auf der Ausſtellung in Braunſchweig eine Anzahl Früchte zuſammen gelegt, um darzuthun, wie ſehr die Frucht nach Um-ſtänden ſich abändert, und habe ich, mir unbenannt, zur Beſtimmung, vorgelegte Früchte oft erſt im Winter bei eintretender Reife als Große Caſſeler Reinette erkannt. Die Frucht iſt ſowohl an mehr Härte gegen

ben drückenden Finger und spät eintretender Reife, als auch etwas
größerer Schwere und noch mehr im Baume an den stark punktirten
und silberhäutigen, nach oben bemerklich abnehmenden Trieben zu er=
kennen. Ebenso verschieden erscheinen nun auch die verschiedenen Ab=
bildungen, die doch von richtig benannten Früchten entnommen sein
werden. Mas im Verger hat sie 1865, Nr. 1, als Grosse Reinette
de Cassel. Ronald, Pyrus malus, Taf. 26, Fig. 1; Lindley, Pomologia Brittannica, Taf. 84; Pomol. Magazine, Taf. 84. Die Annales I,
S. 83, bilden sie unter dem Namen Dutch Mignonne ab, welcher
Name eben sowohl, als die andere Benennung, unter der auch Diel
sie noch hatte, Holländische Gold=Reinette, auf ihren Ursprung aus
Holland hinweisen. Diel sagt Vorrede zum 10ten Hefte, S. VIII, er
habe sie bereits viermal von ganz verschiedenen Orten aus Holland
als Gold=Reinette erhalten, so daß es entschieden sei, daß ihr wahrer
Name Holländische Gold=Reinette sein müsse. Lindley sagt, daß die
Frucht aus Holland durch einen Norfolk Gentleman eingeführt wor=
den sei, wo man sie, ihren Namen nicht kennend, Dutch, (das ist
Holländische) Mignonne genannt habe. Auch ich würde mich unbedenk=
lich für die gedachte Benennung entscheiden, da der Name Große Casseler
Reinette (ebenso wie Pariser Rambour=Reinette) erst durch Diel ent=
standen ist, wenn sie nicht einmal allgemein in Deutschland als Große
Casseler Reinette verbreitet wäre und Holländische Gold=Reinette sich
nicht auch zugleich noch als Synonym des Goldmohr fände. Als
Holländische Gold=Reinette erhielt ich unsere Große Casseler Reinette
von Diel sowohl durch Burchardt, als Dittrich; als Dutch Mignonne
von der Soc. v. M., wo sie mir gleich zum ersten Male Früchte trug,
wie sie Mas im Verger Nr. 1, jedoch unter dem Hauptnamen Große
Casseler Reinette, mit dem Synonym: Dutch Mignonne, abbildet.
Lindley führt bei Dutch Mignonne als Synonyme noch an Cobman-
thorp Crab, Chrifts Goldreinette, (als Chrifts Deutsche Goldreinette
erhielt ich jedoch von Urbanek und Dittrich eine andere Sorte, und als
Chrifts Gold=Reinette aus Neustadt an der Haardt die Französische
Gold=Reinette), und meint, daß auch die Reinette d'orée der Pom.
Franc. die Dutch Mignonne sei, was dahin steht. Er wirft aber
unrichtig auch die Reinette d'orée of Duhamel, welche die Französische
Goldreinette Diels ist, ja selbst die Späte gelbe Reinette of the Germans
mit Dutch Mignonne zusammen (!). — Hogg, S. 74, hat als Syno=
nyme: Chrifts Gold=Reinette, (Lipp. Taschenbuch S. 405), Reinette
d'orée (Pomon Francon, Taf. 30; but not of Knoop or Duhamel),

Große oder Doppelte Casseler Reinette (Diel), Paternosterapfel (Aubi-
bert Catal.), Pomme de Laak (Pomol. Magaz.), Stettin Pippin
(Hort. Soc. Cat.), Dutch Minion (Ronald), Holländische Goldreinette
(Dittrich). Mit ähnlichen Synonymen haben sie auch die Amerikaner
als Dutch Mignonne, z. B. Downing S. 107, der sie auch dort
als a magnificent and delicious Holland apple bezeichnet. Die Bos-
looper Vruchtsoorten haben als Hauptnamen Reinette d'orée, (der
ohne Beisatz nur nichts mehr bezeichnet) und die Synonyme Große
Casseler Reinette, Holländische Goldreinette, Dutch Mignonne, Pomme
de Laak, und Cobmanthorpe Crab. Der Niederländische Baumgarten gibt Taf. 6, Nr. 11, gute, doch durch starke Rostfiguren nicht sofort kenntliche Abbildung unter dem Hauptnamen Reinette d'or, mit den
Synonymen Große Casseler Reinette, Holländische Gold-Reinette, Dutch
Mignonne und Cobmanthorps Crab. Noch mag als ein Curiosum angeführt werden, daß unsere Große Casseler Reinette unter diesem Namen
von Herrn Hagen im Haag, also gerade aus Holland selbst an Diel
kam, obwohl diese Frucht ohne Zweifel ein Erzeugniß Hollands ist,
wodurch sie auch die Namen Holländische Goldreinette und Dutch
Mignonne führt. Es bleibt dunkel, durch welche wunderlichen Zufälle
diese Frucht und die ohne Zweifel aus England stammende, wenigstens
dort als Barcelona Pearmain bekannte und geschätzte Kleine Casseler
Reinette gerade von Cassel ihre Benennung bekommen haben.

130.

Reinette, Kleine Casseler, Hbb. I, S. 351. Ueber diese in
England und auch von Diel so sehr gerühmte Sorte, mehren sich bereits aus manchen andern Orten zustimmende Urtheile, (z. B. Doorenkaat zu Norden, Slaby zu Gr. Ullersdorf in Mähren ec.), zu meinem
sie hier ganz unbrauchbar findenden Urtheile, wo ich sie nicht nur viel
zu stark im Winter welkend, sondern schon am Baume oder bald nachher faulfleckig werdend fand, was bei der ganz besonderen Tragbarkeit
dieser Sorte zu bedauern ist. Es ist noch nicht ermittelt, unter welchen Umständen sie die von Diel sehr gerühmte Güte zeigt.

Ebenso hat es sich bereits genügend herausgestellt, daß die ge-
rühmte Barcelona Pearmain Hoggs und des Lond. Cat., die irrig als
Synonym Diels Carmeliter-Reinette hat, nicht unsere Carmeliter-
Reinette, wie bei dieser auch im Handbuche noch angenommen ist, son-
dern die Kleine Casseler Reinette sei, und fand nach Monatsschr. 1863,
S. 140, auch Jahn auf der Ausstellung zu Namur, daß in der

Collection der Hort. Soc. als Barzelona Pearmain sich unsere Kleine Casseler Reinette fand. — Hogg gibt als Synonyme bei Barzelona Pearmain vollständiger: Speckled Golden Reinette, Speckled Pearmain (Hort. Soc. Cat.), Polinia Pearmain, (Rogers Fruit Cultiv.), Reinette Rousse (Duhamel), Reinette des Carmes, (Chart. Cat. 51, wo Diel umgekehrt unsere Carmeliter-Reinette sucht), Glace rouge, (Hort. Soc. Cat. 1ste Edit), Kleine Casseler Reinette (Diel I, S. 182), Casseler Reinette, Christs Handbuch Nr. 58. Mehrere dieser Synonyme, die im Register des Handbuchs auf unsere Carmeliter-Reinette noch hinweisen, müssen darnach auf die Kleine Casseler Reinette hinweisend verbessert werden, und Polinia Pearmain soll richtiger auch wohl unsere Polnische Zuckerparmäne sein, so wie Diel unter Reinette Rousse wohl richtiger unsere Röthliche Reinette findet. — Abbildungen der Barcelona Pearmain geben Ronald, Pyrus malus, Taf. 21, Fig. 4, (die man als Kleine Casseler Reinette noch wohl ziemlich kennt, Lindley, Pomol. Brittan., Taf. 81, (zu stark glänzend und verwaschen geröthet) und als unsere Kleine Casseler Reinette noch weniger zu erkennen. Es ist zu bedauern, daß ich die Barzelona Pearmain von der Hort. Soc. zur nochmaligen Prüfung der statuirten Identität nicht ächt erhalten habe, die mir vielmehr eine weiße Frucht lieferte, die ich nicht kannte.

131.

Reinette, Champagner, Hbb. I, S. 125. Arnoldis Obstcabinet Lief. 10, Nr. 24, gibt gute, kenntliche Nachbildung. 1867 wollte es mir scheinen, als ob die Niederländische Weiße Reinette doch von der Champagner-Reinette nicht verschieden sei; sie war dasmal nicht weißer schon vom Baume, und die Vegetation ist dieselbe.

132.

Reinette, Charakter, Hbb. IV, S. 279. Von Mehreren ist bereits angegeben worden, daß der Diel'sche König Jakob (A—B. V, S. 72), mit unserer Charakter-Reinette identisch sei und schrieb mir früher selbst schon Urbanek, er habe als König Jakob die Charakter-Reinette erhalten. Verglichen noch Bericht über die Görlitzer·Ausstellung S. 91, wo auch Jahn der Identität beitritt. Ich habe beide bisher dadurch unterschieden, daß der König Jakob von Diel, der jedoch bei mir auch etwas Roth annahm, merklich kleiner und selbst stärker mit Rostcharakteren besetzt war, als die Charakter-Reinette, doch konnte ich noch nicht genügend gleichzeitig vergleichen.

Den im Handbuche erwähnten St. Julien Apple mit den Syno=
nymen Concombre des Chartreux und Seigneur d'Orsay, (Orray
im Handbuche ist Druckfehler), bildet Lindley Pomol. Britt., Taf. 145
ab, in dem man eher unsern Goldzeugapfel erkennen möchte. Auch
Ronald, Pyrus malus, Taf. 26, Fig. 2, hat einen großen, fast ein=
farbigen, kaum etwas gerötheten Drap d'or, der unser Goldzeugapfel
eher ist, als die Charakter=Reinette. Knoops Charakterapfel Drap d'or, I,
Taf. 10, scheint nicht unsere Charakter=Reinette zu sein, und gleicht
eher dem Englischen Alfriston, (Ronald, Pyrus malus, Taf. 35, Fig. 1),
der einfarbig und stark mit netzartigen Figuren überzogen ist, ja steht
auch der daneben abgebildeten Nelguin ziemlich gleich. Die Boskooper
Vruchtsoorten haben S. 26 bei Karakter Reinette die Synonyme
Reinette marbrée, Reinette Valkenier, Neetjes Appel, und setzen
hinzu: „Ook wel Drap d'or.

133.

Reinette, Culon's, Hdb. IV, S. 450. Der Name ist nach
der deutschen Aussprache geschrieben und hätte der Name des Erziehers
in der zweiten Zeile und der Name der Frucht nach den Annales
Coulon geschrieben werden müssen. — Arnoldis Obstcabinet wird
Nr. 111 Nachbildung geben.

133 b.

Reinette, Credes Quitten, Hdb. IV, S. 109. Von dieser
delikaten Frucht gibt Arnoldis Obstcabinet, Lief. 17, Nr. 48, kenntliche
Nachbildung. Die Sorte hatte aber in meinem Sulinger feuchten
Boden das delikate Gewürz nicht, während sie darin etwas Röthe
annahm. Die im Berichte über die Görlitzer Ausstellung S. 92, an=
gegebene Aehnlichkeit meiner Credes Quitten=Reinette mit einem Winter
Quittenapfel kann nur zufällig gewesen sein; beide unterscheiden sich
schon äußerlich genügend und noch mehr durch das eigenthümliche Gewürz.

134.

Reinette, Diels, Hdb. I, S. 297. Arnoldis Obstcabinet gibt
Lief. 17, Nr. 46, kenntliche Nachbildung.

135.

Reinette, Dietzer Gold=, Hdb. I, S. 409. Im Berichte über
die Görlitzer Ausstellung nennt Herr Dr. Reisig sie eine köstliche Frucht.

136.

Reinette, Edel-, Hbb. IV, S. 105. Arnolds Obstcabinet gibt Lief. 14, Nr. 36, kenntliche Nachbildung nach schöner, süblicher gewachsener Frucht.

Im Berichte über die Görlitzer Ausstellung hat S. 42 und 44 Hr. Dr. Reisig die Sorten: Edelreinette, Punktirter Knackpepping, Reinette von Clarevall und Königliche Reinette Diels für identisch erklärt und ist Jahn brieflich auch geneigt, die Königliche Reinette mit der Edel-Reinette zusammen zu werfen. Aehnlich sind diese sich allerdings und gehört dazu selbst noch die Bischofsreinette (Diel A—B. I, S. 82), aber die Königliche Reinette wächst etwas anders, wurde mir auch, dicht dabei stehend, bisher nie krebsig, was bei Edel-Reinette stark sich findet, und nimmt die Frucht gerne etwas Röthe an, und die Reinette von Clarevall fand ich merklich größer und weniger edel im Geschmacke, als Edel-Reinette. Ueber Verschiedenheit des Punktirten Knackpeppings von Edel-Reinette werde ich, nachdem jener auch stark an Krebs leidet, ungewisser; doch welkt er bisher weniger und mag etwa eine der Mutterfrucht nachgeschlagene Kernfrucht der Edel-Reinette sein. Die Gelbe Zucker-Reinette, wie ich sie von Diel erhielt, konnte ich von der Edel-Reinette nicht unterscheiden. Mas im Verger bildet 1866, Nr. 24, eine Reinette jaune sucrée ab, bei der er sich auf Diels Beschreibung bezieht und sogar mit anführt, daß Diel sie vom Capitän Brion zu Verdun erhalten habe, wornach man glauben mag, daß Hr. Mas das Reis als Diel'sche Sorte etwa von Frauendorf erhielt, woher er viel bezog; die Abbildung gleicht aber meiner Edel-Reinette und Gelben Zucker-Reinette von Diel wenig. Als Reinette Franche erhielt ich durch den Pomologischen Garten zu Braunschweig von Simon Louis und Baumann eine Frucht, die von der Edel-Reinette des Handbuchs (Reinette Franche), gar merklich verschieden, und gleichfalls eine delikate Frucht ist, die durch den Namen demnächst unterschieden werden muß. Diels Edel-Reinette halte ich mit Diel für die Dühamelische Reinette Franche; Herr Medicinalrath Engelbrecht kann in der Vermuthung Recht haben, daß in der andern gedachten Reinette Franche, die im T. O.-G. XI, S. 90, Taf. 6, beschriebene und abgebildete Frucht des Namens sich findet, mit der die Beschreibung noch mehr übereinstimmt, als die gegebene Abbildung. — Auch die Reinette Franche der Pomona Franconica Taf. 27, ist schwerlich unsere Edel-Reinette und der Verger des Hrn. Mas bildet, Oktoberheft 1866, Nr. 28, eine fast grüne Frucht als Reinette Franche ab, bei der Diel und unser Handbuch citirt werden, jedoch man etwas zweifeln möchte, ob hier dieselbe Frucht vorliegt, wenn der Text nicht sagte, daß sie in der Reife hell citronengelb werde. Es sollte bei jeder Frucht bemerkt werden, ob sie in der Baumreife, oder Lagerreife abgebildet ist.

137.

Reinette, Engl. Spitals, Hbb. I, S. 155. Arnolbis Obstca= binet gibt Lief. 20, Nr. 55, gute Nachbildung. Ronald, Pyrus malus, Taf. 38, Fig. 1, bildet diese Frucht als Syke-House Russet gut ab, besgleichen Lindley, Pomol. Brittanica, Taf. 81, doch zu grün und noch nicht baumreif illuminirt. Auch Hooker Pomona Londinens. Taf. 40, hat sie ziemlich kenntlich als The Syke House Apple. Die Rostfiguren erscheinen bei ihm als gelbliche, linienartige Figuren. Auch er sagt, der Mutterstamm sei gefunden in einem Garten in dem kleinen Dorfe Syke House in Yorkshire, wo die Sorte gewöhnlich Syke-House Russet genannt werde. Ob die Abkunft indeß wirklich begrün= det ist und die Frucht nicht etwa nur neu aufgefunden wurde, mag daburch zweifelhaft werden, daß ich meine von Diel erhaltene Menno= nisten=Reinette, die mir nun wohl schon 8 Mal mit der Spitals= Reinette gleichzeitig trug und beide vergleichen konnte, von der Spitalsrei= nette nicht zu unterscheiden vermochte. Diel erhielt seine Mennonisten= Reinette 1799 vom Kunstgärtner Stein in Harlem, und bemerkt, daß er die Frucht als Grawe Menisten Renet nur in dem Almanach des Hoveniers door van Linden finde, wornach die Frucht schon sehr alt ist, und wenn wirklich die Identität begründet ist, die älteste Benennung der Sorte wäre. Die Annales geben VIII, S. 75, als Reinette des Menonites, in recht guter Abbildung sichtbar die Diel'sche Sorte und kann es auch sein, daß die Sorte in einem aus Diels Collection stammenden Reise nach Belgien kam, da Diels Werk X, S. 169 allegirt wird, und in der sehr kurzen Beschreibung gesagt wird, (freilich sehr irrig), daß die Sorte deutschen Ursprunges sei. — Bemerkt muß bei dieser Abbildung noch werden, daß, wenigstens in meinem Exemplare des Werkes, bei Seite 75 sich die Abbildung der Reinette de la Rochelle findet, und die rechte Abbildung erst bei S. 99, neben dem Texte der Reinette de la Rochelle steht. Da zu dem Texte der Mennonisten=Reinette die Abbildung der Reinette von Rochelle mir schon mit den Lieferungen 6—9 zuging, während die rechte Abbildung erst zu Seite 99 in den Lieferungen 10—12 erfolgte, so mag dieselbe Verwechslung sich leicht auch in anderen Exemplaren des Werkes finden.

138.

Reinette, Erzherzog Franz, Hbb. I, S. 487. Diese Sorte, welche ich direct von Herrn v. Flotow, der sie beschrieb, erhielt, trug mir auf einem kräftigen Zwergstamme mit starken, ziemlich steifen Sommertrieben, die sich eben so noch bei ein paar andern, gleichzeitig auf Wildling veredelten Stämmen finden, früh und schon mehrmals schöne große Früchte, die einer flachen Gold=Reinette von Blenheim sehr ähnlich sehen, und mit der Beschreibung nicht recht stimmen wollen. Ich erwähne dies, weil etwa durch einen Mißgriff dieselbe Sorte auch zu Anderen gekommen sein könnte und ich bereits, ehe ich Frucht sah, eine Anzahl Reiser davon versandte.

139.

Reinette, Gäsdonker, Hbb. I, S. 229. Arnoldis Obstcabi= net gibt Lief. 27, Nr. 82, sehr gute Nachbildung. Große Tragbarkeit und Güte dieser Frucht ist in der Monatsschrift in letteren Jahren mehrmals wieder gerühmt worden. In meinem Garten hatte die Frucht Neigung zum Welken. Im hinlänglich feuchten Herrenhauser Boden welkt sie· wenig und ist auch dort höchst schätzbar. Sehr ähn= lich ist der Gäsdonker Reinette der Rothbackige Winter=Pepping, doch nicht damit identisch. Die Verschiedenheiten sind bei dem Letzteren oben Nr. 111 schon angegeben worden.

140.

Reinette, Gay's, Hbb. IV, S. 101. Es ist hinzuzusetzen, daß Gay Kunstgärtner und Baumschuleninhaber in Bollweiler ist, nach dem die Sorte benannt sein wird.

141.

Reinette, Gelbe Spanische, Hbb. I, S. 267. Durch öftere reiche Fruchtproben ist es mir — was auch schon Urbanek mir früher meldete, — völlig gewiß geworden, daß diese und die Calvillartige Reinette, (Diel I, S. 130), völlig identisch sind und ist die letztere Benennung, die selbst schon bei Merlet als Reinette calvillée sich fin= det, nicht nur die ältere, sondern wohl auch die passendere und richtigere, da Gelbe Spanische Reinette eine nur irrig aufgekommene Benennung sein wird, Diel im Irrthum ist, daß seine gelbe Spanische Reinette die Reinette blanche d'Espagne sei und sich als Reinette d'Espagne oder Reinette blanche d'Espagne (verglichen Annales II, S. 11,

Lindley Pomol. Britt., Taf. 110, Hogg, S. 160), eine ganz andere Frucht findet, die mir 1866 auch schon trug.

Arnolds Obstcabinet gibt Lief. 22, Nr. 63, unter dem Namen Calvillartige Reinette, gute Nachbildung.

Diel vermuthet, daß etwa auch Zinks Reinette Couleuvrée (Knoop II, Taf. IV, Nr. 33), die Calvillartige Reinette sein könne. Jahn bemerkt im Berichte über die Görlitzer Ausstellung S. 92, daß Edel=Reinette und Calvillartige Reinette schwer zu unterscheiden seien. Da können ihm nur unvollkommene oder falsch benannte Früchte vor= gelegen haben und ist die Calvillartige Reinette sowohl im Aeußeren, als im Geschmacke von der Edel=Reinette bestimmt verschieden.

142.

Glanzreinette, Hbb. I, 301. Mas im Verger, Juni 1865, Nr. 11, bildet sie als Reinette du Tyrol ab, doch, wie sie hier wächst, nicht recht kenntlich, zu gelb und matt gestreift und ist das stärkere Abnehmen nach dem Stiele, welches die Frucht charakterisirt, wenig ausgedrückt. Arnolds Obstcabinet wird Nr. 107 Nachbildung geben.

143.

Göhrings Reinette, Hbb. I, S. 117. Arnolds Obstcabinet gibt Lief. 1, Nr. 12, Nachbildung; auch die Monatshefte 1867, S. 33, geben gute Abbildung. Diese auch im Handbuche gerühmte und sehr häufig in Reisern von mir begehrte Frucht hat bisher bei mir in Nienburg und Jeinsen wenig getragen, war auch in Güte nicht aus= gezeichnet und ist die Brauchbarkeit, wenigstens für meine Gegend, noch problematisch. Ein Zwergstamm, der schwach gewachsen ist, steht in Jeinsen seit 12 Jahren.

144.

Reinette, Goldgelbe Sommer, Hbb. I, S. 271. Auch ich erhielt diese Frucht von Herrn Geh.=Rath v. Flotow als Rambouillette, eine Benennung, unter der schon Diel, nach Vorrede zu Heft 21, sie fand, und die nach Monatsschrift 1864, S. 134, schon in einem alten Thüringischen Obstwerke von Timme sich findet. Die Frucht des Namens bei Knoop II, Taf. 5, Nr. 36, ist aber eine ganz andere. — Was in Herrenhausen als Pomme Reine sich findet, gab nicht — wie Diel annimmt — den Königin Louisensapfel, sondern unsere Gold= gelbe Sommer=Reinette, (siehe Handbuch IV, S. 365). Auch Jahn

fanb, Monatsschrift 1863, S. 141, in Millets Collection als Pomme
Reine eine Frucht, die er für Königin Louisensapfel ansah, wobei
aber sicher der im Handbuche bei dieser Frucht von mir angegebene
Unterschied der Pomme Reine gegen den Dielischen Königin Louisens-
Apfel nicht beachtet worden ist, so daß auch bei Millet diese Frucht
die Goldgelbe Sommer-Reinette sein wird, die mir wohl bald trägt.

Die volle Größe und Güte scheint unsere Sorte nur in leichtem
Boden, nicht in Lehmboden zu erlangen, und war sie selbst in meinem
hochgelegenen Sandgarten in Nienburg größer und besser als in
Jeinsen, in schönster Vollkommenheit in Herrnhausen.

145.

Goldreinette von Blenheim, Hbb. I, S. 515. Ronald, Pyrus malus Taf. 31, Fig. 2, bildet sie als Blenheim Orange ab, und
noch kenntlicher Lindley, Pomol. Brittan., Taf. 28. Arnoldis Obst-
Cabinet, Lief. 2, Nr. 5, gibt im Colorit kenntliche Nachbildung, die
jedoch von einer zu klein gebliebenen Frucht entnommen ist; gut gewachsene Früchte sind selbst auf Hochstämmen merklich größer und besonders viel breiter, nicht hochaussehend. Auch im Jenaer Teutschen
Obstcabinett Nr. 50, ist sie leiblich gut abgebildet, neben der aber der
Winter-Postoph sich gleich wieder gründlich falsch findet. Die Annales geben II, S. 7 eine gute Abbildung, aber wohl nach sehr großer
Spalierfrucht, mit dem Synonym Woodstock Pippin. Hogg hat
S. 38 als Synonym Blenheim, Blenheim orange, Woodstock Pippin, Northwick Pippin, Kempster's Pippin. Auch der Nederlandsche
Boomgaard bildet die Sorte Taf. 31, Nr. 61, als Blenheim Pippin
ganz kenntlich, nur matter, als bei uns, gestreift ab. Als Synonyme
werden außer mehreren aus Hogg schon angeführten, Perle d'Angleterre und Imperatrice Eugenie gegeben, unter welchen Benennungen
sie in den letzten Jahren aus Orleans neu verbreitet sei. Es wird
auch hinzugesetzt, daß auch Burn's Seedling, wie er unter diesem
Namen aus England nach Boskoop gekommen sei, mit dem Blenheim
Pippin überein scheine. Ich bemerkte auch meinerseits diese Aehnlichkeit bei einer Frucht, die ich als Burn's Seedling aus Hildesheim erhielt, habe aber von der Societät zu London wohl eine andere
Sorte erhalten, und wie der Burn's Seedling nach Hogg nach seinem
Erzieher benannt ist, so nahm ich auf der Ausstellung zu Görlitz aus
der Boskooper Collection 2 Früchte als Burn's Seedling mit, an
denen ich diese Aehnlichkeit nicht bemerkte, die fast kugelig waren und

mit Hoggs Beschreibung ganz stimmten. Diese so höchst schätzbare Frucht ist, wie schon gedacht, neuerdings durch Schmeichelei und Gewinnsucht auch als Imperatrice Eugenie verbreitet worden, findet sich auch als Perle d'Angleterre; unter jenem Namen fand auch ich sie, mit Hinweisung auf den rechten Namen, in der in Görlitz ausgestellten Boskooper Collection, unter dem letztern erhielt ich sie von Herrn Rechtsanwalt Adam zu Altenburg, wohl von ihm auch noch als Queen Victoria.

In Monatsschrift 1863, S. 130, gibt Herr Baron v. Bose die schätzbare Nachricht, daß Blenheim oder Blindheim ursprünglich ein kleiner Ort zwischen Donauwörth und Dillingen war, bei welchem Orte Marlborough 1704 im Spanischen Erbfolgekriege siegte, worauf man dem Sieger zum Danke Schloß und Park Woodstock in Eng=land schenkte, welcher Name dann, um den Sieg zu verherrlichen, in Blenheim oder Blenheim Park umgewandelt wurde, worauf auch der ältere Name der Frucht Woodstock Pippin sich in Blenheim Pippin umwandelte.

An Früchten unserer Sorte, die mir als Blenheim Orange Herr Gartenmeister Schiebler zu Celle sandte, fand ich ganz das delikate, citronenartige Gewürz der Orleans=Reinette, welches sie jedoch in meinem Lehmboden nicht hat. Bei dem trefflichen Wuchse des Baumes ist diese Sorte vielleicht noch der Winter=Goldparmäne in Werth an die Seite zu stellen, zeigte sich auch in Celle recht fruchtbar und ver=dient wohl den Namen Perle d'Angleterre.

146.

Reinette, Graue Herbst, Hbb. I, S. 153. Arnolds Obst=Cabinet wird Nr. 94 Nachbildung geben.

147.

Reinette, Graue Französische, Hbb. IV, S. 335. Arnolds Obstcabinet Lief. 28, Nr. 89, gibt Nachbildung. Diese in Süddeutsch=land sehr geschätzte Sorte, die ich schon sehr lange besitze, hat sich in meiner Gegend noch wenig tragbar gezeigt. Ein volltragender Hoch=stamm in Sulingen, den ich für unsere Sorte hielt, jedoch wie ich später wahrscheinlich fand, die Holländische Krappe Kruyn Reinette gewesen ist, und ein, ein paar Mal tragender Zwergstamm in Su=lingen, der vollkommene Früchte lieferte, motivirten mein günstiges, in meiner Anleitung S. 170 abgegebenes Urtheil. Hier in Jeinsen habe ich indeß eine seit 13 Jahren stehende, groß gewordene, gesunde

Pyramide, die noch keine Frucht zur Vollkommenheit brachte, obwohl die Blüthe reich war, und auch ein großer Probezweig lieferte nur einige nicht gehörig ausgebildete Früchte. Scheint Frucht auch zu wachsen, so leiden wieder die jungen Früchte zu sehr in heißer Sonne im Mai und Juni und fällt alles ab. Ich erinnere mir auch nicht, im Hannoverischen einen Hochstamm dieser Sorte gefunden zu haben. Im Berichte über die Görlitzer Ausstellung S. 120, wird sie auch für Böhmen sehr gerühmt, wo sie Große graue Leder-Reinette heißt.

148.

Reinette, Harberts, Hbb. IV, S. 163. Arnoldis Obstcabinet gibt, Lief. 16, Nr. 45, gute, kenntliche Nachbildung.

Neben jährlich 1000 veredelten Stämmen der Winter Goldparmäne pflegte Herr Baumschulenbesitzer Lieke in Hildesheim von Harberts Reinette jährlich 500 anzuziehen, gegen eine oder ½ Reihe von andern Sorten.

149.

Reinette, Hieroglyphen, Hbb. I, S. 481. Es hat sich erwiesen, daß die Frucht des Namens, welche bei der Beschreibung Herrn Garten-Inspector Lucas vorgelegen hat, die Reinette von Breda gewesen ist. Nachdem die von Lucas erhaltene Sorte mir trug, erkannte ich sie in Frucht und Vegetation als Reinette von Breda, und auch Lucas erkannte Gleiches, als ich ihn darauf aufmerksam machte. Sie ist unter dem falschen Namen an Lucas gelangt, und konnte für die Hieroglyphen-Reinette gelten. Lucas bemerkt selbst schon bei der Beschreibung Aehnlichkeit mit einer Breda', welche Aehnlichkeit Diel nicht angibt. Ob Diels Hieroglyphen-Reinette noch existirt (von Herrn Clemens Robt erhielt ich sie 1866 noch aus 4 Quellen und habe sie auf Probezweige gesetzt), oder diese überhaupt eine wirklich selbstständige Frucht ist, bleibt mir fraglich. Diel erhielt sie von Herrn Pfarrer Nicola als Pomme brodée, und sagt dabei, daß sie bei keinem Pomologen sich finde, vielleicht aber als Reinette filée, picottée u. s. w. sich finden möge. Als Reinette filée fand ich in Görlitz etliche Früchte, die ich mitnahm, und später von der Charakter-Reinette nicht genügend unterscheiden konnte, obwohl die vorliegenden Exemplare etwas feinere Rostzeichnung hatten. Nach der Diel'schen Beschreibung ist es gar nicht unmöglich, daß die von Diel beschriebene Hieroglyphen-Reinette nichts weiter gewesen ist, als die Breda, wenn diese etwa unter Um-

ständen die von Diel als charakteristisch angegebenen feinen, schrift=
ähnlichen Figuren zeigen sollte, die ich an der Breda noch nicht sah.
An den Früchten öfter etwas nicht zu finden, was Diel selbst als
charakteristisch angibt, bin ich schon gewohnt, da er im Allgemeinen
zu viel auf Kennzeichen oder Verschiedenheiten gab, die sich nicht überall
eben so zeigen. Daß die Früchte in Rost sehr veränderten, sagt an
mehreren Orten schon Diel, und habe Gleiches bereits mehrmals be=
merkt, und so erhielt ich durch Urbanek von der Hort. Soc. als Alfri=
ston eine Frucht, die schon 2 Mal trug, aber ganz ohne Rost war,
obwohl Ronalds Figur der Sorte überall stark und ganz netzartig mit
figurenähnlichem Roste bedeckt ist. Ich bezog darauf diese Sorte noch=
mals direct von der Hort. Soc., sah aber noch keine Frucht.

150.

Reinette, Kleine zartschalige, Hbb. I, S. 287. Arnolds
Obstcabinet gibt Lief. 3, Nr. 8, kenntliche Nachbildung. Die Sorte
zeigt sich bei mir auch in Jeinsen als ganz besonders tragbar, trägt
selbst in ungünstigen Jahren und setzt selten aus.

151.

Reinette, Landsberger, Hbb. IV, S. 131. Arnolds Obstcabi=
net gibt Lief. 24, Nr. 74, schöne, kenntliche Nachbildung und auch der
Neederlandsche Boomgaart gibt Taf. 4, Nr. 8, gute, kenntliche Ab=
bildung.

An dieser recht tragbaren Sorte bemerkte ich in einem Sturm im
Sommer noch, daß der Baum, der dem Winde ganz exponirt war,
die Früchte sehr fest hielt und wenig verlor, und ein Herr in Berlin
bemerkte, als ich dies äußerte, er habe Gleiches wahrgenommen; der
Baum habe im starken Sturme einen ganzen Zweig verloren, aber die
Früchte wären dran sitzen geblieben.

152.

Reinette, Limonien, Hbb. I, S. 319. Arnolds Obstcabinet
gibt Lief. 23, Nr. 66, schöne, kenntliche Nachbildung.

Daß die von Diel beschriebene Engl. Königs=Parmäne und Li=
monien=Reinette (Engl. rothe Limonien=Reinette) identische Früchte
seien, ist schon im Handbuche bemerkt, und habe ich später auch die
Diel'sche, von Diel bezogene und mit der Beschreibung stimmende
Loans=Parmäne (Diel A—B, I, S. 114), angesetzt an den Baum der

Limonien-Reinette mit dieser ganz identisch gefunden, so daß nicht zu zweifeln ist, daß Loans-Parmäne der richtigste Name für die Frucht ist, unter dem allein sie in England bekannt ist. Wahrscheinlich ist auch der von Herrn v. Flotow beschriebene, von mir von ihm bezogene Große Safranapfel (im Handbuche I, S. 215, bloß Safran-Apfel genannt, wiewohl ich nicht weiß, ob das Beiwort fehlen konnte, da ich auch noch einen Safranapfel schlechtweg, und Gelben Safran-Apfel erhielt), mit unserer Limonien-Reinette identisch, was mir, nach Einmal gesehenen Früchten so schien.

Wenn Diel seine Engl. Königs-Parmäne, die er gar nicht aus England bekam, für die Royal Pearmain der Engländer gehalten hat, so war das irrig, da diese vielmehr sich als unsere Herefordshire-Parmäne (Handbuch IV, S. 511) ausgewiesen hat. Weit weniger wahrscheinlich haben Andere die Royal Pearmain und Winter Pearmain (unsere Carmeliter-Reinette) zusammen gestellt, die selbst Knoop von der Royal Pearmain getrennt aufführt. Loans-Parmäne ist nach Ronald sehr alt, und findet sich schon in Evelyn's French Gardiner 1672. Er bildet sie Tafel 22, Fig. 3, zwar am Kelche etwas stärker abgestumpft, mit fast schüsselförmiger Kelchsenkung ab, wie sie bei mir nicht war, doch kann man in seiner Abbildung meine Frucht immer wohl noch erkennen. Die Royal Pearmain hat er ebendaselbst Fig. 1, nur etwas höher. Hogg hat die Herefordshire Pearmain unter dem Hauptnamen Royal Pearmain. Die Herefordshire Pearmain erhielt ich direct von der Hort. Soc., und wenn man die Frucht, die mir schon 2 Mal trug, mit der Beschreibung von Diels Engl. Königs-Parmäne vergleicht, so mag man, der Frucht nach, die Diel'sche Engl. Königs-Parmäne mit der Herefordshire-Parmäne ganz gut überein-stimmend finden; aber ich kann es gar nicht genug betonen, daß eine Untersuchung und Vergleichung nach bloßen Früchten keine schon ent-schiedene Sicherheit in der Obstkenntniß gibt, und daß diese erst er-langt wird, wenn man auch die Bäume und die Vegetation der zu untersuchenden Sorten vor Augen hat; und so findet man die Here-fordshire-Parmäne mit starken steifen Trieben von Loans-Parmäne und Diels Engl. Königs-Parmäne bald deutlich verschieden. — Was Knoop I, Taf. 12, als Royal Pearmain abbildet, hat, da die Abbil-dung zu wenig kenntlich ist, sowohl mit Diels Engl. Königs-Parmäne, als der Herefordshire-Parmäne Aehnlichkeit, und da der Vegetation immer nur in wenigen, oberflächlich und ganz kurz hingeworfenen Zügen gedacht ist, so kann man nach seiner Abbildung nichts entscheiden.

Man kann sich daher gar nicht wundern, wenn bei Benennungen manche Verwirrung sich findet. Christ z. B. stellt die Engl. Königs= Parmäne und den Engl. Königsapfel im Handb.W.B. als identisch zu= sammen, was sehr irrig ist, führt ohne Weiteres die Synonyme der Engl. Königs=Parmäne hinzu und hat daneben Vollst. Pomol. Nr. 217 noch eine Weiße Königs=Parmäne, sive Pearmain Royal (!), die wie= der eine ganz andere Frucht ist.

153.

Mandel-Reinette, Hdb. IV, S. 143. Arnoldis Obstcabinet hat, Lief. 23, Nr. 71, unter dem Namen Rothe Mandel=Reinette eine ziemlich gute, etwas zu stark geröthete Nachbildung gegeben. — Aus Braunschweig erhielt ich, unter dem Namen Amande rouge, aus Bau= manns Pflanzungen, eine Frucht, die von der Dietzer rothen Mandel= Reinette, unserer Mandel=Reinette schlechtweg, ganz verschieden ist, und mag man unsere Frucht um so weniger bloß Rothe Mandel=Reinette nennen, sondern zum Unterschiede vielmehr Dietzer Mandel=Reinette. Die gedachte Amande rouge war größer, sehr flachrund, recht gut, aber nicht eben so edel, von bloß etwas weinartigem Zuckergeschmacke, Reifzeit schon im Dezember. — Unserer Frucht hat man nachgesagt, daß der junge Baum in der Baumschule leicht an Frostschaden leide, was ich aber in meiner Baumschule bisher und seit fast 40 Jahren nie wahrnahm und nur da sich finden mag, wo der Boden zu üppig ist und die Triebe im Herbste nicht reif geworden sind. In Hildes= heim bei Herrn Liele litt durch Frost auch einmal, was Ausnahme blieb, ein ganzes Quartier der Winter=Goldparmäne.

Bemerkt mag noch werden, daß man in Catalogen 2c. recht häufig unsere Frucht Dietzer's Mandel=Reinette geschrieben findet, und muß man dann geglaubt haben, daß Dietzer ein Mann sei, nach dem die Frucht sich nenne; sie ist aber benannt nach der Stadt Dietz in Nassau und kann der Name Dietzer nicht noch ein s bekommen, eben so wenig wie man Erfurter's Sommer=Reinette sagen könnte. Dieselbe Irrung findet sich noch bei mehreren anderen Früchten.

154.

Mauß rothe Reinette, Hdb. IV, S. 321. Nach dem Berichte über die Görlitzer Ausstellung S. 88, hat man sie, halb wenigstens, mit Meusers rothen Reinette zusammenstellen wollen. Beide sind aber sehr verschieden, schon in der sehr kenntlichen Vegetation der Obigen, und ist die Obige in Herrnhausen erzogen vom Hofgärtner Mauß.

155.

Meusers rothe Herbstreinette, Hbb. IV, S. 315. Bei dieser Frucht müssen die sehr wackeren Bemerkungen nachgesehen werden, welche in den Monatsheften 1865, S. 225—27 und 1867, S. 168, uns Herr Lehrer Breuer zu b'Horn gibt über die in Gotha 1857 von Herrn Vicarius Schuhmacher zu Ramrath bei Neuß ausgestellt gewesene, lachend schöne Reinette St. Lambert, von der Schuhmacher angab, daß ihr rechter Name Meusers rothe Herbstreinette sein werde. Ich bin einverstanden, daß die in den Annales (V, S. 83) abgebildete Reinette St. Lambert nicht Schuhmachers Frucht dieses Namens ist, und daß Schuhmachers Frucht am passendsten Sternreinette genannt werde, wie sie in den Monatsheften 1868, S. 2, als Rothe Stern-Reinette sehr gut abgebildet ist. — Ich konnte immer schon Herrn Schuhmachers Reinette St. Lambert, unter welchem Namen er auch mir diese schöne, mit starken, weißlichen Dupfen im Roth gezeichnete Frucht gab, und auch gegen mich bemerkte, daß ihr rechter Name Meusers rothe Herbstreinette sein werde, in der gleichnamigen Frucht der Annales nicht wieder erkennen, die nur mit unscheinbaren, helleren Stippchen gezeichnet abgebildet ist, und sagt dabei auch die Beschreibung nichts von starken helleren Dupfen in der Röthe; imgleichen war die Schuhmacher'sche Frucht, von der ich ein paar schöne Exemplare erhielt und nachher Zeichnung und Beschreibung davon machte, nicht mittelbauchig, wie die Annales die Reinette St. Lambert darstellen, sondern stielbauchig, nach dem Kelche bemerklich stärker abnehmend und das Fleisch nicht gelblich weiß, wie die Annales es bezeichnen, sondern schön rosenroth und stellenweise noch dunkler roth. Schon Lucas fügte Monatsschrift 1865, S. 227 die Bemerkung hinzu, daß Schuhmachers Reinette St. Lambert ohne Zweifel als Calville étoilée in Bivorts Album abgebildet sei, wo diese Frucht sich findet IV, S. 61, und zugleich als Nebenbenennung schon Reinette étoilée hinzugefügt ist, weil ihr „arome" eher reinettartig als calvillartig sei. Diese Vermuthung ist durch ein Schreiben Bivorts an Herr Breuer bestätigt worden, nachdem Herr Breuer einige Exemplare von Schuhmachers Frucht an Herr Bivort gesandt hatte. Bivort bemerkt in der Antwort, daß die Reinette étoilée in der Campide so wie in der Umgegend von Antwerpen sehr verbreitet sei, und leitet den Namen davon ab, daß wenn man den Apfel quer durchschneide, er sich inwendig roth punktirt zeige und zwar so, daß sich Strahlen eines Sternes bildeten Auch Herr Breuer fand zwar bei solchen quer durchschnittenen Exemplaren, die nicht durch und durch im Fleische roth marmorirt waren, daß sich auf den Schnitt= flächen ein Kranz von rothen Sternchen um das Kernhaus herum bil= dete, welche von den durchschnittenen Gefäßbündeln herrührten, doch bin ich mit Herrn Breuer wieder einverstanden, daß man weit passen= der die Benennung von den sehr ins Auge fallenden, röthlich weißen Dupfen in der Röthe ableitet, zumal im Fleische geröthete Früchte meistens auf dem Querdurchschnitte rothe Punkte um das Kernhaus zeigen werden, da besonders die Adern ums Kernhaus sich dann gern roth färben. — Wie Herr Breuer bemerkt, trägt die Reinette St. Lambert ihren Namen wahrscheinlich von einem ehemaligen Kloster St. Lambert zu Lüttich, und erfahren wir auch durch eine Nachricht, welche Herr Breuer von Herrn Medicinal=Assessor Hamecher zu Cöln (Prä= sidenten des Gartenbau=Vereins zu Cöln), einzog, daß der Name Meusers rothe Herbstreinette herstammt von Herrn Kaufmann Meuser zu Cöln, der ein eifriger Pomologe war, und namentlich eine zahlreiche Obstorangerie unterhielt, aber, so viel man weiß, Obstsorten nicht selbst erzog, sondern diese durch seine zahlreichen Handelsverbindungen er= hielt. Er bekam dabei leicht auch Sorten, deren Namen man nicht kannte und wird man die hier fragliche Frucht in Cöln nach seinem Namen benannt haben. — Den Namen, wie Hennau vermuthet hatte, und Jahn beizustimmen geneigt war, von dem Thale der Meuse (bei uns Deutsch der Maaß) abzuleiten, hat, wie Herr Breuer richtig be= merkt, schon an sich keine Wahrscheinlichkeit, wenn man auch aus Meuser Reinette eben so gut ein Meuser's Reinette gemacht haben könnte, wie man aus Diezer Reinette eine Diezer's Reinette macht, wie man häufig geschrieben findet.

Wenngleich ich Frucht bisher weder von der Reinette St. Lam= bert der Annales, noch von Jahns Meusers rothen Herbst=Reinette schon erzielen konnte, so halte ich doch Jahns Frucht, wenn ich auch noch nicht völlig gewiß darüber bin, mit Schuhmachers Reinette St. Lambert sive Meusers rother Herbst=Reinette wohl für identisch; es ist dann aber der Name Stern=Reinette als der ältere und passendere vorzuziehen. Es ist auch der Name Stern=Reinette passender als Stern=Calvill, da die Frucht eher zu den Reinetten gehört, und wir bei Diel schon einen Stern=Calvill haben, (Stern=Rambour des Hand= buchs IV, S. 79). Nach Monatsschrift 1863, S. 143, erhielt Jahn auch die Pariser Rambour=Reinette von Papeleu als Stern=Reinette, doch wohl nur durch Reiser=Verwechslung, und bemerkt Jahn dabei noch, daß er in Namur, in der Collection des Herrn Galopin die Meusers rothe Herbstreinette auch unter dem Namen Reinette perlée fand.

156.

Muskatreinette, Hbb. I, S. 145. Arnolds Obstcabinet gibt Lief. 12, Nr. 29, gute, recht kenntliche Nachbildung. Auch der Niederländische Baumgarten gibt Taf. 32, Nr. 63, in Form gute, aber sehr wenig geröthete, fast gelbe Abbildung. Neben Margil und Never fail werden auch Renet Muscus (Serrurier) und Munches Pippin als Synon. angegeben. Auch ich erhielt sie aus England und von Liegel als Margil, heißt in England auch Never fail (wegen ihrer dort sich findenden Fruchtbarkeit). Hooker, Pomona Londinensis, Taf. 33, Ronald, Pyrus malus, Taf. 12, Fig. 4, und Lindley, Pomol. Britt., Taf. 36, bilden sie als Margil sehr kenntlich ab und gedenkt auch Lindley der Aehnlichkeit mit dem Ribston Pepping, durch welche Aehnlichkeit auch die Benennung Small Ribston entstanden ist. Im Lond. Catalog hat sie gleichfalls noch das Synon. Munche's Pippin; die Amerikaner kennen sie auch bereits als Margil, z. B. Downing S. 117, der aber gleichfalls klagt, sie trage nicht viel. — Auch bei dieser delikaten Frucht muß ich nach langjähriger Erfahrung klagen, daß sie in meiner Gegend wenig trägt, fand auch in hiesiger Gegend keinen großen Baum davon. Ein paar Meilen hinter Bremen an der Weser fand ich bereits volltragende Stämme.

157.

Muskirte gelbe Reinette, Hbb. I, S. 333. Arnolds Obstcabinet wird unter Nr. 97 Nachbildung geben.

158.

Reinette, Oberdiecks, Hbb. IV, S. 641. In den Monatsheften 1866, S. 6, gibt Lucas nachmalige Beschreibung und gute Abbildung der Frucht.

159.

Reinette, Osnabrücker, Hbb. I, S. 343. Auch in letzten Jahren fand ich sie wieder mit Diels Rothgrauer Kelch=Reinette, (Diel V, S. 141) identisch, und bekam ich von Herrn Leonhard Haffner zu Cadolzburg auch als Louis I. noch eine Frucht, die mir mit der Osnabrücker Reinette identisch schien. In der Monatsschr. 1862, S. 336, berichtet Herr Baron v. Bose, die Obige habe in Hennau's Collection in Namur als Canada jaune ausgelegen. Die Frucht ge-

7*

beißt, nach Monatsschrift 1863, S. 34, auch noch in Schweden. — Arnolds Obstcabinet wird unter Nr. 103 Nachbildung geben.

160.

Reinette, Parifer Rambour, Hbb. I, S. 119. Arnolds Obstcabinet gibt Lieferung 4, Nr. 9, gute, kenntliche Nachbildung.

Bei dieser Frucht ist zunächst zu vergleichen, was schon oben beim **Grauen Kurzstiel** (von Diel) über die Identität beider Sorten gesagt worden ist. Nach selbst erbauten Früchten habe ich überhaupt folgende Identitäten mit unserer Pariser Rambour=Reinette begründet gefunden. 1) **Harlemmer Reinette**, (Diel); 2) **Weiber=Reinette**, (Diel; ohne Zweifel irrig benannt, da Pomme Madame bei Knoop im Register als Synonym Wyker Pepping und Reinette Bellefleur hat, die ungezweifelt unsere Orleans=Reinette ist; Knoops fehlerhafte Abbildung Taf. 11, hat eben so viele Aehnlichkeit mit Pariser Rambourreinette, als der Orleans); 3) **Weiße antillische Winter=Reinette**, (Diel und Hort. Soc. überein); 4) **Windsor=Reinette**, (von Dittrich und Burchardt bezogen; Jahn, Liegel und v. Flotow haben unter diesem Namen eine andere Frucht, wohl die Lothringer Reinette); 5) **Oesterreichische National=Reinette**, (v. Flotow); 6) **Michael Henry Pepping**, (von Liegel durch Urbanek); 7) **Reinette de Granville**, (Grandville?) von Metzger durch Urbanek bezogen, wie nach Monatsschrift 1863, S. 142, auch Jahn in Galopins Collection sie fand; (nach den zu Lyon versammelt gewesenen Pomologen soll die rechte Reinette de Granville die Canada grise sein, wo freilich auch die bald mehr, bald weniger beroftete Reinette de Canada sowohl als blanche, wie als grise vorkommt. Es gibt aber allerdings sicher eine von der gewöhnlichen Reinette de Canada blanche verschiedene Reinette de Canade grise, welcher Name fälsch=lich von den Engländern auch dem Russet Royal beigelegt wird); 8) **Vaugoyeau**, (von Leroy); kommt auch als Synonym des Cadeau du General mehrfältig vor, welche Frucht = Reinette de Canada sein soll, welche Identität nach dem Berichte über die Görlitzer Aus=stellung S. 90, und Monatsschrift 1863, S. 88, auch Jahn fand; (doch bilden die Annales VIII, S. 63, als Vaugoyeau eine ganz an=dere Frucht ab und erhielt ich von Herrn Behrens als Cadeau du General noch wieder eine dritte, wohl ganz andere Frucht; 9) **Reinette Virginale**, (aus Lübeck); 10) **Amerikanischer Romanile**, (von Bornmüller — Diel; doch soll Diels Frucht Spuren von Streifen haben) endlich 11) Reinette de ober du Canada, (von Leroy und der Londoner Societät). Es gibt der nicht bloß ganz provinziellen Synonyme noch mehrere und sind die mancherlei Benennungen zum Theil wohl mit daburch entstanden, daß die Frucht in Vorhandensein oder Mangel von Rost, ganz einfärbiger Schale, oder selbst ziemlich starker bräunlicher Röthung, auch in mehr oder weniger Güte des Geschmacks, nach Boden, Witterung ꝛc. sehr abändert.

Daß die Frucht den Namen Pariser Rambour=Reinette, welcher erst durch Diel aufgebracht ist, in Deutschland jetzt ziemlich allgemein führt, und in Gotha diese Benennung adoptirt wurde, rührt daher, daß ich zur Zeit der Gothaer Versammlung noch nicht gewiß war, ob Reinette de Canada, (unter der Diel die Lothringer Reinette suchte, die deßhalb Liegel auch Rambour von Canada nennen wollte), mit der Pariser Rambour=Reinette wirklich identisch sei, ich auch die Frucht unter diesem Namen immer versandt hatte, weil sie mir die edelste im Geschmacke unter den als Synonyme angesehenen Varietäten zu sein schien, worauf denn die Benennung auf der Gothaer Versammlung sanctionirt wurde. Jahn fand gleichfalls unsere Pariser Rambour=Reinette auf der Ausstellung in Namur als Reinette de Canada, und wie es noch eine Reinette de Canada panachée gibt, welche Form und Geschmack der Pariser=Rambour=Reinette hat, und nur gestreift und bandirt ist, so kann man auch wohl in den Abbildungen der Reinette de Canada unsere Sorte erkennen, z. B. auch im Verger des Herrn Mas, 1865, Juni, Nr. 14. Ronald, Pyrus malus, Taf 11, Fig. 1, hat sie zwar nicht genügend ähnlich, doch ist sie der Pariser Rambour=Reinette noch ähnlicher, als der Lothringer Reinette. Lindley, Pomol. Britt., Taf. 77, hat sie als Canadian-Reinette gut abgebildet und führt als Synonyme an: Reinette de Canada, (Noisette Jardin Fruitier, Taf. 521, Bon Jardinier, 1827, S. 325), Reinette de Canada blanche, Reinette grosse de Canada, Reinette de Canada à côtes, Reinette de Caen, Portugal Apple und Mela Janurea. Der Londoner Catalog hat außer den von Lindley erwähnten Synonymen noch Reinette grosse d'Angleterre, nach Dühamel, welche (wie schon Diel anerkannte, bei Beschreibung der Weißen Engl. Winter=Reinette, Heft 21, S. 87 und 88, wo er sie für die Weiber=Reinette erklärt und Eingangs bemerkt, daß er aus Paris und Metz als Reinette grosse d'Angleterre seine Weiße Engl. Winter=Reinette erhielt), ganz unsere Pariser Rambour=Reinette ist, wie ich sie auch schon in Collectionen auf Ausstellungen fand, ferner Wahre Reinette,

St. Helena Russet und De Bretagne. — Reinette du Canada, grise ober Canada platte, hat der Lond. Catal., wie schon gedacht, als Synonym von Royal Russet; auf der Ausstellung in Görlitz fand ich jedoch als Reinette de Canada grise noch andere Früchte, namentlich — leider verlor ich die Notiz, in welcher Collection, — eine, die gänzlich von Form als eine schöne Pariser Rambour-Reinette, aber ganz mit Rost überzogen war. Michael Henry Pippin soll ein Amerikaner sein (Downing. S. 118), und in Monmouth County in New Jersey entstanden, zuerst schon von Coxe, beschrieben. Erhielt ich die Frucht recht benannt und ist sie nicht etwa in Amerika irrig neu benannt worden, so läge wieder eine der Mutterfrucht ganz nachgeartete Sorte vor. — Jahn erhielt von Papleu unsere Frucht auch noch als Reinette étoilée (Monatsschr. 1863, S. 143), und sucht Jahn, ibidem. S. 87, darzulegen, daß Reinette von Windsor und Canada blanche richtiger die Lothringer Reinette sei, (welche ja auch Diel bei deren Beschreibung für die wahre Canada blanche erklärte), welche Jahn von Christ auch als Reinette monstroueuse erhielt. Es muß nachgelesen werden, was Jahn dort beibringt und nicht ohne Gewicht ist; doch steht der Annahme auf der andern Seite wieder entgegen, daß ich von der Hort. Soc. und von, Leroy als Reinette de Canada nicht die Lothringer Reinette, sondern die Pariser Rambour-Reinette erhielt, die man auch, wie obgedacht, in mehreren Englischen Abbildungen finden muß, wie auch eine kenntliche Abbildung unserer Pariser Rambour-Reinette sich in Mas Verger, Nr. 14, als Reinette du Canada findet. — Die Amerikanischen Schriftsteller, welche die Güte der Frucht auch dort loben, haben Reinette de Canada mit denselben Synon. als Hogg und der Lond. Cat., (doch schreiben sie statt Janurea, Januarea) und legen ihr braune Röthe auf der Sonnenseite bei, was ich an der Lothringer Reinette noch nicht fand.

161.

Reinette, Portugiesische graue. Hbb. I, S. 341. Mas im Verger 1865, Nr. 5, bildet sie in Größe und Form richtig, nur im Colorit zu wenig rostgrau ab. In der Collection von Angers lag sie, nach Monatsschr. 1861, S. 133, als Reinette Allemande, unter welchem Namen, nach Diel (I, S. 137), in manchen Baumschulen im Elsaß sich die Lothringer Reinette findet, der richtiger wohl in Frankreich unsern Edelborsdorfer, bezeichnet. Ich hatte öfter von meinem Diel'schen Reise Frucht, wornach Mas im Verger Nr. 5, sie im Colorit nicht ganz angemessen dargestellt hat.

162.

Reinette, Röthliche, Hbb. I, S. 327. Arnoldts Obstcabinet wird unter Nr. 92 gute Nachbildung geben.

163.

Reinette, Rothe Bastard, Hbb. IV, S. 147. Wenn ich bei Beschreibung der Frucht und in meiner Anleitung deren Werth geringer fand, als Diel, so kann dies nur daher rühren, daß ich, wie es bei einigen anderen Früchten auch vorgekommen ist, von Diel ein krankes, oder auf dem Transport krank gewordenes Reis erhielt; einige Sorten starben mir selbst nach und nach unrettbar ab, obgleich ich sie öfter auf frische Stämme setzte und gediehen erst, nachdem ich ein neues Reis hatte kommen lassen, verlor so aber gänzlich die Gelbe Octoberpflaume (v. Mons). In Herrenhausen habe ich die, von Diel dahin gekommene Frucht weit besser und das ihr von Diel gespendete Lob verdienend gefunden. Ich freue mich, ein besseres Reis von daher erhalten zu haben und ist es von großem Werthe für meine Forschungen geworden, daß der verstorbene Herr Gartenmeister Metz zu Herrenhausen vor Diels Tode noch eine recht zahlreiche Obstcollection, besonders auch von Aepfeln und darunter auch nicht wenige Sorten von mehr untergeordnetem Werthe von Diel hatte kommen lassen, die später größtentheils in Zwergstämmen in Herrenhausen angepflanzt worden sind.

164.

Reinette, Rothgestreifte Gewürz-, Hbb. I, S. 491. Die von mir gegebene Figur ist nicht angemessen genug und die dargestellte Frucht etwas unvollkommen gewesen. Später hatte ich sie größer und, wie in der Beschreibung gesagt ist, in der Mehrzahl etwas abgestumpft konisch, mehr von Parmänform. Hält sich immer 6—8 Wochen.

Es muß zugleich noch ein in der Beschreibung sich findender Druckfehler angezeigt werden, wo es statt Hofmeister Bitter, Hofmeister Witter heißen muß. Dieser um unsern Obstbau verdiente Mann war vielleicht der Erste im Hannoverischen gewesen, der Reiser von Diel für die Baumschule hatte kommen lassen und die Aechtheit der Sorten sorgfältig erhielt, auch einen für den Pflanzer sehr brauchbaren Catalog angefertigt hatte.

165.

Reinette, Späte Gelbe, Hbb. I, S. 331. Bei genauerer Ver=
gleichung scheint mir hier die rechte Frucht des Namens nicht vorzu=
liegen. Was ich unter dem Namen direct von Diel erhielt, ist eine
merklich flachere Frucht mit viel weiterer, tiefer Kelchsenkung. Es finden
sich auch sonst noch einige Abweichungen.

166.

Reinette, Süße Herbst-, Hbb. I, S. 281. Arnoldis Obstca=
binet gibt Lief. 26, Nr. 80, gute, kenntliche Nachbildung, wie die
Frucht auch Monatshefte 1866, S. 353, abgebildet ist, (nur etwas
zu stark goldgelb) und sehr gelobt wird.

167.

Reinette von Bordeaux, Hbb. I, S. 503. Unter diesem
Namen habe ich mehrerlei Früchte erhalten, von Burchardt in Lands=
berg die Pariser Rambour=Reinette, von Dittrich und aus Frauendorf
die Goldgelbe Sommer=Reinette, die ich mehrmals mit meiner Frucht
vergleichen konnte; von Herrn v. Flotow wohl völlig' ächt die im
Handbuche beschriebene und im Garten=Magazine 1804, S. 224,
Taf. 13 beschriebene und abgebildete, aber zu groß abgebildete Frucht,
welche auch ich recht werthvoll fand. Die von Dittrich erhaltene Frucht
mag wohl Manchem falsch gesandt sein; seine Beschreibung I, S. 419,
(nicht 119, wie im Handbuche verdruckt steht), paßt auf die mir ge=
sandte Frucht nicht; in der Abbildung im Jenaer deutschen Obstcabi=
nette Nr. 13, zu welchen Abbildungen von Dittrich stammende Früchte
genommen sein werden, möchte ich aber auch weit eher die Goldgelbe
Sommer=Reinette des Handbuchs finden. Auch Herr Schulrath Lange
klagt, Monatsschrift 1863, S. 68, daß er als Goldreinette von Bor=
deaux 3—4 Früchte erhalten habe, und eine darunter die Pariser
Rambour=Reinette gewesen sei.

168.

Reinette von Breda, Hbb. I, S. 273. Arnoldis Obstcabinet
gibt Lief. 15, Nr. 37, ziemlich kenntliche Nachbildung. In Heft 21,
Vorrede, erklärt Diel die Reinette von Breda für die wahre Relguin
Knoops; von Herrn Wilhelm Ottolander zu Boskoop erhielt ich je=
doch unter dem Namen eine andere Frucht.

Auch bei dieser Frucht ist die Vegetation leicht kenntlich, sobald
man sie einmal gesehen hat. Anpflanzung der Frucht ist recht sehr zu

empfehlen. — Der Verger des Herrn Mas gibt im Oktoberhefte 1866, Nr. 31, Abbildung, die faft fo ftark mit netzartigen Roftcharakteren befetzt ift, als eine Charakter-Reinette.

169.

Reinette von Bretagne, Hbb. I, S. 309. Diefe Frucht, welche ich von Herrn von Flotow erhielt, trägt reich und trug wohl fchon 6 Mal; aber ich konnte fie von der großen Caffeler Reinette, wenig= ftens genügend, nicht unterfcheiden. Leider hat es feit 3 Jahren mir erft 1868 gelingen wollen, fie, da ich fie in der Baumfchule nicht mehr hatte, vom Probezweige wieder anzuziehen, um zu fehen, ob die Sommer= triebe eben fo ftark punktirt fein werden, als bei der Großen Caffeler Reinette, was bald entfcheiden würde. Von Herrn Leroy zu Angers erhielt ich als Reinette von Bretagne eine kleine, ganz andere, 1864 im Winter fehr welkende Frucht, und weiß ich noch nicht, welcher Frucht der Name eigentlich gehört, die ich auch noch von der Soc. van Mons befitze. Der Lond. Catalog hat den Namen als Synonym der Canada-Reinette. Leroy's Frucht fchien mit Dühamels Angaben nicht zu ftimmen, aber der Aechtheit der von Herrn v. Flotow befchriebenen Frucht fcheint namentlich der Umftand entgegenzuftehen, daß Dühamels Frucht (S. 29, ohne Figur), fich felten bis Ende Dezember halten foll, während von Flotows Frucht erft im März mürbete und fich fo lange, als die Große Caffeler Reinette, hielt.

170.

Reinette von Montmorency, Hbb. IV, S. 267. In den Boskooper Fruchtforten findet fich S. 26 eine Reinette Monftrueuse, die als Synonyme Reinette Montfort, Gulden Reinette und auch Reinette Montmorency hat. Diefe Angaben enthalten wohl Einiges Irrige und ift diefe Frucht kaum unfere Sorte. Als Reinette Mon= ftroueuse kam an Jahn von Chrift die Lothringer Reinette. Im Boomgaard Nr. 16, ift die Frucht der Boskooper abgebildet und könnte man in der Abbildung eher unfere Frucht fuchen. Die Rei= nette Montfort erhielt ich von Herrn Wilhelm Ottolander, trug aber noch nicht.

171.

Reinette von Orleans, Hbb. I, S. 159. Arnoldis Obftcabi= net gibt Lief. 14, Nr. 34, gute Nachbildung.

Diese Frucht und die Winter-Goldparmäne sind einander ziemlich ähnlich, nicht selten in manchen Exemplaren so, daß sie äußerlich nicht zu unterscheiden sind. Auch die Vegetation ist bei beiden Sorten ziemlich ähnlich und nur durch genaue Kenntniß noch zu unterscheiden, bei beiden herrlich pyramidal mit stehenden Aesten und zahlreichem, kurzen Fruchtholze. Meistens unterscheidet sich die Orleans von der bloß gezuckert schmeckenden Winter-Goldparmäne durch ein delikates, citronenartiges Gewürz, wovon man sie auch Rosmarin-Reinette getauft hat; unter Umständen fehlt aber auch dieses. Am sichersten erkennt man die Orleans an den großen langen, allermeist facettirten und, wenn trocken geworden, etwas silbergrauen Kernen, wogegen namentlich die Winter-Goldparmäne kurze, breiteiförmige, oft ziemlich unförmliche Kerne hat. Die Orleans wird ferner daran erkannt, daß sie in feuchten Herbsten, bei herannahender Baumreife, gern aufspringt und dieß ist eigentlich ihr einziger Fehler, denn sonst läßt sie an Tragbarkeit, Güte der Frucht und Gesundheit des Baums nichts zu wünschen, und finde ich hier die Frucht gar nicht eigen auf Lage und Boden, wie jedoch öfter angenommen worden ist, denn ich fand sie gut auch in Grasboden und selbst an unsern Chausseen nach Göttingen, wo ich namentlich in der Nähe von Thiedenwiese (½ Stunde von Jeinsen) mehrere Stämme sehr volltragend und mit sehr gut ausgebildeten Früchten fand.

Sie wird für die Tafel immer eine der allervorzüglichsten bleiben, und wenn es wahr ist, was ein Herr — ich meine auf der Versammlung in Görlitz — sagte, daß diejenigen Früchte die besten seien, die die meisten Namen hätten, so muß die Reinette von Orleans wohl die beste aller Früchte bleiben, denn ich glaube, daß sie unter allen Früchten die meisten Benennungen hat. Auf der andern Seite liegt in den vielen Benennungen wieder ein Armuthszeugniß für die bewiesene Sorgfalt, womit man, und namentlich auch die Deutschen die rechten Namen kennen zu lernen und zu erhalten gesucht haben, wodurch, nachdem man den rechten Namen durch Gleichgültigkeit wieder verloren hatte, immer wieder das Bedürfniß entstand, für treffliche Früchte eine bestimmte Benennung anzunehmen. Hoffentlich wird das besser, wenn wir erst pomologische Gärten haben, so daß dann die Synonyme, bis auf die Original-Benennungen in pomologischen Werken, begraben werden können. Ich selbst fand sie in erbauten Früchten unter folgenden Benennungen: Triumph-Reinette (Diel?) und scheint es mir immer mehr, daß auch die Siegende Reinette meiner Anleitung doch zuletzt dieselbe Sorte ist; Neu-Yorker Reinette (Diel V, S. 152), von ihm später für die Orleans erklärt; Doppelte Goldreinette, (überall im Hannoverischen so benannt), Pearmain d'or (Herrnhausen), Dörells Ananas-Reinette, Dörells Rosmarin-Reinette (Liegel), Reinette Glasgow (Urbanek), Wyker Pepping (Urbanek; nicht zu verwechseln mit dem Wyken Pippin der Engländer, Hogg S. 211, benannt nach einem Orte Wyken in England; als Wyker Pepping erhielt sie auch Dittrich, (I, S. 312), Böbiker, Doorenkaat in Norden); Große Wiener Goldreinette, Graf Sternbergs röthliche Reinette (Prag), Starklows Bester (Gotha), Reinette Bellefleur (aus Iburg; so auch bei Doorenkaat), Dattenfelder Goldreinette (Böbiker, weiter bezogen von Commanns), Cornelis Goldreinette (Böbiker-Commanns). Als Dörells Goldreinette erhielt ich von Böbiker eine einfarbige Frucht, deren auch im Berichte über die Görlitzer Ausstellung S 88, Jahn aus der Schwetzinger Collection gedenkt und ist diese die einzige von mir aufgefundene, mit Recht nach Herr Dörell benannte Frucht, deren Beschreibung ich schon entwarf. Dagegen bekam ich von Liegel als Dörells goldgelbe Reinette eine Frucht, die wohl Hughes Goldpepping ist und Herr von Flotow erhielt als Dörells Goldreinette doch auch die Orleans (siehe Dittrich III, S. 107). Als Dörells Große Goldreinette erhielt ich von Bornmüller den Winter-Quittenapfel. Abbildungen der Reinette von Orleans finden sich Knoop I, Taf. 11, Pomme Madame, noch ziemlich schlecht; Knoop II, Taf. 12, etwa richtig, doch sind alle Zink'schen Abbildungen die schlechtesten, die es gibt; Maas, Verger, Nr. 3, Princesse noble des Chartreux, (wie die Frucht jetzt in Frankreich genannt wird; verglichen oben Französischer Prinzessinapfel); Ronald, Pyrus malus, Taf. 12, Fig. 6, sehr kenntlich, als Golden Reinette, wie die Engl. Autoren sie nennen und sie auch bei Hogg S. 98 und im Lond. Cat. vorkommt, wobei im Nachtrage ausdrücklich bemerkt wird, Reinette von Orleans sei Golden Reinette; Lindley, Pomol. Britt. bildet sie als Golden Reinette, wohl richtig, doch fast über die ganze Frucht wie rosenroth geröthet ab, was den Namen Aurore erklärte. Knoop hat bei Pomme Madame im Register die Synonyme Wyker Pepping, Hollandsche Pepping, Ronde Bellefleur, Reinette Bellefleur. Hogg hat außer diesen noch (S. 98) Aurore (Hort. Soc. Cat., 1ste Edit; Diel hat unter dem Namen eigene Frucht, die mir noch nicht trug), Dundee (ibid.), Megginch Favourite (ibid.), Princesse noble (ibid.), **Reinette d'Aix** (ibid.), **Reinette Gielen** (ibid.), **Court-pendu d'oré**, ibidem, **Yellow German Reinette** (Hort. Soc. Cat., 3te Edit), **Elizabeth** (ibid.), **Englese Pippin** (ibid.), **Wygers** (ibid.), **Kirkes golden Reinette**, (Rog. Fruit. Cultiv. 102), **Golden Renet** (Raii Histor. II, 1448). — Der Nederlandsche Boomgaard, Taf. 9, Nr. 18, bildet die Frucht als **Wyker Peppeling** etwas zu gestreift und dadurch nicht recht kenntlich ab, und hat außer schon ge=nannten Synonymen, (wohin auch **Triumph=Reinette, Pearmain d'oré, Princesse noble, Aurore, Elizabeth, Megginch Favourite, Reinette d'Aix, Reinette Glasgow** und **Dundee** gezählt werden, noch: **Cardinal Pippin** und **Courtpendu blanc**, wie er bei Jodoigne heiße; (Lie=gels und Jahns Weißer Kurzstiel ist jedoch ein anderer; **Courtpendu blanc** von der Soc. van Mons trug mir noch nicht); endlich **Pepping van Holland**, unter welchem Namen ich aus Prag die **Winter Gold=parmäne** erhielt, wie Jahn, nach Monatsschr. 1863, S. 142, in der Collection der Gebrüder Simon Louis auch die **Winter Goldpar=mäne** gefunden zu haben sagt, welche Benennungen aber nur durch Verwechslung mit Knoops **Hollandsche Pepping**, d. h. der Orleans=Reinette entstanden sein werden. Die Annales haben unsere Frucht, II, Taf. 23, als **Courtpendu de Tournay** und wird im Contexte ge=sagt, daß diese unsere Orleans=Reinette sei, wie Jahn sie auch in Na=mur ausgestellt fand, während jedoch Millet unter dem Namen den **Königlichen Kurzstiel** hatte, (Monatsschr. 1863, S. 79). Auch Herr Doorenkaat zu Norden erhielt unsere Frucht als **Reinette de Tour-nay**, (Monatsschr. 1862, S. 329). Die Annales bringen aber IV, S. 69, noch eine **Reinette d'orée ou jaune tardive**, mit dem Synon. **Golden Reinette des Anglais**, (welche unsere Orleans ist), wo dies Synonym offenbar falsch ist, aber auch die Namen, welche die Frucht in Deutschland haben soll, zeigen, daß alle Zusammenstellungen von Namen in der Luft stehen, so lange sie nicht auf bezogene Reiser und darauf erbaute Früchte sich gründen. Nach Monatsschr. 1863, S. 89, fand Jahn die Orleans=Reinette in Gotha noch als **Goldreinette von Sanssouci** und, nach Monatsschr. 1863, S. 142, in Namur in Mil=lets Collection als **Reinette de Breil**, und nach S. 143 mehrfach, und auch in Millets Collection als **Reinette de Friesland**, wie sie auch Bivort im Album, S. 41, abgebildet habe. Als **Reinette de Friesland hative** fand sich dagegen in einer Collection in Namur die **Winter Goldparmäne**. — Noch werde erwähnt, daß nach Schmidt-berger (Beiträge III, S. 80) und Urbaneks Mittheilung die Orleans=

Reinette sich auch als Rabauer Reinette fand, welche ich auch aus Prag erhielt, sich aber entschieden als eine andere zeigte und eine edle, flach gebaute, rothe, gestreifte Frucht gab, wie ich sie auch von Herrn Glocker zu Enying erhielt. Dagegen fand man, nach Monats= schrift 1857, S. 280, eine Rabauer Parmäne = Multhaupts (Car= min)=Reinette und möchte die erste Benennung nur als eine Irrung zu bezeichnen sein, da Herr Gastwirth Multhaupt, der die Mult= haupts Reinette erzog, in Bienenburg am Flusse Rabau lebte.

172.

Reinette von Sorgvliet, Hbb. I, S. 261. Diel erhielt diese Frucht vom Hofjuwelier Hagen im Haag. Aus Görlitz brachte ich dagegen aus Wilhelm Ottolanders Collection zu Boskoop 2 Früchte als Reinette van Zorgvliet mit, die von Diels Sorte verschieden sind, und mit Knoops Abbildung fast mehr stimmten, als Diels Sorte. Es ist dabei die Nachricht gegeben, daß die Boskooper die mir auch in Reisern gesandte Frucht aus Zorgvliet bei Gravenhagen selbst be= zogen hätten, und habe ich ins Auge gefaßt, die Diel'sche Frucht ein= mal näher darauf anzusehen, ob sie etwa mit der Lothringer Reinette identisch sein könnte, mit der ich Aehnlichkeit immer schon fand, und die nur durch Umstände im Geschmacke edler gewesen sein könnte. Verglichen Monatsschrift 1864, S. 42. Beschreibung der Boskooper Frucht erfolgt im nächsten Hefte des Handbuchs und ist mir dabei, da meine Früchte schon gleich vom Baume fast gelb, später rein gelb waren, wieder etwas zweifelhaft geworden, ob man in ihr die Knoo= pische Reinette von Sorgvliet doch ächter hat als in Diels Frucht des Namens.

173.

Reinette, Weiße Wachs, Hbb. I, S. 127. Wegen Verschieden= heit der Triebe dieser Sorte von Lucas Reise gegen die von Diel be= zogene, machte ich Lucas darauf aufmerksam, ob der Beschreibung im Handbuche wohl eine unrichtig benannte Frucht zum Grunde gelegen haben möchte und sagte mir auch Lucas nachher in Braunschweig, als ich ihm die Diel'sche Weiße Wachs=Reinette zeigte, und schrieb später, daß er sich überzeugt habe, früher die Goldgelbe Sommer=Reinette als Weiße Wachs=Reinette besessen zu haben und mag die goldgelbe Sommer= Reinette auch noch anderweit als Weiße Wachs=Reinette benannt wor= den sein. Einigen Einfluß hat diese Verwechslung immer auf die Be= schreibung gehabt, z. B. daß die Weiße Wachs=Reinette mit der Diel'schen

Goldgelben Sommer-Reinette nahe verwandt sei, was ich nicht finde, ferner, daß die Sonnenseite nur goldartiger sei, während ich, mit Diel, eine leicht blutrothe Backe bei der Frucht finde.

174.

Richard, Gelber, Hbb. I, S. 99. Bei Beschreibung der Frucht im Handbuche hätte sollen auch der Beschreibung gedacht werden, die Herr Präpositus Kliefoth zu Diederichshagen in Mecklenburg von dieser Frucht, Monatsschr. 1857, S. 105, unter dem Namen Körcho= wer Grand Richard gegeben hat. Herr Präpositus Kliefoth hat es später in der Monatschrift nicht gebilligt, daß der Name geändert sei, da Körchow seine Heimath sei, wohin alle Forschungen führten, und auch die Frucht sonst nirgend existire. Wie indeß die Sorte von Körchow doch schon als Grand Richard nach andern Orten möchte gebracht gewesen sein, so wird doch die rechte Frucht unter dem Namen Gelber Richard beschrieben sein, der kurz und mehr passend ist. Nach Herrn Präpositus Kliefoth soll die Frucht bis in den Februar hinein in edlem Geschmacke bleiben, wogegen Herr Organist Mülchen be= zweifelte, daß sie sich über Weihnachten hinaus halte. Ich stimme Herrn Präpositus Kliefoth bei, daß die Frucht, die ich im Reise von ihm selbst erhielt, sehr werthvoll sei, und sagt er, daß sie nur den Fehler habe, daß er in schwerem Boden zwar jährlich, aber nicht immer reichlich trage, während er in leichtem Boden reichlich trage. Im Lüne= burgischen, wo leichter Boden ist, hat auch die Frucht bereits rasch eine mehrfältige Verbreitung gefunden. Nach einem Aufsatze, der in den Monatsheften de 1868 nächstens erscheinen wird, will Herr v. Bose den Gelben Richard und den Goldgulderling des Handbuchs (I, S. 67) zusammenstellen; von Diel direct habe ich indeß als Goldgulderling eine mit der Diel'schen Beschreibung stimmende, andere Frucht.

175.

Riviere-Apfel, Hbb. IV, S. 157. Rivière ist auch Name eines Herrn, der Mitglied der Französischen Central-Gartenbaugesell= schaft ist, und könnte nach diesem die Frucht benannt sein, wo dann Riviere's Apfel zu schreiben wäre. Vielleicht klärt sich dies noch wei= ter auf.

176.

Rosenapfel, Böhmischer, Hbb. I, S. 217. Arnoldis Obstca= binet wird unter Nr. 96, gute Nachbildung geben.

Für Pomologen will ich noch die Bemerkung hinzufügen, daß ich von Herrn Mühlmeister zu Dotmold als Gestreiften Calvill eine Frucht erhielt, die in Jensen auf starkem Probezweige mehrmals eine kleine Frucht brachte, die ich nach Form und Zeichnung bestimmt für den Weißen Astracan hielt, während 1865 und 1866 derselbe Probezweig plötzlich recht große, prächtige, vollkommene Früchte gab, in denen ich nun den Böhmischen Rosenapfel erkannte, der seit ein paar Jahren auch auf andern Probezweigen größer wurde. Recht volltragend hat die Sorte auch in meiner Gegend sich immer gezeigt, und ist, wenn sie gute Größe erlangt, sehr werthvoll. In Böhmen ist sie ganz besonders geschätzt.

177.

Rosenapfel, Florianer, Hbb. I, S. 431. Arnolds Obstcabinet wird Nr. 115 Nachbildung geben und auch der Niederländische Baumgarten gibt Lief. 18, Taf. 35, Nr. 67, gute Abbildung. Auch dort fand man ihn früher zeitigend, als den ähnlichen Alantapfel. In der französischen Uebersetzung des Werkes wird er aber unpassend unter dem Namen Pomme tulipée aufgeführt, da Diel schon einen andern Tulpenapfel hat. — Die Sorte, welche ich unter dem Namen Gestreifter Rosenapfel von Herrn Magister Schröder in Hamburg erhielt, sollte der in St. Florian erzogene Gestreifte Rosenapfel sein. Da in St. Florian eingezogene Erkundigungen dies nicht bestätigten und man von einem dort erzogenen Apfel des Namens nichts Näheres mehr wußte, habe ich die Sorte Florianer Rosenapfel genannt. Auf der Ausstellung in Reutlingen habe ich nun 1867 in der Collection aus St. Florian eine ganz andere, grell und ziemlich breit, tulpenartig gestreifte Frucht als Gestreiften Rosenapfel gesehen und auch mitgenommen, von der der dortige Gärtner mir die Nachricht gab, daß dies der ächte in St. Florian erzogene Gestreifte Rosenapfel sei. Es erklärt sich dadurch, wie man diesen Gestreiften Rosenapfel mit dem Tulpenapfel, wenn man Diels Tulpenapfel nicht genau kannte, hat zusammenwerfen mögen.

178.

Rosenapfel, Birginischer, Hbb. I, S. 229. Arnolds Obstcabinet gibt Lief. 4, Nr. 11, gute Nachbildung. Auch der Niederländische Baumgarten gibt Taf. 11, Nr. 22, ganz kenntliche Abbildung unter dem Namen Siberischer Glasapfel, unter welchem Namen schon Jahn, nach Monatsheften 1865, S. 356, in der Abbildung im Boomgaard den Birginischen Rosenapfel zu erkennen glaubt, und Herr

Fabrikant Doorenkaat zu Norden auch unsere Frucht aus Holland be=
kam. Derselbe sandte sie mir außerdem noch, aus Holland bezogen,
als Pomme de Jerusalem doubelde Witte, welcher in Frucht und
Vegetation ganz den Obigen gab. Von der weiten Verbreitung dieser
Frucht zeugt es, daß ich sie auch noch von Diel als Liefländer Lieb=
ling erhielt, wo die erbaute Frucht auf Diels Beschreibung des Lief=
länder Lieblings, Catal. 2te Fortsetzung, S. 23, paßte. Selbst in
Schweden ist nach der von Dr. Eneroth gegebenen Nachricht die Sorte
unter dem Namen Sommer=Gulderling weit verbreitet und schon lange
bekannt. Die Sorte ist schon in der Vegetation mit etwas steifen
Trieben und großem Blatte gleich kenntlich. Der Baum, der schön
aufrecht und kräftig wächst, ist sehr gesund und unermüdet tragbar,
und lobt auch Herr Schloßgärtner Peiker zu Gravenort in Schlesien,
in hoher Gebirgslage, Gesundheit und Rusticität des Baums, der recht
für solche Lagen passe. (Monatsschr. 1862, S. 233).

179.

Rosenhäger, Schwedischer, Hbb. IV, S. 432. Herr Dr. Ene=
roth gibt in der von ihm herausgegebenen Schwedischen Pomona,
(Stockholm 1865 und 1866), unter dem Namen Swensk Rosenhäger,
gute Abbildung, etwas weniger stark geröthet, als ich die Frucht von
ihm in schönen Exemplaren aus Schweden schon erhielt.

180.

Rothacher, Frauen, Hbb. IV, S. 59. Arnoldis Obstcabinet,
Lief. 25, Nr. 77, gibt gute Nachbildung. Von Herrn Lehrer Kohler
zu Küßnacht bei Zürich erhielt ich in Görlitz schöne Exemplare dieser
Frucht unter dem in dortiger Gegend gängigen Namen Frau Rothike,
Rothike. Zehender, in der Auswahl vorzüglicher Obstsorten, lobt ihn
sehr und sagt, daß diese aus der Schweiz herstammende Sorte beson=
ders für hohe Lagen passe und noch in Norwegen sehr gedeihe, auch
die Frucht zu jedem Gebrauche tauge. Die gegebene Abbildung, fast
ganz konisch, stimmt mit der Beschreibung nicht genügend überein. Auf
Französisch nennt er ihn Chataigne du Leman.

181.

Rosmarinapfel, Rother, Hbb. IV, S. 67. Arnoldis Obstca=
binet gibt Lief. 21, Nr. 57, nach Früchten aus Botzen, gute kenntliche
Nachbildung.

182.

Rosmarinapfel, Weißer, Hdb. IV, S. 65. Arnoldis Obst=
cabinet gibt, Lief. 23, Nr. 70, nach aus Botzen erhaltenen, (häufig
dort noch größeren und noch schöner wachsartig weiß gefärbten) Früch=
ten, gute Nachbildung.

Daß wirklich 2 zu unterscheidende Früchte als Weißer Rosmarin=
Apfel sich finden, ist mir auch dadurch noch wahrscheinlicher geworden,
daß ich in Görlitz aus der Botzener Obstcollection abermals eine sehr
schöne, wachsweiße Frucht erhielt, die wieder alantartigen Geschmack,
mäßig weit offenes Kernhaus und nicht sehr zahlreiche Kerne hatte,
so daß man nach diesen Kennzeichen etwa den Botzener, oder Tyroler
weißen Rosmarinapfel, von dem Italienischen weißen Rosmarinapfel
scheiden müßte. Die zweite im Handbuche von mir dargestellte Frucht
hatte rosmarinartigen Geschmack, (den auch der Rothe Rosmarinapfel
zeigt), weit offenes Kernhaus und sehr zahlreiche Kerne.

182 b.

Piles Russet, Hdb. I, S. 75. Es fehlt hier die Literatur. Diel
beschrieb ihn A—B, III, S. 8, Dittrich III, S. 17. v. Aehrenthal
gibt Tafel 78 Abbildung, die die hier vorliegende Frucht sein kann.
Hogg S. 156. Fors. Treat, S. 120. Lindl. Guide 93. Roger
Fruit Cultiv. S. 107.

183.

Sämling, Longvilles, Hdb. IV, S. 229. Diese Frucht ist
im Handbuche von mir nicht genug gelobt; 1864 und 1866 brachte
der gedrängt voll sitzende Probezweig äußerst zahlreiche und doch schön
ausgebildete Früchte, die an Schönheit und Güte des Fleisches dem
Sommer=Zimmtapfel sehr wenig nachgaben. Lindley, Pomol. Britt.,
Taf. 63, gibt Abbildung.

184.

Schlotterapfel, Horsets, Hdb. I, S. 203, **Weißes Seidenhembchen**, (I, S. 403) und der in meiner Anleitung aufgeführte
Schilgens birnförmige Apfel haben sich jetzt als identisch gezeigt.
Die Identität des letzteren mit dem Weißen Seidenhembchen, welche
auch Müschen, Monatshefte 1865, S. 68, bemerkt hatte, hatte ich schon
seit mehreren Jahren wahrgenommen und die Identität früher nur nicht
erkannt, weil in Wölpe bei Nienburg, woher ich die Frucht von Hrr

Amtmann Schilgen bekam, dieſer, ſelbſt auf jungen Stämmen, nicht nur merklich größer, ſondern völlig birnförmig, am Kelche am breiteſten geſtaltet war, welche Form Folge des feuchten Bodens in Wölpe geweſen ſein wird und ſich in Jeinſen, bei wiederholtem Tragen nicht wieder fand. Es ſcheint aber gerade dieſer Sorte eigen zu ſein, daß ſie unter Umſtänden ganz birnförmig auftritt. Aus Münden an der Weſer hatte ich ſchon vor mehreren Jahren einmal einen weißen, birnförmigen Apfel geſehen, von dem man aber nicht wußte, von wem er komme. 1867 ſandte mir nun ein Herr Lagershauſen aus Münden, als Merkwürdigkeit, einen unter ſchön geformten, kurz walzenförmig geſtalteten Aepfeln, in denen ich das Weiße Seidenhemdchen wieder erkannte, plötzlich erwachſenes, ganz birnförmig geſtaltetes Exemplar. Ich habe davon in den Monatsheften 1868, S. 111, Figur und kurze Nachricht gegeben und wird der Weiße Birnapfel, der ſich in einer Collection in Görlitz fand, (Monatsſchr. 1864, S. 2, mit Figur), ganz dieſelbe Sorte ſein. Wenn Müſchen Monatshefte 1865, S. 86, auch den Horſets Schlotterapfel, (Calville of Horset), mit Weißem Seidenhemdchen für identiſch erklärte, ſo ſtritt ich dagegen, weil der Horſets Schlotterapfel bei mir in Nienburg nicht blos kleiner geblieben war, ſondern auch den alantartigen Geſchmack und die ſtarken weißlichen Schalenbupſen des Weißen Seidenhemdchens nicht zeigte. Als aber alle 3 in demſelben Boden und Jahre, 1865, zuſammen trugen, zeigte auch der Horſets Schlotterapfel die ſtarken weißlichen Schalenbupſen und hatte im Jeinſer Boden das calmusartige oder alantartige Gewürz des Weißen Seidenhemdchens ſelbſt noch etwas mehr, als dieſe letztere Frucht und waren alle 3 Sorten ganz gleich. Es liegt da ein neues Beiſpiel vor, wie lange man oft forſchen muß, ehe man ſich über wirkliche Identitäten überzeugt, und wie leicht man identiſche Früchte nach den begleitenden Umſtänden für verſchieden nehmen kann. An dem Horſets Schlotterapfel können die weißen Schalenbupſen, weil die Früchte nicht ſtark beſonnt geſeſſen hatten, früher wenig zum Vorſchein gekommen ſein, oder waren beim Brechen der Frucht überſehen, da ſie auf dem Lager, bei zunehmender Reife, ſich verlieren. — Die Frucht iſt gut und haltbar, trug bisher auch gern, blieb jedoch im hieſigen trocknen Boden etwas klein.

185.

Schöner aus Weſtland, Hdb. IV, S. 37. Arnoldis Obſtcabinet wird Nr. 114 Nachbildung geben.

186.

Schöner aus Kent, Hbb. I, S. 113. Diese treffliche, sehr tragbare Frucht, die selbst in meinem Garten die dargestellte Größe erlangte, und deren Reis ich durch Urbanek von der Lond. Societät bekam, verdient gar häufige Verbreitung. Stiel war bei mir meist kurz, und die Frucht an der Sonnenseite und besonders um die Stiel= wölbung, theils etwas langabgesetzt, theils kurzabgesetzt karmosinroth, oder auch mehr mattroth gestreift, und dazwischen noch leichter so punktirt, wie auch die Streifung sich punktirt verlief. Hogg gibt die Röthe weit stärker an.

187.

Seidenhemdchen, Weißes, Hbb. I, S. 403. Siehe was bei Horsets Schlotterapfel schon über die Identität beider Sorten gesagt ist.

188.

Sommerapfel, Pfirsichrother, Hbb. I, S. 93. Im Hand= buche findet sich die unrichtige Angabe, daß die Frucht Mitte August oder Anfang September reife, denn obwohl auch Dittrich die Reife um Mitte August angibt, was in Thüringen richtig sein kann, so zei= tigte dieser Apfel, bei wiederholtem Tragen, mir doch stets schon mit dem Weißen Astracan, zu Anfange des August. Auch ist in der Figur die Kelchhöhle nicht richtig dargestellt, die sich, als sich bauchig erwei= ternder Cylinder ziemlich tief herabzieht. Ich erhielt die Sorte von Jahn, der sie in Thüringen gewiß richtig kannte und besitze sie, wie ich jetzt fand, schon lange von einem Baume auf dem Moritzberge bei Hildesheim, wie ich mehrmals bereits vergleichen konnte. Die Frucht gehört gleichfalls, wie manche andere Sommeräpfel, zu den allertragbarsten und zeichnet sich durch lachende Schönheit aus, hat aber mit dem im Handbuche als ähnlich aufgeführten Rothen Sommer= Rosenapfel und Rothen Sommer=, (sive Herbst)=Strichapfel keine be= sondere Aehnlichkeit. Schade, daß diese schöne Frucht sich nur wenige Tage hält und muß sie, um sich etwas länger zu halten, vor der Baumreife abgenommen werden; oder man muß, sowie die Frucht reift, was etwas nach und nach eintritt, die eben zeitigen auspflücken, so hat man den Gebrauch für die Küche doch bis Mitte, oft bis 25. August. Im Niederländischen Baumgarten ist, Nr. 21, als Cardinal de Juil= let eine Frucht abgebildet, die von Herrn Dauvesse in Orleans be= zogen wurde, und vermuthet Jahn (Monatshefte 1865, S. 356), ob

dieser etwa der Pfirsichrothe Sommerapfel sein möchte. Dazu ist in=
deß die Frucht doch zu klein und wohl ohne Zweifel eine besondere
Sorte, über die man erst nach bezogenen Reisern näher wird urtheil=
len können.

189.

Sommerapfel, Wiener, Hbb. IV, S. 63. Siehe was schon
oben bei der Sommer=Parmäne über die etwa doch stattfindende Iden=
tität dieser Frucht mit der Sommer=Parmäne beigebracht worden ist.

190.

⚡ **Sondergleichen, Langtons,** Hbb. I, S. 313. Arnoldis Obst=
cabinet gibt, Lief. 24, Nr. 27, schöne, kenntliche Nachbildung.

Daß, wie schon vermuthet worden ist, Langtons Sonder=
gleichen und der Diel'sche Engl. gestreifte Kurzstiel (Diel 12,
S. 139) identisch seien, hat seit mehreren Jahren auf demselben Probe=
baume sich mir völlig ergeben. Ronald, Pyrus malus, Taf. 37, Fig. 2,
hat ihn als Nonsuch und bildet ihn sehr kenntlich ab. — Ist eine
äußerst tragbare, sehr gute, wenn auch nur mäßig lange haltbare
Herbstfrucht und ist auch diese Sorte wieder in der eigenthümlichen,
ziemlich feinen Vegetation zu erkennen. Monatshefte 1865, S. 213,
wird die Tragbarkeit der Sorte auch im Braunschweigischen gerühmt.

191.

Sperberapfel, Früher, Hbb. IV, S. 239. In dem naßkalten
Jahre 1866 trug der Probezweig wieder voll, die Früchte waren den
ganzen September hindurch für die Küche zu gebrauchen und waren,
fast oder wirklich reif vom Baume genommen, weit besser als früher,
für die Tafel wirklich delikat; Fleisch zart, von merklich, wie etwas
zimmtartig gewürztem, süß=weinigen Zuckergeschmacke, delikater als Clu=
bius Herbstapfel.

192.

Sternapfel, Hbb. I, S. 381. Arnoldis Obstcabinet wird
bald kenntliche Nachbildung geben. Auch Monatsschrift 1860, S. 229,
ist Abbildung gegeben und ist bemerkt, daß er unter dem Namen
Pfaffenkäppele besonders in Südtyrol und Salzburg sich häufig finde.
Auch der Verger des Herrn Mas gibt 1866, Oktoberheft, Nr. 25, gute
Abbildung.

In Hohenheim, wo sich ein großer Stamm davon fand, wie am angeführten Orte berichtet wird, war die Frucht nur schön, etwa zum Mosten gut zu gebrauchen; nach Herrn Zallinger zu Botzen wird sie aber in Tyrol gut und wohlschmeckend, und bildet selbst einen beliebten Handelsartikel.

Es ist schon im Handbuche, Artikel: Literatur, angedeutet worden, daß Diels Gelber sternförmiger Api, welchen er von Herrn von Carlowitz zu Dresden erhielt, und ihn A—B, V, S. 91 beschrieb, der im Handbuche und bei andern Autoren vorkommende Stern-Api nicht sein kann, da Diels Frucht ohne Röthe sei, im Herbst schon reifen und sich nicht über 4 Wochen halten soll. Auch die Annales sagen, daß der Api étoilé sich bis in den Sommer halte. Möglich ist Diels Beschreibung auf noch ungenaue Beobachtungen gegründet worden, da der Baum ihm bald abstarb.

193.

Stettiner, Rother, Hdb. I, S. 555. Arnolds Obstcabinet gibt, Lief. 14, Nr. 35, kenntliche, gute Nachbildung.

Ueber den Werth dieser Sorte ist gewaltig verschieden geurtheilt worden und kann man darüber z. B. nachsehen: Monatsschr. 1865, S. 172 und 346; 1866, S. 94 und andere Stellen. Es gibt Gegenden, wo man, nach brieflicher Mittheilung an mich — ich meine aus Heilbronn, geurtheilt hat, daß der Rothe Stettiner allgemein gebaut werde und ein Scheffel Rothe Stettiner, namentlich wegen Brauchbarkeit zum Mosten, theurer bezahlt werde, als ein Scheffel Goldreinetten und wieder andere, wo man, wie in Württemberg, Thüringen und Gegenden von Böhmen, die Sorte wegen Krankens und allmähligen Absterbens des Baums unbrauchbar findet. Auch in meiner Gegend ist der Baum sehr gesund. Man hat geglaubt zu helfen, (Monatsschr. 1865, S. 328 ff.), wenn die Sorte auf gute, zur Krone herangewachsene Wildlinge veredelt werde, da er dann durch Beschädigungen im Stamme, wie sie beim Bau im Felde oft vorkämen, nicht so leide, als bei Veredlung nahe zur Erde; das mag gut sein, kann aber allein den Baum nicht retten, und ist auch von Mehreren, z. B. Monatshefte 1866, S. 94, berichtet worden, daß dies nicht geholfen habe. Dagegen hat Monatshefte 1865, S. 306, Herr Gartendirektor Stoll, jetzt zu Proskau in Oberschlesien, die Nachricht gegeben, daß der in Schlesien sehr gesuchte Baum, besonders um Ratibor, Neiße, Liegnitz, Striegau und überhaupt in den sogenannten fetten Gegenden, wo ein tiefgründiger,

nahrhafter Boden sei, sehr verbreitet und gesund sei, auch in der Pro=
vinz Posen, in dem fruchtbaren Cujavien viel vorkomme, während der
Baum in minder gutem, flachgründigen Boden, weniger gut fortkomme,
wo jedoch Obst überhaupt noch gut gedeihe, während im südlichen
Theile Ober=Schlesiens derselbe gar nicht mehr gedeihe, obgleich daselbst
Winter=Goldparmäne, Pariser Rambour=Reinette, Carmeliter=Reinette,
Reinette von Orleans gut fortkämen. In diesen letzteren Gegenden
werde der Baum schon jung krebsig, bekomme viele krebsige Wülste,
treibe sehr schwach und liefere selten etliche unvollkommene Früchte,
was dort auch bei zur Krone veredelten Stämmen ebenso sei. Der
Rothe Stettiner verlange also zu seinem Gedeihen etwas fetten, tief=
gehenden Boden. Wie ich dieser Ansicht ganz beitrete, so ist auch Lucas
am a. O. derselben Meinung und räth noch, man möge bei noch nicht
zu stark mit Krebs behafteten Stämmen mittelst einer Düngung mit
Asche und sehr verdünnter Cloake im Juni oder Juli nachzuhelfen suchen.

Daß der Baum in vielen Gegenden sehr gut gedeiht, beweisen
die sehr zahlreichen, provinciellen, der Sorte gegebenen Benennungen,
die man z. B. in Dochnahls Führer S. 276, nachsehen kann, von
denen ein Theil irrig sein mag, die Mehrzahl aber unsere Frucht wohl
bezeichnen wird.

Herr Pfarrer Fischer zu Kaaden gibt Monatshefte 1865, S. 328 ff.
noch die Notiz, daß man in Böhmen 2 Varietäten des Rothen Stet=
tiners habe, einen harten und einen weichen, letzter früher genießbar,
jener mehr roth, an Güte beide gleich. Dies kann etwa Folge von
Standort oder Unterlage sein; Herr Pfarrer Fischer meint jedoch, die
härtere Varietät sei in Böhmen aus Samen entstanden, wie man auch
vom Edelborsdorfer manche Varietäten aus Samen habe, die mir
allerdings in meiner Gegend noch nicht vorkamen. Glaser und Ru=
biner seien wohl die gängigsten Benennungen in Böhmen.

194.

Strichapfel, Weißer Sommer, Hdb. I, S. 441. Die hier
vorliegende Frucht glaube ich in Ronalds Pyrus Malus, Taf. 38,
Fig. 3, im Russian Transparent zu erkennen, neben welchem auch
der Weiße Astracan sehr kenntlich abgebildet ist. Als Siberischer Glas=
apfel findet sich, wie oben erwähnt ist, in den Boskooper Fruchtsorten
der Virginische Rosenapfel, und ist Siberischer Glasapfel wohl der=
selbe Name, als Russischer Transparent, so daß einer von beiden irrig
benannt sein möchte.

195.

Tafftapfel, Weißer, Hbb. I, S. 549. Arnolds Obstcabinet gibt, Lief. 18, Nr. 50, nur ziemlich kenntliche Nachbildung, indem es schwer hält, bei Nachbildung in Porzellanmasse den dieser Sorte eigenthümlichen Glanz darzustellen, woneben für hiesige Gegend auch die Röthe etwas stark aufgetragen ist. Während indeß der Weiße Tafft-Apfel in meiner Gegend nur in guten Jahren eine kleine, aber lachend rothe Backe hat, so sah ich den damit identischen Diel'schen Wachsapfel, den Herr Clemens Robt aus Sterkowitz mir sandte, über den größern Theil der Oberfläche mit einer freundlichen Rosenröthe wie lavirt leichter und etwas stärker überzogen, wodurch die Frucht ein außerordentlich schönes Ansehen hatte. Da es auch einen Weißen Herbst-Tafftapfel gibt, hätte ich unsere Sorte doch lieber mit Diel vollständig Weißen Winter-Tafftapfel benennen sollen, wiewohl sie im Hannover'schen allgemein nur **Taffetus blanc** benannt wird.

In der Monatsschrift 1863, S. 76, gedenkt Herr Baron v. Bose eines Apfels aus Millets Sammlung in Namur, Namens **De Douai,** der unserer Frucht sehr ähnlich gewesen sei, doch nicht alantartigen Geschmack gehabt habe. Von Herrn General-Consul Labs zu Geisenheim erhielt ich 1867 einen **Teton des Demoiselles,** welcher wohl der Weiße Winter-Tafftapfel war.

196.

Taubenapfel, Donauers, Hbb. I, S. 101. Dittrich hatte I, Nr. 131, diese Frucht nach Donauer zuerst benannt. Es hat sich durch Früchte bei Jahn und mir ergeben, daß diese Sorte vom Rothen Winter-Taubenapfel nicht verschieden ist. Ich erhielt diese Frucht durch Jahn in einem Reise direct von Herrn Lieutenant Donauer stammend, in einem 2ten aus Römhild, wohin die Sorte von Donauer kam, setzte beide an denselben Zwergbaum der Edelreinette und erhielt ganz und verwaschen rothe Früchte, an der Schattenseite nur leichter roth, überhaupt etwas rosenroth, wie ich von Dittrich den Rosenfarbigen Tauben-Apfel (Dittrich I, Nr. 129) erhielt, in dem ich auch nur den Rothen Winter-Taubenapfel erkannte. Herr Medicinal-Assessor Jahn fand, nach Monatshefte 1865, S. 224, dieselbe Identität. Herr Lieutenant Donauer gibt, Monatshefte 1866, S. 204 und 205, über diese Frucht nähere Nachricht und meint, die Frucht möge in Römhild durch weniger besonnten Standort des Baums blasser gefärbt ausgefallen sein, bemerkt aber, daß die von ihm nach Görlitz gesandten schönen Früchte

in leichter Röthe gestreift und geflammt gewesen seien. Schade, daß
ich diese Früchte in Görlitz nicht sah. Ich habe oben bereits mehrmals
angemerkt, daß gerade der Rothe Winter=Taubenapfel nach Standort,
oder wohl am meisten nach der Unterlage, in stärkerer oder blasserer
Röthung sehr abändert. Ich hatte in meinem Nienburger Garten
eine, oft als Pigeon blanc bezeichnete, nur sehr wenig und matt ge=
röthete Varietät des Pigeon rouge, (der Diel'sche Weiße Winter=
Taubenapfel ist ein Anderer), den ich dennoch nach Form, Reifzeit
und Geschmack, an welchem letzteren die Sorte am sichersten erkannt
wird, für Pigeon rouge ansehen möchte und erhielt aus einer aus
Sachsen mir zur Bestimmung zugesandten Collection schon eine, übrigens
in Form und Geschmack dem Pigeon rouge gleiche, aber fast grell
ziemlich zahlreich gestreifte Frucht, die ich dennoch für dem Rothen
Taubenapfel gleich ansah. (Diels Tulpenartiger Täubling, XI, S. 43
wird, nach der Beschreibung auch nur den Pigeon rouge sein und
ist nur stark gestreift). Die merkliche Abänderung in der Färbung,
die sich oft auf nahe bei einander stehenden Stämmen findet, scheint
hauptsächlich vom Unterstamme herzurühren, und erhielt ich in Lüne=
burg von einem mit Pigeon rouge überpfropften Zwergstamme, der
eine nicht gehörig werthvolle, welkende Reinette getragen hatte, große,
ziemlich dunkelrothe Früchte des Pigeon rouge, die auf dem Lager
welkten und deren Fleisch etwas reinettenartig war. Es ist schon
früher von Christ, Sickler und Hempel die Erfahrung beigebracht
worden, daß besonders der Rothe Winter=Taubenapfel nach Umständen
merklich abändere.

197.

Taubenapfel, Oberdiecks, Hbb. I, S. 443. Arnoldis Obstcabi=
net gibt, Lief. 16, Nr. 43, gute Nachbildung. — Weniger gelungen
ist die Abbildung Monatsschrift 1860, S. 87. Oft gewinnt die Frucht
sanften Anflug von Röthe. In der Monatsschrift 1860, S. 277, fin=
det sich die von Herrn Geheimerath Schönemann zu Sondershausen
angegebene Vermuthung, daß Oberdiecks Taubenapfel mit dem Diel'schen
Langen, grünen Gulderlinge identisch sein werde. Beide, wie sie mir
oft vorlagen, lassen sich aber nicht bloß äußerlich in der Natur
wohl unterscheiden, sondern beide, in demselben Boden bei mir in
Jeinsen und auch in Nienburg erzogen, unterscheiden sich gar sehr
durch den Geschmack.

198.

Taubenapfel, Rother Winter, Hbb. I, S. 107. Arnolbis
Obstcabinet Lief. 21, Nr. 59, gibt nach Form gute, doch für gewöhn=
lich zu grell gestreifte Nachbildung.

Es ist zu vergleichen, was schon bei Donauers Taubenapfel über
die Veränderlichkeit des Pigeon rouge nach Lage, Boden und besonders
Unterstamm beigebracht worden ist. Diel wollte auch den Königlichen
Täubling, den er von einem zu Trier sich aufhaltenden Emigran=
ten Brion aus Verdun als Pigeonnet Royal erhielt, burch mehr
Güte und ganz reinettenartigen Geschmack vom Rothen Wintertauben=
Apfel unterscheiden; ich bezog diesen von Diel direct und durch Böbi=
ler, und konnte reinettartigen Geschmack nicht finden, fand vielmehr
beide Varietäten gleich. Die Frucht war höchstens bei mir oft etwas
kleiner, als ein gut gewachsener Winter=Taubenapfel, etwa so, wie die
auch zu klein ausgefallene Figur im Handbuche; doch ist dies ohne
Zweifel nur etwas Zufälliges gewesen, und stellen bereits auch andere
Pomologen, z. B. die Boskooper Vruchtsoorten, S. 67, Londoner
Catalog Nr. 582, beide Varietäten gleich.

Dühamel II, S. 34, unterscheidet einen Pigeon und Pigeonnet,
welcher letztere, schon der angegebenen Reifzeit nach, der Sommer=
Zimmtapfel sein wird, den man meist jetzt Pigeonnet nennt, wie ihn
auch Diel als Rothen Herbst=Taubenapfel beschrieb, der sich mit
Sommer=Zimmtapfel identisch zeigte. Auch der Londoner Catalog hat,
S. 31, beide Namen; a) Pigeon (wie er mit Dühamel heißt) und
der Rothe Winter=Taubenapfel ist, mit den Synonymen Arabian
Apple, Pomme de Jerusalem, Pigeonnet rouge, Königl. Täubling;
b) Pigeonnet, mit den Synonymen Pigeonnet blanc (irrig?), Pigeonnet blanc d'été (auch wohl irrig, es gibt eine ganz andere Sorte
des Namens, siehe Handbuch I, S. 446); Pigeonnet gros de Rouen,
(die Annales haben auch eine andere Frucht des Namens, VI, S. 7),
Coeur de Pigeon, (bei Dühamel vielmehr Synonym des Pigeon
rouge), Museau de Lièvre, American Peach (of Some), reif Aug.
September, und ist in England sicher unser Sommer=Zimmtapfel, (siehe
diesen weiter unten).

Die bisher vom Pigeon rouge vorhandenen Abbildungen sind
ziemlich oder wirklich schlecht, z. B. Knoop II, Taf. 12, Pomona
Francon. Taf. 18, Teutsches Obst=Cabinet 15, Nr. 57, und auch 28ste
Lieferung. Von Aehrenthal, Taf. 13, bildet die Frucht als Königl.

Täubling noch am besten ab, ähnlich dem Dittrich'schen Rosenfarbigen Taubenapfel, während ich den Königl. Täubling ziemlich stark roth hatte.

Schon ältere Pomologen bemerkten, daß vorzüglich der Pigeon rouge nach Boden oder Unterlage merklich abändere. Ein auffallendes Beispiel einer ganz platten Bildung gab ich in der Monatsschrift 1864, S. 193. Herr Schloßgärtner Wünn zu Arendsee, der die Früchte erzog, gibt in den Jllustrirten Monatsheften 1865, S. 227, davon die Erklärung, daß die Bäume, welche die in Görlitz mit ausgestellten Früchte trugen, allerdings mit dem gewöhnlichen Pigeon rouge veredelt, aber als Contrespaliere erzogen seien und auf diesen Zwergbäumen so flach gebaute Exemplare immer lieferten, weßhalb er die Abänderung in der Form der größeren Cultur zuschreibt, (? D.) wie auch ein solcher Zwergbaum einen ganz flach gebauten, nicht gerippten Calville blanc geliefert habe.

199.

Taubenapfel von St. Louis, Hbb. I, S. 253. Diese Frucht würde man, nach in meinem Garten in günstigem Jahre erbauten Exemplaren, für unsere nördlichen Gegenden wenig empfehlen, und auch Herr Senator Doorenkaat zu Norden stimmt, Monatshefte 1866, S. 203, diesem Urtheile bei. Ich erhielt aber 1866 aus dem feuchteren Boden in Sulingen von Herrn Kaufmann Leymann, wo ich die Sorte tragen sah, ein paar große, durch Schönheit ausgezeichnete Früchte, von denen ich selbst Zeichnung machte, die ich in Güte fast **††, auch früher und schon Mitte Oktober reif fand. Die Färbung war hier nur karmosinroth gestreift und dazwischen an der Sonnenseite leichter roth verwaschen. Die Schattenseite zeigte viele, sehr wohl bemerkbare, roth umlaufene Punkte und mattere Streifen. Die Kerne fand ich zahlreich. Eine Aber ums Kernhaus fand ich, selbst beim Nachschneiden, überall nur angedeutet. Wer meine Früchte und die aus Sulingen neben einander sah, ohne den Namen dabei zu haben, würde nie geglaubt haben, in beiden Sorten dieselbe Frucht vor sich zu haben und zeigt sich schlagend, welche Veränderungen schon der Boden hervorzubringen vermag.

200.

Taubenapfel, Weißer Sommer, Hbb. I, S. 445. Der Niederländische Baumgarten Lief. 3, Nr. 32, gibt immerhin kenntliche

Abbildung, doch nach etwas kleiner, zu kurz und zu rundlich gebauter Frucht. Das Reis kam von mir an die Herrn Boskooper.

201.

Titowka, Hdb. IV, S. 33. Die Sorte ist, wie ich den Namen gefunden hatte, Tetowka geschrieben, muß aber Titowka heißen. Herr Hofrath Regot am landwirthschaftl. Institute zu Gorky in Rußland theilte mir 1862 mit, daß die Frucht von einem Dorfe Titowka (Titus= dorf), belegen zwischen den Gouvernementsstädten Tula und Kaluga, benannt sei, aus welchem Dorfe der Apfel vor circa 10 Jahren nach Moskau gebracht und dort viel gebaut worden sei. Er fügt hinzu, daß man jetzt einen gestreiften und weißen Titowka kenne. Der Ge= streifte sei vor 25 Jahren nach Moskau gebracht, $3^{1}/_{2}''$ und mehr breit, Sonnenseite ganz roth, reif im September, der aber bis Weih= nachten sich aufbewahren lasse. Der Weiße Titowka reife im August, sei gelblich weiß, mit Anflug von Röthe und cicabire. Der Baum wachse pyramidal. Ich habe die beschriebene Sorte darnach ächt und muß sie künftig Weißer Titowka heißen.

202.

Unvergleichlicher, **Park's**, Hdb. I, S. 471. Diese Frucht trägt seit 6—7 Jahren in meinem Garten auf einem gesunden Zwerg= stamme zwar sehr voll, bleibt aber so sehr klein, daß sie in hiesiger Gegend gänzlich werthlos ist. Sie bleibt noch unter der Hälfte der Größe der Figur im Handbuche. Ich erhielt die Frucht von J. Booth und nach der Beschreibung sichtbar ächt. Es sagt auch bereits Herr v. Flotow in der Monatsschrift 1863, S. 43, „leider sei das Aepfelchen gar zu klein."

202 b.

Wellington. Ronald, Pyrus Malus, Taf. 19, Fig. 1, bildet ihn gut ab.

203.

Weinapfel, Holländischer, Hdb. I, S. 239. Auch diese Frucht scheint für unsere nördliche Gegend nicht genügenden Werth zu haben. Ich erhielt das Reis von Herrn Direktor Fickert selbst; in recht warmen günstigen Jahren wurde die Frucht schön und vollkommen, war auch gut, blieb aber meistens ziemlich unvollkommen, der Probezweig ist etwas grindig und selbst 2 junge Stämme sind grindig und wachsen höchst langsam fort.

204.

Zehendheber, Hbb. IV, S. 345. In den Monatsheften 1865, S. 72 und 73, gibt Herr Director Thomä zu Wiesbaden die dem Register des 4ten Bandes schon mit beigefügte Notiz, daß die in dortiger Gegend sehr geschätzte und viel gebaute Sorte dort Crome-Lohr benannt werde, was richtiger etwa Crome l'or geschrieben sein möchte. Es sei die Frucht auch Zehenthöfer genannt worden, etwa von einem Zehenthofe, wo der Baum sich zuerst fand, und mag es wohl sein, daß diese Schreibart eigentlich richtiger wäre; indeß ist der Name Zehendheber durch Diel einmal sanctionirt.

205.

Zimmtapfel, Sommer, Hbb. I, S. 231. Arnolds Obstcabinet wird Nr. 112 Nachbildung geben.

Die Frucht hat sich auch in Jeinsen bisher immer besonders fruchtbar gezeigt, so daß sie, zumal bei wirklicher Güte für Tafel und Küche, recht häufige Anpflanzung verdient. In den Monatsheften 1865, S. 214, wird die Frucht auch für das Braunschweigische gelobt.

In der in Görlitz ausgestellten Boskooper Collection aus Holland fand sich unsere Frucht mit dem beigefügten Namen Couleur de Chair, den Knoop dem Sommerkronenapfel beilegt, unter welchem aber, nach Monatshefte 1865, S. 106, Herr Fabrikant Doorenkaat aus Holland unsern Sommer=Zimmtapfel erhielt. Daneben sagt auch Diel bei dem Rothen Herbst=Taubenapfel, den Diel vom Kunstgärtner Armaner aus Utrecht bekam (V, S. 48, der aber mit dem Sommer=Zimmtapfel sich ganz identisch zeigte), daß auch diese Frucht bei den Franzosen oft Couleur de Chair heiße. Die Boskooper Fruchtsorten, 1ste Lieferung, S. 12, geben auch bei Couleur de Chair selbst die Synonyme Sommer=Zimmtapfel, Rother Herbst=Taubenapfel, Edler Rosenstreifling, unter welchem Namen auch ich von Dittrich den Sommer=Zimmtapfel erhielt), und Tarw Appel, (welches Knoop wieder beim Sommer=Kronenapfel beibringt).

Hogg führt nun, S. 234, den Sommer=Zimmtapfel mit Diels Benennung Gestreifter Sommer=Zimmtapfel und dem, nach Diel, beigefügten Synon. La Canelle, auch Bezugnahme auf Diels Kernobstsorten VI, S. 43, mit passender Beschreibung, auf als „a very excellent little German (! Diel bekam ihn von Herrn Hagen aus dem Haag) dessert Apple of first rate quality, reifend im August und September, wobei große Tragbarkeit gerühmt wird. Doch führt Hogg

ben Apfel nur unter ben zwar in England gebauten, aber ihm noch
nicht näher bekannten Sorten auf, unb mag von ber Sorte, ba sie
auch im Londoner Cataloge Nr. 265, unter diesem Namen aufgeführt
wirb, ein Reis von Diel ober Rentmeister Uellner in Alt Lüneburg
nach England gekommen sein. Doch läßt sich nicht erwarten, baß diese
gute Frucht in England nicht schon länger sollte bekannt gewesen sein,
unb halte ich mich überzeugt, baß Hogg, S. 156, unb ber Lonb. Cat.
Nr. 583, dieselbe Frucht noch als Pigeonnet haben unb baß dieser auch
in Frankreich so genannt wirb unb schon bei Dühamel II, S. 34, sich
unter diesem Namen findet. Dühamels Beschreibung paßt immerhin
ziemlich gut auf unsere Frucht, wenngleich ber Stiel nicht immer kurz
unb dick, sondern häufig auch länger ist, unb bas Blatt nicht immer
doppelt eingeschnitten gezahnt ist, was wesentliche Kennzeichen nicht
sinb, aber spätere Autoren beim Pigeonnet dem Dühamel immer nach=
geschrieben haben. Der Londoner Catalog hat beim Pigeonnet bie
Synonyme Pigeonnet blanc, Pigeonnet blanc d'été, (was mit
Diels Weißem Sommer=Taubenapfel nicht zu verwechseln ist), Pigeonnet Gros de Rouen, Coeur de Pigeon, (was bei Dühamel sich nur
als Synonym des Pigeon, unsers Rothen Winter=Taubenapfels findet),
Museau de Lièvre unb American Peach (of some). Wie diese
Synonyme nicht von gehörig sorgfältiger Kritik zeugen, so hat Hogg
noch bas Synonym Pigeon bigarré (Knoop Pom. 62, welches ich in
ber deutschen Ausgabe Knoops nicht finde) unb Passe pomme panachée (Knoop, Original=Ausgabe 132), welche Frucht sich in ber deut=
schen Ausgabe, S. 25, als Bunter Pigeon (Bonte) unb bem im Re=
gister hinzugefügten Synonym Passe pomme pannachée findet, aber
mit bem Hinzufügen: „baß er von bem Pigeon (unserm Pigeon
rouge, auf ben bie Beschreibung unb namentlich ber angegebene Ge=
schmack deutlich hinweisen), nur baburch verschieden sei, baß er blaß=
roth gestreift sei, unb von Einigen für noch schmackhafter gehalten
werde. Letzterer kann also kein Herbstapfel sein unb kommt ja auch
ber ziemlich varirende Pigeon rouge (siehe diesen oben) nicht selten
merklich gestreift vor. Hogg hat endlich noch bas Synonym Tauben=
farbiger Apfel mit Verweisung auf Christs Hand=W.B. S. 110; die=
ser ist offenbar ber Dühamelische Pigeonnet, ba Mehreres unb namen=
lich bie Vegetation aus Dühamel nur wörtlich nachgeschrieben ist. —
Hogg verweiset beim Pigeonnet selbst auf bie Dühamelische Frucht,
ferner auf Calvel Traité III, 32 unb bie Abbildungen Jardin Fruitier, 2te Ausg., Taf. 48, unb Poiteau et Turpin, Taf. 80, welche

Werke mir nicht zu Gebote stehen, um nachzusehen. Die **Annales** haben als **Pigeonnet de Rouen** 1858, S. 7, eine Frucht, die zwar dem Sommer=Zimmtapfel, etwas entfernt, gleicht, bei der aber im Texte gesagt wird, daß diese Frucht von dem Dühamelischen **Pigeonnet** verschieden sei. Leider zeigte das bezogene Reis dieser Frucht, als es trug, sich entschieden falsch, und muß noch auf Frucht des neu be= zogenen Reises gewartet werden.

206.

Zuckerhutapfel, Hbb. IV, S. 15. **Lindley, Pomol. Brittan-nica**, Taf. 3, hat ihn gut abgebildet.

Alphabetisches Register.

A.

Aagt, Engelse, S. 2, in den Boskooper Fruchtsorten = Purpurrother Agatapfel.

" gestreepte, S. 2, gab in einer Collection aus Boskoop den Purpurrothen Agatapfel.

" roode, S. 2, = Purpurrother Agatapfel.

" Zommer, S. 38, im Niederländ. Baumgarten Name für den Sommer = Gewürzapfel; S. 51 bei Knoop der Sommer Kronen-Apfel.

Agatapfel, Doppelter, / S. 1, = Dop-
Agathe, double, \ pelter Agatapf.

Agatapfel, Enkhuyser, S. 1, = Crebes Taubenapfel?

" Gestreifter, S. 2, Diels Sorte des Namens wohl = Edler Prinzessinapfel.

" Purpurrother, S. 2.

Akero Aple, S. 76.

Alexandre, S. 48, = Kaiser Alexander.

Alfriston, S. 86 und 94.

Alantapfel, S. 2.

Amande rouge, S. 96, von Dietzer (rother) Mandel-Reinette verschieden.

Ananasapfel, S. 42, gab den Goldzeugapfel; S. 76, auch der Prinzenapfel heißt häufig so.

" Dörells, S. 22, gab den Gewürz-Calvill.

" Weißer, S. 3.

Apfel, Bedufteter, S. 57, = Morgen-buftapfel.

" Berliner, S. 54, unter dem Namen gehen mehrere Sorten, richtig wohl nur die Berliner Schafsnase.

" Birnförmiger, S. 3.

" Paläftiner, S. 38; bei Knopp wohl = Witte Kruid Appel.

Apfel, Riviere, S. 110.

" Schilgens birnförmiger, S. 113, = Weißes Seidenhembchen.

" Taubenfärbiger, S. 125, = Pigeonnet = Sommer Zimmt-Apfel.

" von Konstantinopel, S. 7, = Weißer Astrakan.

" von Hawthornben, S. 3.

" von St. Germain, S. 4, nicht = Charlamowsky.

" Walzenförmiger von Portland, S. 3, wird verwechselt mit Alantapfel.

Apple, Arabian, S. 121, = Rother Winter-Taubenapfel.

" Brown, S. 37, = Aromatic Russet, (wohl Diels Engl. gewürzhafter Russet).

" five crowned, S. 68, = London Pepping.

" Foxley Russian, S. 39, = Sommer Gewürzapfel, doch wohl durch Irrung.

" of Ohio, Coss, (Coxe's?) S. 12, gab den Gelben Bellefleur.

" Portugal, S. 101, Synon. von Pariser Rambour-Reinette.

" Rooks nest, S. 37, = Aromatic Russet, (wohl = Diels Engl. gewürzhafter Russet).

" St. Julien, S. 86, wohl = Goldzeugapfel.

" Syke House, S. 88, = Spitals-Reinette.

" Travers, S. 71, = Ribston Pepp.

Api étoilé, S. 114, = Sternapfel.

Api, Gelber sternförmiger, (Diels), S. 117, nicht = Sternapfel.

" Kleiner, S. 4 u. 5, = Krippele Appel? Diel gibt IX, S. 215, in Anmerkung, nach Merlet die Nachricht, daß die Frucht im Walde von Api in der Bretagne aufgefunden sei.

Api, Schwarzer, S. 5.
„ Stern, S. 117, = Sternapfel.
Apollo, Rother, S. 5.
Astracan, Rother, S. 5.
„ Weißer, S. 6.
Augustapfel, Weißer, Diels; S. 4 u. 28,
= Weißer Sommer = Calvill;
S. 89, in Dänemark = Sommer=
Gewürzapfel.
Augustusapfel, S. 39, in Gegenden von
Holland = Sommer-Gewürzapf.
Aurore, S. 107 u. 108; bei Hogg und
im Lond. Catalog = Reinette
von Orleans.

B.

Balbwin, S. 5.
Baldwin late, S. 8, = Balbwin.
Batullenapfel, S. 9.
Belle de Bruxelles, S. 48, Name für
Kaiser Alexander und Lothringer
Reinette.
Bellefleur, ⎰ S. 54 u. 107; bei Knoop
„ ronde, ⎱ Syn. der Rein. v. Orl.
„ de France, S. 13.
„ Gelber, S. 12.
„ Holländischer, S. 13.
„ Langer, S. 13; S. 14, ist nicht
Knoops Langer Bellefleur, der
= Reinette von Orleans.
„ Weißer, S. 12, nicht = Gelber
Bellefleur.
Bells scarlet, S. 62, = Scharlachrothe
Parmäne.
Beloborodowa, S. 7, = Weißer Astrac.
Berliner, Weißer, S. 64, wohl = Loth=
ringer Reinette.
Binderzoete, S. 45; bei Knoop Syn.
seines Zoete Holaart.
Birnapfel, Weißer, S. 114; Spielart
des Weißen Seidenhemdchen.
Bischofsmütze, S. 17, = Gefl. Cardinal.
Blanke de Leipsic, S. 10, = Edel=
borsdorfer.
Blenheim Orange, S. 91, = Gold=
Reinette von Blenheim.
Bloemzoete, Herfest, S. 115; in Hol=
land werthvoller Süßapfel.
Blutapfel, S. 23; kommt vor als Syn.
von Doxener rother Reinette
und Edelkönig; S. 33, vielleicht
= Purpurrother Cousinot.
Bohnapfel, Großer, S. 15.
„ Kleiner, S. 16.
„ Westphälischer, S. 15.
Boikenapfel, S. 16, ist nicht = Mens=
felber Gulderling.

Bombonnier, ⎱ S. 13; bei Wiesbaden
Bon Pommier, ⎰ = Holl. Bellefleur.
Bon Pommier de Brabant, S. 13.
„ de Bruxelles, S. 13.
„ de Flandre, S. 13.
„ de Liege, S. 13; bei Diel =
Lütticher platter Winterstreifling
und wohl auch = Französischer
Prinzessinapfel.
Bonte, S. 125, Knoops Bunter Pignon,
der = Rother Wintertauben=
Apfel sein wird.
Borowitzky, S. 29, = Charlamowsky.
Borsdorfer, Clubius, S. 9.
„ Edel=, S. 9.
„ grand Bohemian, S. 10; im Lond.
Catalog irrig = Edelborsdorfer.
„ Herbst, S. 11; Diels Frucht des
Namens ist = Edelborsdorfer.
„ red, S. 10; in Willichs Domestic
Encyclopaedia = Edelborsdor=
fer, nicht Diels Rother Borsb.
„ Sommer, (Pomon. Franc.) S. 39.
Borstorf, ⎰ S. 10, = Edel=
„ hative, ⎱ borsdorfer.
„ a lonque queue,
Borstorfer, Stern, S. 75, = Pomme=
ranzenapfel.
Bursdoff or Queens Apple, = Edel=
borsdorfer.
Brebeke, Winter, S. 16.
Breitaar,
Breitacher, Schweizer, ⎰ S. 75, = Pom=
Breitapfel, ⎱ meranzenapfel.
Breitiker,
Bürgerherrnapfel, S. 16, = Geflamm=
ter Cardinal.
Butterapfel, geflammter, S. 62, =
Sommer=Parmäne.

C.

Caillot rosat, S. 28; Synonym des
Calville rouge d'hyver der
Annales.
Calville blanche d'été, S. 28, =
Weißer Sommer=Calvill.
„ Blumen, S. 43, = Grafensteiner.
„ Carmin, S. 50; ist auf Identi=
tät mit Diels Rothem Winter=
Calvill u. Mecklenburger Winter=
Calvill angesehen worden.
„ d'Angleterre, S. 58; im Verger
des Herrn Mas und Baumanns
Cataloge, Name für Cornwalli=
ser Nelkenapfel.
„ d'été, S. 24, = Rother Sommer=
Calvill.

Calville d'été de Normandie, S. 25, nach Serrürier = Rother Sommer-Calvill.

„ étoilé, in Bivorts Album = Rothe Stern-Reinette, = Meusers rothe Herbstr. b. Handb.

„ Flammeuse, S. 22, = Gewürz-Calvill.

„ Fraaß Sommer, S. 20.

„ Früher rother, S. 25, = Rother Sommer-Calvill.

„ Gelber Herbst, S. 20; ibid, Diel hat eine andere Frucht des Namens.

„ Gelber Winter, S. 20; der des Handbuchs ist = Weißer Winter-Calvill.

„ Gestreifter Herbst, S. 21.

„ Gewürz, S. 22.

„ hatif, S. 25, = Rother Sommer-Calvill.

„ Hyacinth, S. 22, = Gewürzcalvill.

„ Imperiale, S. 27. Kommt als Synonym des Rothen Winter-Calvills vor; doch wird es mehrere des Namens geben.

„ Lütticher Ananas, S. 22.

„ Malingre, S. 21, 22 u. 75. Die Frucht der Annales = Gestr. Herbstcalvill; im Lond. Catalog bezeichnet es eine dem Rothen Apollo ähnliche Frucht; in den Annales falsch mit dem Danziger Kantapfel zusammengestellt; desgleichen mit dem braunrothen Himbeerapfel. Dittrich hat Calville Malingre als Syn. des Normannischen rothen Winter-Calvills.

„ Mecklenburger Winter, S. 50; wohl = Mecklenb. Königsapfel.

„ Metzgers, S. 12, = Gelber Bellefl.

„ Normännischer rother Winter,

„ Normande u. rouge Normande } S. 22 u. 27.

„ Purpurrother Sommer, S. 25.

„ rayé d'automme, (Knoop), S. 21, = Gestreifter Herbstcalvill.

„ roode Zommer, S. 21, = Knoops Rother Sommercalvill.

„ Rother Herbst, S. 28; S. 27 oft verwechselt mit Rother Winter-Calvill.

„ Rother Sommer, S. 24 u. 25; in Holland nicht der Diel'sche Rothe Sommer-Calvill.

„ Rother Winter, S. 26.

Calville rouge d'Anjou, S. 28; in den Annales Synonym des Calville rouge d'hyver der Annal.

„ rouge d'été, S. 25, = Rother Sommer-Calvill.

„ rouge d'hyver, S. 27, in den Annales nicht Diels Rother Winter-Calvill.

„ rouge, Geddeholms, S. 48, in Schweden Syn. des Danziger Kantapfels.

„ royal d'été, S. 25; nach Serrürier = Rother Sommercalv.

„ Schönbecks rother Winter, S. 22 und 74.

„ Schwefel, S. 21.

„ von St. Sauveur, S. 28.

„ vraie des Allemands, S. 27, = Diels Aechter rother Winter-Calvill; in den Annales irrig gebraucht von dem Calville rouge d'hyver der Annales.

„ Weißer Sommer, S. 28.

„ Weißer Winter, S. 20.

Capendu, Dühamels, S. 55.

Carbanter, S. 53; soll in Württemberg vom Diel'schen Grauen Kurzstiel verschieden sein.

Cardinal de Juillet, S. 115; nicht Pfirsichrother Sommerapfel.

„ Geflammter, S. 116.

„ Rother, S. 28; S. 49 oft geht unter dem Namen der Danziger Kantapfel.

Caroline, S. 37.

Carolin, Englischer, = } S. 37, Knoop; Carol. d'Ang- { kann etwa b. Engleterre. } lische Gew.-A. sein.

„ Gelber Englischer, S. 38; bei Knoop = Knoops Engl. Carolin und wohl = Engl. Gewürzapf.

„ Weißer Englischer, (Diel) S. 38, etwa auch der Englische Gewürz-Apfel.

Charlamowsky, S. 29.

Chataigne du Leman, S. 112, = Frauen-Rothacher.

Citronenapfel, Winter, S. 29; S. 28 bezeichnet mehrere Früchte, auch den Winter-Quittenapfel; S. 32 nicht = Boikenapfel.

„ Meißner Winter, S. 32.

Comptoirapfel, S. 17, = Gefl. Cardinal.

Concombre des Chartreux, S. 24 und 86; Synon. des St. Julien Apple, der = Goldzeugapfel sein wird, nicht = Charakter-Reinette.

Coeur de Pigeon, S. 121 und 125;
   bei Dühamel = Pigeon, =
   Rother Winter = Taubenapfel;
   bei Hogg und im Lond. Catal.
   irrig als Syn. des Pigeonnet,
   der = Sommer-Zimmtapfel ist.
Cooper, S. 12.
Couleur de chair, S. 51 u. 124, =
   Sommerzimmtapfel; bei Knoop
   jedoch Syn. d. Sommer Kronena.
Cousinot d'été, S. 51; bei Knoop =
   Sommer Kronenapfel.
   „ Purpurrother, S. 32,
   „ Rosenfarbiger gestreifter Herbst,
      S. 48; von mir früher = Dan-
      ziger Kantapfel gehalten, so
      lange ich die Sorte unächt besaß.
   „ Sommer, S. 51; im Niederländ.
      Baumgarten Name für Sommer
      Kronenapfel.
   „ tulpé, S. 51; bei Knoop Syn.
      des Sommer-Kronenapfels.
Courtpendu, S. 45; bezeichnet in Bel-
   gien gewöhnlich den Königl.
   Kurzstiel.
   „ blanc, S. 108; nach dem Boom-
      gaard, bei Jodoigne Name der
      Reinette von Orleans; der
      Weiße Kurzstiel des Handbuchs
      ist ein Anderer.
   „ d'Automne, S. 11, = Vlaamsche
      Shyveling.
   „ de Tournay, S. 108; in den An-
      nales der Reinette von
      Orleans; S. 55, fälschlich findet
      sich unter dem Namen auch der
      Königl. Kurzstiel.
   „ d'oré, S. 107; im Lond. Catalog
      und bei Hogg = Reinette von
      Orleans.
   „ gros gris, S. 53, Diels grauer
      Kurzstiel?
   „ plat, S. 55; im Lond. Catalog
      und bei Hogg = Königl. Kurzst.
   „ rosat, S. 54; in den Annalen
      etwa der Königl. Kurzstiel? Soll
      Sämling davon sein; Diel er-
      hielt darunter seinen Rosen-
      farbigen Kurzstiel.
Crab, Cobmanthorpe, ⎫ S. 83 und 84,
   „ Cobmanthorps, ⎭ Syn. der Gr.
                          Cassel. Rein.
Crome Lohr, ⎫ S. 128, = Zehendheber.
   „ l'or, ⎭
Culotte suisse, S. 57; unter dem Namen fand sich auch der Morgenduftapfel.
Cyderapfel, Harrisons, S. 83.

D.

Dainty Apple, S. 56, ähnlich dem
   Morgenduftapfel,
Doobapfel, S. 33.
De Douai, S. 119, gab eine dem
   Weißen Winter=Tafftapfel sehr
   ähnliche Frucht.
Dominisca, S. 39, = Götterapfel; im
   Boomgard irrig eine Sommer=
   frucht.
Double rouge de Breda, S. 6, nach
   Handbuch = Fette Goldreinette;
   gab mir auch den Rothen Astr.
Drap d'or, S. 42, bei Dühamel Syn.
   von Fenoillet jaune, und ist
   eher der Goldartige Fenchelapfel,
   als der Gelbe Fenchelapfel;
   S. 86 bei Ronald eher der
   Goldzeugapfel als die Charakter-
   Reinette, die in den Boskooper
   Fruchtsorten Synon. von Drap
   d'or ist.
Duc d'Arsel, S. 59, = Alter Non-
   pareil.
Duchesse of Oldenbourg, S. 29, =
   Charlamowsky.
Dukes Bill, S. 82; in einigen Gegen-
   den von Suffex = Winter
   Pearmain.
Dundee, S. 107 und 108 = Reinette
   von Orleans.
Dutch Mignonne, ⎫ S. 83 u. 84; in
   „ Minion, ⎭ Belgien, England
                u. Amerika Name
                für Gr. Cass. Rein.

E.

Edapfel, Rother, S. 19 u. 84; in Jahns
   Collection = Gefl. Cardinal,
   jedoch wohl irrig so benannt.
Eckenhagener, Wellers, S. 34.
Edelapfel, Gelber, S. 40, = Golden
   Noble des Handbuchs.
Edelkönig, S. 23, nicht und wohl rich-
   tig = Rother Herbst-Calvill;
   es wird eigene Sorte des Na-
   mens in Anspruch genommen;
   S. 24 im Jan. Obstw. irrig
   ein Goldpepping so benannt.
Eggermont, S. 17, = Gefl. Cardinal?
Eierapfel, Rothen, S. 34.
Elizabeth, S. 107 u. 108; im Lond.
   Catalog und bei Hogg Synon.
   der Reinette von Orleans.
Emperor, Alexander, S. 48, = Kai-
   ser Alexander.

Kroon-Zommer, S. 51, = Sommer-
Kronenapfel.
Kroot Appel, S. 23, in Nordholland
= Rother Herbst-Calvill.
Kruid Appel Witte, S. 38 und 39,
wohl = Sommer-Gewürzapfel.
Kruideling, Witte, S. 35, = Sommer-
Gewürzapfel.
Küchenapfel, Holländischer, S. 52.
Kurzstiel, Belgischer, S. 54, = Königl.
Kurzstiel.
„ Brühler, S. 52.
„ Englischer gestreifter, S. 116, =
Langtons Sondergleichen.
„ Grauer, S. 52 u. 109; der Diel'sche
ist = Pariser Rambour-Rein.;
S. 53, auch der Graue Fenchel-
Apfel heißt Grauer Kurzstiel.
„ Königlicher, S. 54.
„ Röthlich gestreifter, S. 55, wohl
= Königlicher Kurzstiel.

L.
Le Canelle, S. 124; bei Hogg Synon.
des Sommer-Zimmtapfels.
Langhans, Bunter, S. 76, = Prinzen-
Apfel.
Leberapfel, Leitmeritzer, S. 74, = Leber-
rother Himbeerapfel und Rother
Polsterapfel.
Leipziger Witte, (Knoop), S. 10, =
Edelborsdorfer.
Liebesapfel, Rother, S. 48 u. 49, =
Danziger Kantapfel.
Liebling, Böbikers, S. 43; wie Grafen-
steiner, doch nicht mit ihm ident.
„ Liefländer, (Diel), S. 112, =
Virginischer Rosenapfel.
Lorenzapfel, S. 48 u. 49, = Danziger
Kantapfel.
Luikenapfel, S. 55.

M.
Maatapfel, Weißer, ⎫
„ Brauner, ⎭ S. 55.
Madeleine blanche, S. 28; in den
Boskooper Vruchtsoorten =
Weißer Sommer-Calvill.
„ rouge, S. 25, = Rother Sommer-
Calvill.
Margarethenapfel, Rother, S. 55.
Marguerite, S. 55, = Rother Marga-
rethenapfel.
Margareth, early red, S. 56, = Rother
Margarethenapfel.
Margil, S. 99, = Muskatreinette.
Markapfel, Rother, S. 48; im Niederl.
Baumgarten als Synon. von
Danziger Kantapfel angegeben.

Maschansker, ⎫
Maschanskerl, ⎬ S. 10, = Edelbors-
Maschanzger, ⎭ dorfer.
Maudlin, S. 55; Synon. von Rother
Margarethenapfel.
Mela Janurea, oder Januaria, S. 101
und 102, = Pariser Rambour-
Reinette.
Melonenapfel, S. 76, = Prinzenapfel.
Merveille du Monde, S. 47, = Kaiser
Alexander.
Moorapfel, Süßer, S. 15, = Zoete
Veentje.
Mönchsnase; nach Boskooper Vruchts-
oorten in Schlesien = Alant-
Apfel.
Morgenapfel, Bedufteter, S. 57, =
Morgenduftapfel.
Morgenduftapfel, S. 56.
Morgenrothapfel, S. 67; in Boskooper
Vruchtsoorten Synonym von
Rother Quarrendon.
Museau de lievre, S. 121 u. 125, =
Pigeonnet = Sommerzimmtapf.

N.
Nalivia, Possarts, S. 57.
Neetjes Appel, S. 86; in den Bos-
kooper Vruchtsoorten Synonym
von Charakter-Reinette.
Negre d'oré, S. 41, = Goldmohr; es
geht aber noch eine andere Sorte
unter dem Namen.
Nelkenapfel, Cornwalliser, S. 57.
Nelson, Kirkes, S. 58.
Never fail, S. 99, = Muskatreinette.
Newark, Harrisons, S. 33, = Harri-
sons Cyderapfel.
Noblesse; nach Boskooper Vruchtsoor-
ten in Overyssel = Alantapfel,
unter welchem Namen ich die
Sorte auch in einer Baumschule
hier erhielt.
Nonnenapfel, ⎫ S. 77, = Prinzenapfel,
Nonnentütte, ⎬ bezeichnet jedoch auch
⎭ eine Winterfrucht.
Nonnenapfel, Rother, S. 77.
Nonpareil, Alter, S. 59.
„ Brabbicks, S. 60.
„ English, ⎫
„ Hunts, ⎬ = Alter Nonpareil.
„ Old, ⎭
„ Petworth, S. 55.
Nonsuch, S. 116, = Langtons Sonder-
gleichen.
Norfolk, Storing, S. 78; kommt, doch
wohl nicht ganz richtig, als Syn.
von Winter-Quittenapfel vor.

von Orleans S 107

Reinette, Virginale, S. 100; gab die
  Pariser Rambour-Reinette.
  „ von Breda, S. 104.
  „ von Bretagne, S. 102 und 105,
    bisher gehen unter dem Namen
    mehrere Sorten; die des Hand-
    buchs = Gr. Casseler-Reinette?
  „ von Bordeaux, S. 104: falsch
    gehen unter dem Namen die
    Goldgelbe Sommer-Reinette u.
    Pariser-Rambour-Reinette.
  „ von Clareval, S. 87, wohl nicht
    = Edelreinette.
  „ von Montmorency, S. 105.
  „ von Orleans, S. 107.
  „ von Sorgvliet, S. 109; Diel und
    die Boskooper Fruchtsorten ha-
    ben 2 ganz verschiedene Sorten.
  „ von Werlhofs, S. 65; höchst ähn-
    lich der Winter-Goldparmäne.
  „ von Windsor, S. 100, meist =
    Pariser Rambour-Reinette; be-
    zeichnet auch die Lothringer
    Reinette.
  „ von Zorgvliet, S. 109.
  „ Wahre, S. 101, = Pariser Ram-
    bourreinette.
  „ Wahre weiße Herbst, S. 78, =
    Winter-Quittenapfel.
  „ Weiber, S. 101; die Diel'sche =
    Pariser Rambour-Reinette.
  „ Weiße Antillische Winter, S. 101,
    = Pariser Rambour-Reinette.
  „ Weiße Wachs, S. 109.
  „ Yellow German, S. 107; im Lond.
    Catalog Synon. von Reinette
    von Orleans.
Rella, S. 48; bei Coburg = Danziger
  Kantapfel.
Ribston, small, S. 95, = Muskat-
  Reinette.
Richard gelber,   }
  „ Körchower Grand,   } S. 110.
  „ Sommer, S. 110; man nennt so
    die Sommer-Parmäne.
Riviere-Apfel, S. 110.
Rhoner, S. 32, = Purpurrother Cou-
  sinot.
Roi très noble, S. 23, = Edelkönig;
  im Jenaer Obstkabinet irrig ein
  Goldpepping.
Romanite, Amerikanischer, S. 100, gab
  die Pariser Rambour-Reinette.
Rosen-Ananas, S. 49, wohl = Dan-
  ziger Kantapfel.
Rosenapfel, Bentleber, (Benbeleber),
  S. 48 und 49, = Danziger
  Kantapfel.

Rosenapfel, Böhmischer, S. 110.
  „ Calvillartiger Winter, S. 48 und
    49, = Danziger Kantapfel.
  „ Dittrichs Winter, S. 49, = Dan-
    ziger Kantapfel.
  „ Florianer, S. 110.
  „ Gestreifter, S. 110.
  „ Schwäbischer, S. 49, = Danziger
    Kantapfel.
  „ Virginischer, S. 110.
Rosenhäger, Schwedischer, S. 112, ähn-
  lich dem Danziger Kantapfel.
Rosenstreifling, Edler, S. 124; kommt
  auch als Name für Sommer-
  Zimmtapfel vor.
Rosmarinapfel, Rother, S. 112.
  „ Weißer Tyroler, S. 112.
  „ Weißer Italienischer, S. 112.
  „ Rothacher Frauen, S. 112.
Rothile, S. 112, = Frauen Rothacher.
Royale d'Angleterre, S. 30.
Royal Sommerset, S. 68, = London
  Pepping.
Rubiner, S. 48, = Danziger Kantapf.
Russet, American golden, S. 66, =
  Bullocks Pepping.
  „ aromatic, S. 37, wohl = Diels
    Engl. gewürzhafter Russet.
  „ golden,   } S. 70; dem Parkers
  „ vergoldeter,   } Pepp. höchst ähnl.
  „ St. Helena, S. 102, = Pariser
    Rambour-Reinette.
  „ Syke House, S. 88, = Englische
    Spitals-Reinette.

S.

Safranapfel, (Großer Safranapfel),
  S. 95, (Handbuch I, S. 215),
  wohl = Limonien-Reinette.
  „ Gelber, S. 95.
Sämling, Longvilles, S. 113.
Saint Juilen, S. 48, wohl = Gold-
  zeugapfel; nach Dühamel wenig
  verschiedene Varietät des Vrai
  drap d'or.
Schafsnase, Weiße Sommer, S. 39, =
  Sommer-Gewürzapfel.
Schager, Rother, S. 33, = Purpur-
  rother Cousinot.
Schlosserapfel, (Großer, S. 17, = Ge-
  flammter Cardinal??
Schlotterapfel, Horsets, S. 113, =
  Weißes Seidenhembchen.
  „ Prebereder, S. 73, = Neuer
    Englischer Pigeon.
  „ Rother,   } S. 76, = Prin-
  „ Rothgestreifter, } zenapfel.

Anzeige von Druckfehlern

im 1. und 4. Bande des Handbuchs,

die mir beim Gebrauche des Werkes bisher bemerklich geworden sind.

Einzelne der nachstehend bemerklich gemachten Druckfehler sind schon früher angezeigt worden, doch will ich alle, die ich bisher fand, hier nochmals zusammenstellen.

Band I. ist zu lesen:

S. 27, letzte Zeile: hohlachsig, statt hochachsig.

S. 29, Klasse IX. erste Zeile: sehr regelmäßige, statt sehr unregelmäßige, welchen Druckfehler Lucas bestätigte.

S. 31, Spitzapfel letzte Zeile: hohlachsig, statt hochachsig.

S. 40, Z. 5 v. unten: derselben, statt desselben.

S. 138, Z. 4 von unten: nie stippig, statt wie stippig.

Z. 5 v. unten: auf den Obst., statt aus der.

S. 132, Z. 9 v. oben: fein körnig, statt fein-lernig.

S. 159, Z. 4 v. unten, Starklows bester, statt Harclows.

S. 161, Literatur, vorletzte Z.: Glace rouge, statt Clace rouge.

S. 223, Literatur, Z. 7 v. o.: Londons, statt Loxbons.

S. 241, Literatur, erste Z. fehlen nach syst. Verz., die Worte: Catalog 2. Forts.

S. 265, Literatur, Z. 3 v. o.: Monstrous, statt Monstrons.

S. 277, Z. 5 v. unten: bei der kegelf., statt dem kegelförmige.

S. 337, Literatur, Z. 3 v. oben: Long Tom, statt Long Pawn.

S. 363, Text, Z. 3 v. oben muß es heißen Duhamel II., statt I.

S. 491, 1. Absatz, Z. 2 v. u.: Witter, statt Biller.

S. 503, Literatur, 1. Z.: Nr. 419, statt 119.

Register zum I. Band.

S. 561 Api, Stern, fehlt die Bemerkung hinter = Sternapfel: doch ist der Diel'sche im Sept. reifende Gelbe sternförmige Api nicht = Sternapfel.

S. 563, 2. Spalte unten: longuette, statt lonquette.

S. 564, 2. Columne ist unter den Himbeeräpfeln nicht aufgeführt, der Große rothe Sommer-Himbeerapfel, bei dem dann hinzuzusetzen war, daß er = Rother Herbstcalvill sei.

S. 565, 2. Spalte: Long Tom, statt Long Pawn.

S. 566, 1. Spalte ist die Angabe irrig, daß Barzelona Pearmain (Hogg) = Carmeliter Reinette sei, in der wir vielmehr unsere Kleine Casseler Reinette haben werden. Eben so irrig ist es ibidem 2. Spalte, daß die bei Barzelona Pearmain von Hogg angeführten Synonyme Polinia Pearmain und Speckled Pearmain = Carmeliter-Reinette seien, die vielmehr auch = Kleine Casseler-Reinette sind. Die Irrung ist wohl dadurch entstanden, daß Hogg die Barzelona Pearmain = Carmeliter-Reinette des Catal. des Chartreux 51 hielt, wo Diel unsere Carmeliter-Reinette sucht, wobei aber Hogg schließlich auch auf Gleichheit mit Diels Kleiner Casseler-Reinette, I. 182, verweiset.

S. 566, 2. Spalte: Wenn Herefordshire Pearmain mit einem? = Limonien-Reinette gesetzt ist, so muß jetzt, nachdem die rechte Herefordshire Pearmain, IV. S. 516, beschrieben worden ist, bemerkt werden, daß Herefordshire Pearmain nicht = Limonien-Reinette ist.

S. 566, 2. Spalte, ist ausgelassen Bell's Scarlet als Synonym von Scharlachrother Parmäne anzuführen.

S. 563, bei Baumann's Reinette muß es heißen Nr. 226, statt 227.

S. 568, 2. Columne: muß es heißen: Dörells große Golbreinette = Reinette von Orleans, nicht aber Dörells Golbgelbe Reinette, die = Hughes Golbpepping sein wird.

S. 569. 2. Spalte Speckled, statt Speakled, und ist auch wieder die Angabe zu verbessern, daß Speckled Golden Pearmain = Carmeliter-Reinette sei, die vielmehr = Kleine Casseler-Reinette ist.

S. 571, 1. Spalte ist die Angabe irrig, daß Astrakan'scher Sommer-Apfel bei Göttingen = Weißes Seidenhembchen sei, die wohl irrig hie und da auch = Seidenhembchen genannt wird. aber = Sommer-Parmäne ist.

Band IV.

S. 33 muß der Name Titowka, nicht Tetowka heißen, und vollständiger Weiße Titowka, da es bereits auch eine Gestreifte Titowka giebt.

S. 65, Ueberschrift: Nr. 295, statt 299.

S. 85 ist Nummer der Sorte 305, statt 277.

S. 85, Literatur, 2. Zeile: Merlet, statt Morlet und hätte daselbst Z. 6. auch hinzugefügt werden müssen, daß im TOG. Taf. 3 der Lothringer-Rambour als Weißer Sommer-Rambour aufgeführt worden sei.

S. 112, Z. 9 v. o.: Roger, statt Royer.

S. 117, Literatur Z. 5 v. o.: Witte Renet, statt Wille.

S. 173, 1. Z.: Nr. 349, statt 249.

S. 218, Literatur, Z. 5 v. o.: Seek, statt Sock.

S. 235, Literatur, Z. 6 v. u.: Tarw Appel, statt Tarn.

S. 237, Z. 10 v. u.: slightly, statt shightly.

S. 243, 1. Z. Nro. 383, statt 283.

S. 298, Z. 7 v. o.: d'Orsay, statt d'Orray.

S. 337: die Pagina ist irrig 237 gedruckt.

S. 377: die Nummer der Sorte ist 450, statt 456.

S. 389, Z. 2 v. u.: muß es heißen Low Dutch, statt Dutches.

S 433, Literatur, 2. Z : Jablko, statt Jabtko.

S. 459, findet sich Z. 1, 2, 4 und Literatur 1 unrichtig Culons-Reinette, statt Coulons.

S. 539, Literatur 2. Z.: zweimal Zoete, statt Zoekte, auch Z. 4 Spitzapfel, statt Stilzapfel.

Register S. 565, 1. Spalte unten bei St. Sauveur-Calvill ist die Nummer richtig 358, statt 385.

S. 566, 1. Spalte ist beim Purpurrothen Cousinot die Nummer richtig 383, statt 283.

S. 566, 2. Spalte: bei Zommer Erweling habe ich angegeben, daß of im Texte sei verdruckt statt or. Dies ist jedoch nicht richtig und of recht gewesen, insofern or im Holländischen of heißt und die Benennung eine Holländische ist.

S. 567, 1. Spalte: bei Mensfelder Gulberling ist die Nummer richtig 284, statt 248.

S. 571, 2. Spalte: Goudelings Pipp., statt Guldelings.

S. 574, 1. Spalte, Lothringer Rambour: die Nummer der Sorte ist 305, statt 277.

S. 574, 2. Spalte: bei Citronen-Reinette ist die Pagina richtig 119, statt 106.

S. 575, 2. Spalte: bei Neuyorker-Reinette ist die Seite richtig 495, statt 445.

Druckfehler in vorstehendem Hefte.

S. 4. Nr. 7. Z. 1. Sanitätsrath Jahn, statt Medicinal-Assessor.

     "   "   Z. 13 v. o. weißem, statt weißer.

S. 10. Z. 9 v. o. d'hyver, statt d'hyuer.

S. 12. Nr. 17. Sanitätsrath Jahn, statt Medicinal-Assessor.

S. 101. Z. 3. v. u. steht durch Irrung Reinette grosse, statt Reinette blanche.

Es kann zu S. 105, Nr. 169, zugleich bemerkt werden, daß ein von der Reinette von Bretagne gewonnenes Reis schon jetzt, um Johannis, ganz die Punkte der Großen Casseler Reinette zeigt und die Identität feststeht; imgleichen, daß endlich gewonnene Früchte des Wiener Sommerapfels sich schon als Sommer-Parmäne erkennen lassen.

Oberdieck.